私は
スカーレット

I AM SCARLETT

MARIKO HAYASHI

下

林 真理子

A Story Based on
Gone with the Wind
by Margaret Mitchell

小学館

私はスカーレット　下

装幀　鈴木久美
装画　千海博美

本作は、マーガレット・ミッチェルの小説『風と共に去りぬ』を、
著者が主人公の一人称視点で再構成したものです。

主な登場人物

スカーレット・オハラ ……………… 物語のヒロイン。ジョージア州にある大農園タラの農園主の長女。人を惹《ひ》きつける美貌と激しい気性の持ち主。深い緑色の瞳を持つ。十七歳で一人息子を抱え未亡人になる。南北戦争後は一家を養うため野心的に動く。

アシュレ・ウィルクス …………… スカーレットが想いを寄せるウィルクス家の長男。メラニーの夫。戦争から帰還するも現実と向き合うことができない。

メラニー・ハミルトン（ウィルクス） …… 謙虚さと慈愛の心を持つ聡明な女性。アシュレの妻。常にスカーレットを支え、共に暮らす。愛称はメリー。

レット・バトラー ……………… チャールストンの名家出身だが、家から勘当されている。商才があり独自の哲学を持つ不思議な男。戦争で大きな利益を得る。

ジョージアの人々

〈オハラ家〉

ジェラルド・オハラ ……… スカーレットの父。タラの主人。妻を亡くしてから正気を失う。

エレン・オハラ ………… スカーレットの母。フランス貴族の血を引く慎み深い貴婦人。使用人を看病したことが原因で命を落とす。

スエレン・オハラ ……… オハラ家の次女。気が強くスカーレットと仲が悪い。後にウィル・ベンティンと結婚。

キャリーン・オハラ …… オハラ家の三女。優しい性格で信仰心が篤《あつ》い。

マミイ ………………… エレンが実家から連れてきたスカーレットの乳母。戦後もスカーレットの世話をやく。

ポーク ………………… オハラ家の使用人頭《がしら》。

ディルシー……………………オハラ家の使用人でポークの妻。

プリシー……………………ポークとディルシーの娘。アトランタからスカーレット一行と共にタラへ戻る。

サム…………………………オハラ家の農園でリーダー格だった使用人。愛称はビッグ・サム。アトランタでスカーレットと再会する。

スラッタリー家……………オハラ家で雇われている白人たち。娘エミーの腸チフスが原因で、エレンは命を落とす。

ジョナス・ウィルカーソン…オハラ家の奴隷監督の白人の男。

ウィル・ベンティン………タラにたどり着いた義足の脱走兵。利発で生活力があり、戦後タラを復興させる。


〈ウィルクス家〉

ジョン・ウィルクス………大地主・ウィルクス家の主。戦争で命を落とす。

インディア・ウィルクス…アシュレの独身の妹。

ハニー・ウィルクス………アシュレの妹。メイコンの男性と結婚。

アーチー……………………メラニーがめんどうをみている元囚人の老人。

〈タールトン家〉
スチュワート・タールトン、
ブレント・タールトン……スカーレットに想いを寄せていた双児《ふたご》の兄弟。戦死する。
タールトン夫人……………大地主・タールトン家の女主人。戦争ですべての息子を失う。娘はヘティ、ランダ、ベッツィ、カミラ。

〈カルヴァート家〉

レイフォード・カルヴァート、
ケード・カルヴァート……大地主・カルヴァート家の兄弟。戦死する。
キャスリン・カルヴァート……カルヴァート兄弟の妹。
カルヴァート夫人……カルヴァート家の後妻で北部出身の女性。
ヒルトン……カルヴァート家の元奴隷監督の白人男性。

〈フォンテイン家〉

グランマ・フォンテイン……大地主・フォンテイン家の七十代の女主人。
ジョセフ（ジョー）・フォンテイン、
トニー・フォンテイン、
アレックス・フォンテイン……スカーレットの幼友達の兄弟。アレックス以外は戦死。
サリー・フォンテイン……夫のジョセフを戦争で亡くし、ジョセフの弟のアレックスと再婚。

〈マンロー家〉……大地主。末娘はアリス。息子たちは戦死する。

◆アトランタの人々

〈ハミルトン家〉

チャールズ・ハミルトン……メラニーの兄でスカーレットの最初の夫。南北戦争開戦直後に命を落とす。
ピティパット・ハミルトン……アトランタに住むチャールズとメラニーの独身の叔母。愛称はピティ。
ヘンリー・ハミルトン……チャールズとメラニーの叔父。ピティの兄。

ピーター……………………ハミルトン家の執事《しつじ》。

ウェイド……………………スカーレットとチャールズの間の息子。

〈ミード家〉…………………アトランタ在住のミード医師とその妻。長男ダーシーと次男フィルを戦争で失う。

〈メリウェザー家〉…………アトランタに住む実力者の妻・メリウェザー夫人。娘はメイベル。

〈エルシング家〉……………アトランタに住む実力者の妻・エルシング夫人。娘はファニー、息子はヒュー、娘婿はトミー・ウェルバーン。

〈ホワイティング家〉………アトランタに住む実力者の妻・ホワイティング夫人。


フランク・ケネディ………スエレンの婚約者である中年の男性。

ベル・ワトリング…………アトランタの娼館《しょうかん》の主《あるじ》。

ジョンソン…………………製材所の元の持ち主。

ジョニー・ギャラガー……製材所の監督として雇った冷酷な男。

エラ・ロレーナ……………スカーレットとフランクの娘。

ボニー………………………スカーレットとレットの娘。

ボー…………………………アシュレとメラニーの息子。

――『私はスカーレット　上』のあらすじ――

一八六一年四月、アメリカ南部。ジョージア州にある大農園タラで生まれ育ったスカーレット・オハラは十六歳。勝気な性格と個性的な美貌は周辺でも有名で、男の子は皆、スカーレットに夢中だった。多くの使用人や奴隷をかかえる大農園の長女として育ったスカーレットにとって、自分の思いどおりにならないものはなかったが、唯一、恋い焦がれる年上の幼なじみ、アシュレ・ウィルクスだけはスカーレットに求愛をしない。

ある日、ウィルクス邸で行われたパーティーで、アシュレとアシュレの従妹《いとこ》メラニー・ハミルトンの婚約報告があり、スカーレットは大きなショックを受ける。しかし自らが愛を告げれば、アシュレは婚約を解消し、スカーレットの元へ来ると思い込み、「あなたを愛している」と打ち明ける。だがそれは受け入れられなかった。激高したスカーレットに頬《ほお》を打たれたアシュレは静かに去る。その様子を偶然見ていた無頼者のレット・バトラーは、スカーレットの激しさに興味を抱く。

パーティーが終わる頃、スカーレットは自分にずっとまとわりついていたメラニーの兄、チャールズ・ハミルトンの求婚を思わず受け入れ、二週間後には結婚式を挙げる。

折しも国は北部と南部が対立し、南北戦争が勃発。出征したチャールズは戦地で肺炎にかかり命を落とす。挙式から二ヶ月でお腹にチャールズの子を宿し、未亡人となったスカーレット。出産後も黒い喪服を脱げず、外出もできず、そのうえボーイフレンドたちも出征してしまい退屈していたスカーレットは、息子を連れてアトランタのハミルトン家に身を寄せる。そこでチャールズの叔母ピティパット、義妹のメラニーとの共同生活が始まる。

躍動的なアトランタに気持ちを軽くするスカーレットだったが、ここでも近所の口うるさい人々の目があった。ある日、アトランタ史上最大といわれる舞踏会が開かれる。喪服姿で売店を手伝っていたスカーレットの体は、大好きなダンスの曲が流れると自然と揺れ動いた。

にわかに始まった南部連合の資金集めのための、「踊りたい女性を男性が指名し競《せ》り落とす」催しに、会場は叫びと興奮に包まれる。そんななかスカーレットに「百五十ドル。金貨で」の声がかかる。その主は、昨年、ウィルクス邸で遭遇したレット・バトラーだった。踊りたい一心で申し出を受けるスカーレット。冷ややかな視線のなか、レットと数曲を踊りきる。

戦局は悪化。アトランタでも物資が乏しくなるが、レットはしばしばスカーレットを訪ねては、高価な衣装や食べ物を寄こす。ほどなくアシュレが二年ぶりにクリスマス休暇で戦地から帰宅。アシュレへの想いをつのらせていたスカーレットは、彼が戦場へ戻る日、餞別《せんべつ》の品とともに再度愛を告白するが、アシュレは別れを告げて去る。

とうとう南部戦線の中央部も北軍の手に落ち、スカーレットの幼なじみたちの多くは戦死する。身重のメラニーとともに、アシュレの安否を案じるスカーレットたちの元に、アシュレが捕虜収容所にいるとの報が届く。

ほどなく、アトランタも北軍に包囲される。タラに帰ろうとしていたその日、メラニーが産気づく。結局スカーレットがメラニーの赤ん坊を取り上げる。タラへの逃避を急ぐスカーレット一行は、取る物もとりあえず、レットが調達した荷馬車で、戦火に包まれたアトランタを後にする。

町から少し離れた場所に来た頃、レットは南軍に入隊するため、ここで別れると言い出す。そしてスカーレットに愛を告げ、強く抱きしめる。ふいの告白に動揺したスカーレットは、罵《ののし》りの言葉とともにレットに平手打ちを食らわせる。

残された一行は命からがらタラに辿り着くが、既に母は命を落とし、父も正気ではなかった。メラニーと息子、タラの家族や使用人たちを抱え、一家の主《あるじ》となったスカーレット。故郷のジョージアは荒れ果て、近隣の名家の人たちも困窮していた。しかしタラという土地だけは手放すまいと決意したスカーレットは、「必ず生き抜いてみせる。そしてこの戦いが終わったら二度と飢《う》えない」と誓う。そして自ら土地を耕し、家族それぞれに仕事を割り当て、次第に日々の糧を得られるようになる。

しばらくして、アシュレが帰還。スカーレットの心は躍る。戦争に負けた南部は北部連邦政府の統制下に置かれることに。黒人解放局が設置され、奴隷制度は解体。南部の農園主たちには莫大な税金がかけられる。金策に頭を悩ますスカーレット。

ある日、野良仕事をしていたアシュレと二人になったスカーレット。「君は現実を決して厭《いと》わず、僕のようにそこから逃げようとしない」というアシュレの言葉に、スカーレットは、「私だって逃げたいの。何もかももううんざりよ」と声を荒らげ、「逃げましょう」と持ち掛ける。「私なら、あなたを幸せにしてあげられる」と……。

32

「一緒に逃げましょう」

とアシュレの手を握った瞬間、私は目の前の扉がパアーッと開いたような気がした。そうよ逃げるのよ、二人でメキシコかどこかに。今の私は本当の私じゃない。綿花を摘んだり、食べ物の心配をして、ガミガミと皆を叱《しか》りつける私は、本当の私じゃない。私はキラキラとした方に向かっていないと生きていけない。今、はっきりとわかった。そう、私はアシュレと、新しい世界に逃げるんだ！

「ああ、アシュレ、大丈夫よ。なんとかなるわ、なるに決まってる！」

その時、私は見た。アシュレの澄んだ瞳に賞賛がひろがっていることを。驚きやとまどいじゃない。賞賛。それは私の勇気を讃《たた》えているもの。恋とか愛には不必要なもの……。

私はあの日のことを彼に思い出させようとした。そう、出征する日のこと。私は彼に「愛してる」って言ったのよ。

「そう、あなたはメラニーよりも私を愛しているのよ。今もそうよ、メラニーはただの夢だってあなたは言った」

その時、アシュレが私の肩を痛いほどつかんだ。

「忘れようと言ったはずだ。十二本の樫の木《トゥエルヴ・オークス》でのあの日のことを」

「どうしたら忘れられるっていうのよ。あなたは忘れたの？　私を愛していないと、今、心の底から言えるの？」

アシュレ、真実を言って。ここには二人しかいない。本当のことを話して。

「僕は君を愛してはいない……」

「嘘《うそ》よ！」

私は叫んだ。嘘、嘘、嘘にきまってる。どうして本当のことを言わないの。

アシュレは静かに手を放した。

「たとえ嘘だとしても、もうこれ以上話しても無駄だ」

「それってどういうことなの」

嘘じゃないとしたら、他に何があるっていうのよ！　この世には、嘘と真実の二つきりしかないんだから。

「スカーレット、僕にメラニーと息子を置いて出ていくような真似《まね》が出来ると思うかい。メラニーを傷つけるようなことが。それに君だって家族がいる。お父さんや妹たちを見捨てるなんて出来るはずはないさ」

「私は捨てられるわ、もううんざりなのよ！」

呆《ほう》けたお父さまに、反抗してばっかりのスエレン……、いくらだって捨てられる。

「お聞き、スカーレット」

さらに近づいてきた時、私を抱きしめると思った。だけど違ってた。ただ優しく肩を叩《たた》いただけ。

「君は疲れているんだ。だからこんなことを言うんだ。これからは僕が助けるよ。もっと」

「あなたが私を助ける方法はたったひとつよ」

涙がどっと出てきた。そうよ、泣かずにはいられない。

「私をここから連れ出して、二人で新しい生活を始めることだけ」

涙を流しながらアシュレを見た。今、はっきりとノーと言われた。彼は私と逃げる気なんてまるでない。

ひどい、ひどいわ。それなのに私は、はっきりと私を拒否したアシュレに見惚《みと》れていた。ちょっと乱れた金髪、すっと伸びた首、美しい顔立ち。上下が違うボロをまとっていても、ほどよく筋肉がついたすらりとした体。アシュレはやっぱり私の王子さまだった。

でも私のものじゃない。私がこれほど頼んでもダメだった……。

気がつくと、アシュレの胸に顔を埋《うず》めて泣いていた。涙はいくらでも出てくる。泣くのがこんなに気持ちいいなんて。タラの女主人でも、頑張る未亡人としてでもなく、私は十五歳の女の子に戻ってひたすら泣き続けた。涙が彼の上着を濡《ぬ》らしていく。

その時、アシュレがささやいた。

「愛《いと》しい人、僕の愛しい人……、僕の勇気ある愛しい人、どうか泣かないでくれ。泣いてはいけない……」

信じられないことが起こった。アシュレは私の顔を上向きにしてキスをしたんだ。激しいキス！　まるで飢《う》えた人みたいに、私の唇をむさぼる。求めても求めても、まだ足りない、っていうキス。私はこんな激しいキスをしたことがなかった……。

「アシュレ！」

唇が離れた時、私は勝利の声をあげた。

「ほら、私のことを愛しているんでしょ。ねえ、言って。私を愛してるって言ってよ。さあ！」

そのとたん、彼が冷静さを取り戻したのがわかった。急いで私を突き放す。

「やめてくれよ」

彼は私を見つめる。目に恐怖が溢《あふ》れている。私が怖いからじゃないってことはわかる。必死に自分の心と闘っているから。

「やめてくれ。もう本当にやめてくれ。これ以上君に泣かれたら、僕はもうどうしようもない。僕は今、この場で君を犯してしまうかもしれない」

そして私の肩を揺さぶった。お互いに正気に戻ろうとするように。そして言った。

「ごめん」

どうして。どうしてあんなに私を求めた後に謝ったりするの？

「僕がいけないんだ。つい感情にかられてしまった。君は何も悪くない。僕は今すぐ、メラニーと息子を連れて出ていくよ」

「出ていくですって？　ふざけないでよ。今、私を愛してるって言ったじゃないの」

愛しい人、とは言ったけど、愛してる、とは言わなかったかも。でも同じことよね。

「君はどうしても僕に言わせたいんだね。ああ、そうさ。僕は君を愛してる」

アシュレは急に荒っぽくなって、私を柵《さく》に押しつけた。すごい力。どうしてこんなに怒るの。

「僕は君を愛してる。そうさ、愛してるんだ」

早口で睨《にら》みながら言った。

「君のその勇気を、強情さを、容赦ないぐらいの残酷さをね。たった今、君とオハラ家の恩を忘れ、妻も忘れて、この泥の中に君を押し倒そうとしたほどにね」

どうしてそれをしないの。そうよ、今、泥の中で私を抱いてほしいのに。

「こんな気持ち、君には一生わかってもらえないだろう」

私たちは沈黙し見つめ合った。風がさっと吹いた。そして一瞬のうちにすべてのものを現実に戻したんだ。今は冬で、緑がまるでない切り株だらけの畑に立っていることを。あんなキスをされたけれど、私はアシュレを手に入れられないことを知った。あれだけの真実をさらけ出してくれたら、もうそれを受け入れるしかないんだもの。

「出ていく必要はないわ」

ようやくふつうの声を出すことが出来た。

「あなたたち家族を飢えさせるわけにはいかない。もうあんなことは二度と起こらないから安心して」

くるりと背を向けて屋敷に向かって歩いた。今日から二倍働くと心に誓って。

私の誇りにかけて、私を拒否した男とその家族が安心して暮らせるようにしなくてはならなかった。

私はのろのろと正面玄関への階段をのぼった。裏口は避けなくてはならない。マミイの鋭い目を通したら、何か起こったとすぐに感づかれるに違いない。

私は右手に握りしめた土くれを見た。そして思い出した。

「あなたを失って、もう私には何も残っていない」

と言った私に、彼はこの赤い土をひとつかみ渡してくれたんだ。

「君にはまだこれが残っているよ」

湿って冷たい土。これを私に握らせたことで、彼は私を正気に戻したんだ。

ああ、アシュレってどうして私のことをこんなに知っているんだろう。何もかも見すかされている。私の心のうちを、彼はすべて知っているんだ。最後に私の暴走を止めるやり方さえもね。


玄関ホールに入り、ドアを閉めようとした時、馬のひづめの音が近づいてくるのが聞こえた。近所の誰かがやってきたんだ。こんな時に人に会いたくない。泣きはらした顔を見られてしまう。急いで二階に上がり、理由をつけて閉じこもってしまわなくては。

だけど馬車が近づくにつれ、驚きのあまり中に入ることも忘れてしまった。何なの、これ？見たこともない馬車。こんな立派な馬車って……、すごいわ……。

つややかな漆塗りの新品で、そこかしこにピカピカの真鍮《しんちゅう》飾りがついている。馬具もみんなまっさら。ご近所さんではないし、知り合いでもないわ。今どきこんな贅沢《ぜいたく》な馬車を買う余裕なんて誰にもありはしない。

私がぽかんと眺めていると、馬車はうちの前で停《と》まった。そして降りてきたのはジョナス・ウィルカーソンじゃないの。こんなことってある！

彼はうちの奴隷監督だったのよ。それなのにどうしてこんなに立派な馬車に乗ってくるの。それに着ているコートも、ものすごく上等なものだってことはひと目でわかる。

そういえば彼は黒人解放局で働いていて、すごい羽振りだと聞いたことがあったっけ。

そのジョナスは馬車から降りようとする女に手を貸そうとしているんだけど、その女の格好ときたら。最新のドレスに身をつつんでいる。私はもう何年もドレスなんか新調していないのに、それが流行の最先端だとすぐにわかった。馬車と同じぐらいピカピカしていて、ビロードの上着の丈が短くなっている。

ふうーん、今のドレスってこうなってるんだ。だけどそれにしても面白い形の帽子。もうボンネットはかぶらないのねと、私はよそごととして見た。硬いパンケーキをちょこんと頭にのせているみたい。リボンはボンネットのように顎《あご》の下で結ぶのではなく、帽子の後ろで結わえていた。ふさふさした巻き毛の下でね。

でもこれって本物の毛じゃないわ！　カツラをつけるなんて娼婦《しょうふ》のすることだって、お母さまは言ってたけど、この派手な女はそうではないらしい。

女は馬車から降りたち、うちを眺めた。おしろいを塗りたくって、まるでウサギみたい……。

その瞬間、

「エミー・スラッタリーじゃないの！」

叫んでいた。

「ええ、そうよ」

女は微笑《ほほえ》みながら、屋敷に向かって歩き出してくるではないか。

ふざけないでよ！

エミー・スラッタリー。麻くずみたいな髪をして、結婚もせずに子どもを産んだふしだらな女。お母さまは死産のその赤ん坊に洗礼を授けてあげたのに、そのお母さまに腸チフスをうつした女。最低の貧乏白人のクズ。下品でいやしい女。その女がどうしてうちに入ってこようとしているの。

ふざけないでよ！

「その階段から降りなさい、このクズ女」

私は大声で命じた。

「私のこの土地から出ていきなさい。さあ、早く出ていきなさい」

エミーは信じられないという風に口をあんぐりとあけた。そして後ろを歩いてくるジョナスを振り返った。彼は眉をひそめてはいたけれど、もったいぶった声でこう言った。

「その口のきき方はないでしょう。私の妻に対して」

「妻ですって？」

私は笑ってやった。思いきり蔑《さげす》みを込めてね。

「いよいよ観念して妻にしたっていうわけね。あとに出来た赤ん坊は、いったい誰に洗礼を授けてもらったのかしらね。お母さまはあなたに殺されたから、もうしてあげられないけどね」

エミーは私のその言葉で、まざまざと恐怖の表情を浮かべた。そして馬車に逃げ込もうとするのを、ジョナスが乱暴につかんでとめた。

「これでも私たちは挨拶《あいさつ》にきたんですよ。旧交をあたためるためにね」

何かを企《たくら》んでいる。ものすごく嫌な言い方。怒りを抑えているのがわかる。

「せっかく旧い友人のよしみで、いい話をもってきたというのに」

「友人ですって」

私はふんと笑った。

「いったいいつ、私たちがお前たちみたいな連中と友だちになったっていうの。スラッタリー家の人間はね、私たちの施しで生きていたのよ。その恩をあだで返して、お母さまを死に追いやったのはその女よ。その女に子どもを産ませたのがお前。それでお父さまからクビにされたんじゃないの。うちの奴隷監督だったお前が、どうして友人面《づら》するのよ。さあ、さっさと出ていきなさい。さもないとミスター・ウィルクスに叩き出してもらうわよ」

私の見幕にエミーは、ジョナスの手をふりはらって馬車に逃げ込んだ。すべて図星だったから。

ジョナスは逃げないで、私に立ち向かおうとしていた。顔は怒った七面鳥のように真赤だった。

「相変わらず気位だけは高いというわけだ。ふん、こっちは何もかも知ってるんだ。あんたにはもうまともに履《は》ける靴ひとつないし、あんたの父親は頭がいかれて——」

「出ていきなさい」

「威勢のいいことを言ってられるのも今のうちだ。そっちに金がないのはわかってるんだからな」

ここで嬉しそうにひと息ついた。

「俺たちはこの家を買ってやろうと思ってここに来たんだぜ。それもすごい条件でな。エミーがどうしてもこの家に住みたいっていうもんでな。だけど冗談じゃない。あんたには一セントだってくれてやるもんか。身のほど知らずの、成り上がりのアイルランド人め。誰がこのあたりを取り仕切っているか思い知るがいい。いずれこの家は俺のものになるんだ。何もかも、家具も丸ごと買い取って俺がこの家に住んでやる」

すべてがわかった。

ウィルが街で聞いてきた噂《うわさ》。タラを手に入れたがっている者がいると。それはジョナスとエミーだったんだ。エミーはうちから施しを受けたことを、ずっと屈辱だと思っていた。ジョナスには使用人として働いていたという記憶が。この二人のねじまがった心が、一緒になってこの計画になったんだわ。

激しい憎しみで体中が震《ふる》えてきた。ああ、あの拳銃がここにあればいいのに。北軍兵《ヤンキー》にそうしたように、銃口を二人に向けて殺してしまいたい。

「お前たちがこの家の敷居をまたぐのを見るぐらいなら、私がこの手で屋敷に火をつけるわ。それから農園中に塩をばらまくから見ていなさい」

そして私は体中をふりしぼって声をあげた。

「出ていきなさい。早く出ていけー！」

二人が乗った馬車が遠ざかるにつれて、怒りは少しずつおさまり恐怖が襲ってきた。

タラは本当にあの二人に乗っとられるかもしれない。あの二人がタラを買うのをやめさせる手立ては何もない。

「いいえ、そんなことは絶対にさせるもんか」

私は声に出して誓う。

私がこの家に火をはなってでも、銀器やマホガニーの家具を全部壊してでも、あのエミー・スラッタリーにこの屋敷の床を歩かせるものか。お母さまが女主人として暮らしたこのタラを。

動悸《どうき》が静まらない。何とかしなきゃ。

じっくり考えるのよ、スカーレット。考えればきっと救われる道はあるわ。こんなひどい世の中になっても、きっとお金を持っている人がいるはず。そう、貧乏人ばっかりじゃない。昔の知り合いの中で、お金持ちを見つけるのよ。戦争ですべてのものがひっくり返り、まわりの人たちはみんな一文なしになってしまった。だけど探せば絶対にいるはず……。

その時、さっきアシュレが言ったことを思い出した。

「金を持っている、なんて聞いたのはレット・バトラーだけだ」

レット・バトラー！　私は急いで応接間に飛び込みドアを閉めた。よーく考えよう。じっくりと作戦を練ろう。

そうよ、私にはダイヤのイヤリングがあるわ。あれをレットに売ればいい。そしてお金を何とかしてもらうの。そうよ、三百ドルあれば何とか税金を払えるはず。

でも、ちょっと待ってと、私は考える。税金は今年だけじゃない。連中は、来年もさ来年も税金をふっかけてくるはず。こちらが降参するまで、たとえ綿花の収穫がよくても。北部人《ヤンキー》も役人もみんなグルなんだもの。これから一生、しぼり取られるに違いない。そうよ、私にはずーっとお金を出してくれる人が必要なのよ。

レットの顔が頭にちらつく。少しも好きじゃない男なのに。どうしてあの夜のことを思い出してしまうんだろう。

アトランタが陥落する寸前のあの熱い夜、ピティ叔母さんの家のポーチでのこと。私の腕に置かれたあの力強い手。そしてあのささやき。

「スカーレット、ずっと君が欲しかった。こんなに女性を求めたことはないよ。こんなに長く待ったことも」

そう、仕方ないわ、彼と結婚するのも。そうすれば一生、お金の苦労をしなくてもいいんだもの。私が彼と結婚すれば、タラを手放さなくて済むだろう。そして食事や着るものに不自由しなくて済むんだ。私はエミーみたいな下品なドレスを着たいわけじゃないけど、つぎのあたったボロ服を着ているのにはもう我慢出来なかった。そうよ、あのクズ女がエナメルの靴を履いて、私は水のしみ込むこの古靴だなんて。

レットと結婚すれば、すべてのことが解決する。私はすっかり明るい気分になった。

あの晩、道で置き去りにされた時、彼にひどい言葉を浴びせたような気がするけれど、彼はきっと憶《おぼ》えてはいないはず。もし憶えていたとしても、すぐに忘れさせればいいんだわ。

実はずっとあなたのことを愛していた、と言えば、彼はきっと有頂天になるはず。きっと私のことを信じてすぐにプロポーズするはず。

その時に気をつけなくてはいけないのは、今、私がお金に困っていることを知られないこと。絶対に悟られてはダメ。ちょっとでも疑われたら最後、私の目的は彼ではなく、彼の財産だとバレてしまう。でも大丈夫、大丈夫。ピティ叔母さんにも本当のことを話していないし、アトランタにまで私の噂が届いているわけはない。結婚してしまえばこっちのもの。レットの妻になる。バトラー夫人……。ということは、ああいうことをするんだわ。私は突然こみ上げてきた嫌悪感にちょっとたじろぐ。チャールズとの短い結婚生活で経験したことは、今思い出しても恥ずかしくて吐き気がする。もぞもぞと動く手、ぎこちない私の上でのあの動き……。レットともああいうことをするってこと？

いいえ、いまあのことを考えちゃダメ。我慢するのよ、我慢よ。

嫌なことを思い出したついでに、あの記憶も甦《よみがえ》ってきた。

私に「君が大好きだ。だけど愛しているわけじゃない」って言ったレットに、

「それって結婚の申し込み？」

と私は聞いたんだ。そうしたら彼ったら、大きな声で笑ったんだ。

「とんでもない。僕は結婚に向かない男だって最初から言わなかったかい？」

もし彼が私との結婚を拒んだら？

他の誰かと結婚していたら？

いいえ、もうそんなことを考えるのはよそう。レットのあの言葉だけを頭にうかべるのよ。

「ずっと君が欲しかった。こんなに女性を求めたことはないよ」

忘れていたら思い出させるまでよ。さあ、スカーレット、頑張るのよ。アシュレのあの告白を聞いた後でよかった。彼はどっちみち私と逃げるつもりはないんだもの。今はタラを救うことを最優先にしないとね。

とにかくレットに会いに行かなくては。私はまたいろんなことに頭をめぐらす。今まではレ

ットが乞《こ》う立場だったから、私の方に力があった。だけど今度は違う。私が乞う側になるんだ。だからってペコペコするもんですか。願いを聞き入れる女王みたいにふるまってやる。

私は昂然《こうぜん》と頭を上げ鏡の前に立った。そこには女王のように美しく誇り高いスカーレット・オハラがいるはずだった。それなのにどう？　そこにいるのは瘦《や》せて神経質なおばさんじゃないの。私のいちばんのチャームポイント、緑色のアーモンドアイの上の黒い眉がぴんとはね上がっている。

「これじゃ無理だわ」

私は叫んだ。このところちゃんと鏡を見たことはなかった。鏡を見るのは朝、髪が乱れてないか、顔が汚れてないか、ぐらいだったんだもの。こんなにちゃんと見るのは初めて。なんて瘦せてるの……。鎖骨をさわった。服の上からでもごつごつ突き出ているのがわかった。胸だっていつのまにか小さくなっている。昔はコルセットを締めると、つんと盛り上がった胸が、いまはメラニーみたいにぺったんこ……。

レットに会う日までには何とかしよう。ウェイドの分の牛乳を飲んで、顔も毎日パックしなくっちゃ。マミイに秘伝のハチミツパックをつくってもらおう。

だけどシンデレラの私には、もっと大変な問題があった。着ていくドレスがない……。

私はつぎだらけのスカートを見た。レットは美しく着飾った女性が好み。私が未亡人になった時も、

「そんな黒い服ばっかり着てるんじゃない」

とばかりに、新しい帽子を買ってきてくれた。それは緑色の羽根飾りがついたボンネット。

それに合わせて、私は初めて喪服を脱いで、緑色のドレスを着たんだわ。なんて綺麗《きれい》なんだろうとレットはすごく誉《ほ》めてくれた。

でもそのドレスはもうない。アトランタの家に置いていたけど、北軍兵にすべてのものが掠《りゃく》奪《だつ》されたと聞いている。

私はエミーの赤い格子柄《こうしがら》のドレスを思い出した。同色の房飾りがいっぱいついていて、最新のパンケーキみたいな帽子とも合う。

うちが食べ物を恵んでやってたクズ女が、あんな綺麗なドレスを着て、私がつぎだらけのスカートなんて。憎しみがまた募った。私があの赤いドレスを着たら、あの女の百倍は人目をひいたはず。レットだってくらくらするかもしれない。

ああ、せめて一着でもまともなドレスがあったら……。クローゼットにあるのは、つくろってあったり、つぎがあたっている何年も前のドレスばかり。生活に困っているのがひと目でわかってしまう。

すっかり気が滅入ってしまった私は、冬の夕暮れの光を部屋の中に入れようとした。そしてカーテンを少し開けたんだ。そしてその中に顔を埋めた。

モスグリーンのビロードのカーテンはふさふさと頬《ほお》にやわらかかった。

「これがあるじゃないの」

つぶやいていた。

私は大理石の天板の、重いテーブルを窓際までひきずっていった。そしてそれにのっかって、カーテンの吊《つ》り棒に手を伸ばした。つま先立ちしたのに、手が思うように届かない。いらいらして力まかせにひっぱったら、カーテンも吊り棒も何もかもが、いっぺんに床に落ちて大きな音をたてた。私は必死でかき集める。

おかげで私の怖《おそ》れていたことが……。ドアが開いてマミイの大きな黒い顔がぬっとあらわれたんだ。マミイは床にひろがったカーテンをじろりと睨んだ。

「エレンさまのカーテンをどうなさるおつもりですか。エレンさまはそのカーテンを、とても大切にされていました。床に落としたりして――」

くどくど言うのを途中で遮《さえぎ》る。

「いいから超特急で屋根裏に行って、私のドレスの型紙を持ってきて頂戴《ちょうだい》。これを使って新しいドレスをつくるんだから」

そのとたん、ものすごい勢いでカーテンを私の腕からひったくった。

「エレンさまのカーテンでドレスをつくるなんて。私は絶対にそんなことをさせませんよ」

「マミイ、そんな意地悪を言わないで。アトランタにお金を借りにいかなきゃいけないの。新しいドレスが必要なの」

にっこり笑って言ったんだけど、そんなことで許すマミイではなかった。

「新しいドレスがどうして必要なんですか。今、どんなレディの方々もドレスを新調なさったりしません。皆さま、古いドレスを誇りをもってお召しですよ」

そんなことわかってるわよ、お説教を聞いてるひまはないのよ。私は癇癪《かんしゃく》を起こした。

「とにかくね、ドレスが必要なのよ。マミイは今、うちにどれだけお金が必要かわからないからそんなことを言えるのよ」

「わかっております。ジョナスとエミーがこの屋敷を狙っているんですよね」

「さっきの話を聞いてたのね……」

「あれだけ大きな声をお出しになれば、家中に聞こえます」

「だったら話は早いわね。私はアトランタに行って税金分を工面してこなきゃならないの。マミイ、いいの？　あの二人にこの家を乗っとられて、お母さまを殺した張本人のエミー・スラッタリーのクズ女が、この屋敷に入ってきて、お母さまのベッドに寝てもいいの？」

マミイの顔がぴくりと動いた。マミイにとってお母さまは神と同じなんだもの。

「エミーがこの屋敷に入るのなんて、死んでも見たくありません。ですが、どうして新しいドレスが必要なんですか？」

「そ、それは……、マミイには関係ないことよ」

マミイはじろりと睨む。何もかも見透かしている目。子どもの時から、いちばん私が苦手だったもの。

「どうして新しいドレスが必要か、私には納得いきませんね。そしてお金はどこから借りるのか教えてくださらないとね」

「教えないわよ」

私は肩をそびやかす。もう子どもじゃないんだから。

「そんなの私の勝手でしょ。さあ、カーテンを渡して。ドレスづくりを手伝うの？　手伝わないの？　どっちなの」

「わかりましたよ」

やさしい声にぎょっとする。

「マミイがお手伝いしましょう。ペティコートも、カーテンのサテンの裏地でつくれそうですからね」

そして笑いかけてきた。

「アトランタにはメラニーさまもご一緒ですね」

「いいえ、私ひとりで行くのよ」

「それはいけません、スカーレットさま。このマミイがお伴します。新しいドレスを持ってどこまでもね」

やっぱり何もかもわかっているんだ。

33

私はその日から、女仕立て屋のようになった。そう、大急ぎで、カーテンからドレスをつくらなきゃならないんだもの。

みんなも協力してくれたのは嬉しかった。私があまりにも張り切っていたからかもしれない。スエレンとキャリーンがサテンの裏地を剝《は》いでくれて、メラニーはヘアブラシでビロードの埃《ほこり》をはらった。ずーっとカーテンだったサテンは、やっぱり汚れていたからだ。

北軍《ヤンキー》がカーテンまで奪っていかなかったのは、本当に幸運だったかも。綺麗《きれい》なモスグリーンのビロードは、私の目の色にぴったり。

マミイと一緒にダイニングルームのテーブルの上に、型紙をひろげた。そして布をじょきじょき切る。うまくいけば、カーテンは平和だった時みたいな素敵なドレスになるのは間違いない。ドレスが仕上がるにつれて、うちの女性たちは、だんだん気分が昂《たかま》ってきた。そう、みんな舞踏会に出ていく時の、あの気分を思い出したんだ。

お母さまは私にそんなに贅沢《ぜいたく》はさせてくれなかったけれど、シーズンごとに、ドレスを仕立ててくれたものだ。昼間のピクニックパーティーの服、乗馬服、ふだん着、そして大人になってからは、夜のパーティーのためのドレス。それはちょっと胸元が広く袖も短い。スエレンは私のお下がりを嫌がったから、彼女にもちゃんと別のドレスをつくった。あの子は私と違って、ぽってりとした体つきのうえに、目の色は茶色。だから私みたいに緑色が似合うわけはない。

でもドレスが仕上がる時の興奮といったら。新しいドレスを着て、みんなの前でくるっとまわったりしたっけ。

あの時のことをみんなが思い出して、私たちはいっとき幸福な気分になった。誰かが冗談を言って、みんなが笑う。

「その、お金を借りに行く、お金持ちの友だちって誰なの。わかった、レット・バトラー船長じゃないの」

メラニーがからかうと、みんながバカバカしいとどっと笑った。私がレットを嫌い抜いているのを知っているからだ。

みんなは自分たちがギリギリのところにいるのを知らない。近いうちに税金を払うためのお金を用意しないと、このタラを出ていかなきゃならないっていうことを。

でも、私のドレスが一本の希望の糸だということはみんな感じているらしい。いろんなものを差し出してくれる。

メラニーは自分の古いボンネットをくれた。これに残ったビロードを巻けば、新しい帽子になるというのだ。

スエレンでさえ、充分に新しい自分のアイルランドレースをくれた。キャリーンは自分の靴を。古びているけれどうち中でいちばんいい靴。この靴でアトランタへ行って、と言ってくれたのだ。

可哀想なキャリーン。十五歳になったら、舞踏会に出られることになっていた。デビューのために、お母さまは美しいドレスをつくってくださっただろう。だけどその前に戦争になってしまったんだ。そして彼女は、初めてのダンスを踊るはずだった恋人までなくしてしまった……。

やがて女性たちは作業に夢中になり、男性たちは煙草《タバコ》をくゆらしながら、微笑《ほほえ》んでそれを見ている。

とてもいい光景。でもこれがいつまでも続かないと知っているのはウィルだけ。みんなはこんな風に貧しい生活をしているのは、一時的なことだと信じている。メラニーはどんなに苦労しても、やさしく優雅なウィルクス夫人。そしてアシュレは、インテリで紳士。みんな何も変わらない。変わろうともしない。いつか神さまが奇跡を起こしてくれると信じているから。もうじきこんな生活が終わると信じているから。

だけど神さまは奇跡なんて起こしてはくれない。ただひとつ起こるかもしれない奇跡はレット・バトラーが私たちを救ってくれるかもしれないっていうこと。神さまじゃなくて、レット・バトラーが。

でもアシュレの視線が気になる。ちらっと私を見る目がとても寂しそう。もしかすると、アシュレだけは気づいているのかもしれない。そう、私が〝色じかけ〟で、レットにお金を借りにいくことを。

でもそれが何だっていうの。アシュレは私を救い出してくれなかった。一緒に逃げようと言っても拒否した。

だから見ていればいいわ。私が他の男に近づいていくのを。あなたの妻と子どものためにね。その間、無力なあなたは何ひとつ出来やしない。

翌日の午後、私とマミイはアトランタの駅に降り立った。冷たい風が吹いて、頭の上を走る雲は濃い灰色だった。

駅は街が焼け落ちた時そのまんま。建て直されていないのには驚いた。降ろされたのは、燃えかすや泥の真ん中だ。

無意識に顔を上げ、ピティ叔母さんの馬車と、御者台《ぎょしゃだい》に乗るピーターじいやを探した。そしてバッカみたいとつぶやいた。ピーターじいやが来ているわけがないじゃないの。今度のことは知らないんだもの。それに以前タラまでやってきた、あのみすぼらしい老いぼれ馬は、とうに死んだはずだもの。まわりを見渡しても、知っている顔は誰もいなかった。

叔母さんも手紙で言っていたわ。知り合いや友人で、いま馬車を持っている人は誰もいないって。食べることに精いっぱいで、そんな余裕はないそうだ。みんな歩いてあちこち行くんだって。

確かに貨車の荷を積み込む馬車以外、自家用の四輪馬車は二台きりだった。一台は箱車、もう一台は身なりのいい女性と、北軍の将校が乗っていた。その青い軍服に、私はびくっとしたけれど、もう戦争は終わったと自分をなだめた。そう、とっくに北軍が勝ったのよ。

私は戦争中の光景を思い出した。駅のあたりは、荷馬車や四輪馬車、負傷兵を運ぶ馬車でごったがえしていたっけ。怒鳴り声や挨拶《あいさつ》をかわす声で、やかましいほどだった。あの活気はもうない。私たちは街はずれのピティ叔母さんの家まで、えんえんと歩かなくてはならないんだ。辻馬車《つじばしゃ》が来たから乗ろうとしたけれど、ちゃんとした女性はつきそいがいても、箱馬車には乗らないものだとマミイが反対した。外から中が見えないからだって。バカバカしいと思ったけれども、マミイを怒らせたくなかったので従うことにした。これからの計画を邪魔されたくなかったから。

鉄道沿いには、焼け落ちて土台だけになった倉庫街があった。この中にチャールズが遺《のこ》してくれた倉庫もあるはずだけれど、今は跡形もない。だけど去年分の税金はちゃんとかけられていて、それを払ってくれているのはヘンリー叔父さんだ。いつかは返さなきゃいけない。とても空しいお金だけど……。

ピーチツリー通りに続く角を曲がった時、私は思わず声をあげた。焼け野原と聞いてたけど、こんなにひどいことになっているとは思ってもみなかった。私が知っているのは、立派な屋敷や公共の建物がぎっしり並ぶ街だった。だけど知っている家は何もない。私はあの恐怖の夜をまざまざと思い浮かべた。砲弾の音と混乱を背に聞いて、必死で逃げたんだ。そして私たちの後ろで、街はこんなに無惨に焼きはらわれたんだ。昔のあの美しい家並みが頭の中に甦《よみがえ》り、涙が出てきそうになった。

それでもところどころ焼け跡の中に、懐かしい商店を見つけた。窓ガラスはなく、屋根がふきとばされても、頑張っているお店もある。そうかと思うと、建てられたばかりの新しい建物も。中には三階建てもあってピカピカしている。またひとつ角を曲がると、そこは建設工事の真最中だった。金槌《かなづち》やのこぎりの音が聞こえ、工具を持った男たちがいきかっていた。

この街はまた生まれ変わろうとしている！　北軍も完全に奪うことは出来ない。破壊されてもまた立ち直るんだ。もっと大きく成長するんだ。

そう考えると、私の中にも新しい力がわいた。そうよ、負けるもんですか。税金を払って、タラを昔どおりにしてみせる。

それにしても、知っている人が本当に誰もいない。通りを歩いているのは、粗野な顔つきをした男と、安っぽい服を着た女ばかり。お高くとまっているけれど、上品なアトランタの上流の人たちなんて、一人も見かけない。北軍兵もいっぱいいて、青い軍服を見るたびにドキリとした。中には酒場からふらふら出てくる男もいる。

こんな連中に、慣れてたまるもんですか。一生かかっても慣れるもんですか。

人混みを抜けて、ぬかるみのひどいディケーター通りを横切り、さらに進むと歩いている人もまばらになった。

向こうから馬車がやってくる。もしかしたら知り合いかもと、マミイと立ち止まった。窓の向こうに女性の顔が見えた時は、思わず声をかけそうになった。だけどとんでもない。毛皮の帽子にあでやかな赤い髪。お互いにぎょっとして、私は反射的に後ろに下がった。

「あれは誰ですか？」

とマミイが屈託なく聞いてくる。ふん、口にも出来ない女よ。

「スカーレットさまをご存知のようだったのに、頭も下げませんでした。あんな色の髪の女は見たこともありません。まるで染めたみたいな……」

「そうよ、染めてるのよ」

「えー！　スカーレットさま、髪を染めているような女と知り合いなんですか」

「街のよからぬ女だから、名前くらい知ってたわ。ベル・ワトリングっていうのよ。わかったらもう黙ってて」

「へえー、こりゃ驚いた」

マミイは興味しんしん。農園で生きてきた彼女は、娼婦《しょうふ》なんて人種を見るのは初めてなんだ。

「あんな上等な服着て、御者までつけて。善良な人間が、食べることにも困っているのに、あんな女をのさばらせて、神さまはいったい何を考えているんでしょうか」

「神さまはね、もう何年も前に私たちのことを考えるのはやめたのよ」

死んだお母さまが聞いたら、卒倒しそうな言葉だけど仕方ない。神さまはもう、私たちを好きなようにやらせてくれるんだわ。

もしかすると、レット・バトラーの支援を受けるかもしれない。愛人になれと迫られるかも。そうしたら、もともと愛人のこの女と、同じ穴のムジナだわ。

自分で決めたことに後悔はないけど、ベルを見たら心がくじけそうになった。

今考えるのはよそう。

決心する。なるようにしかならない。だけど私はちゃんといい方に決めるに決まってるんだから。

そしてだんだん叔母さんの家に近づいてきた。ミード先生の家があった場所は、玄関前の二段の石段だけが残っていた。エルシング夫人の煉瓦《れんが》の屋敷はまだちゃんとあり、新しい屋根と新しい二階部分が出来ていた。

あちこちの穴を不器用にふさぎ、板を載せて屋根がわりにしているボンネル家……。隣りはピティ叔母さんのうち。新しいスレート屋根と、昔どおりの赤煉瓦が見えて、私は思わず走り出しそうになった。

神さま、ありがとう。

ちゃんと私たちのことを考えてくださって。

さっき悪口を言ってすみません。

前庭からピーターじいやが、買物かごを腕にひっかけて出てきた。そして私たちの姿を見て、黒い顔に驚きと歓喜がうかぶ。

ああ、泣いてしまいそう。早くピティ叔母さんの気つけ薬を。三分後に絶対必要だから。

私の予想に反して、叔母さんは失神しなかった。だけど喜びのあまり、胸を押さえ、しばらく言葉を失った。

その夜、叔母さんの食卓にあがったのは、お決まりのひき割りトウモロコシと、干しえんどう豆。時々はお肉を食べられるタラよりもひどいかも。

こんなありさまで無駄なこととは思ったけど、私は一応叔母さんにここの家計の状態を尋ねた。もしかすると、チャールズの遺したものがありはしないか。それがなくてもお金が借りられないかと思ったのだ。

ピティ叔母さんは正直に話してくれた。所有していた農園や街の地所は、北軍によってめちゃくちゃにされた。税金もどうなっているかわからない。叔母さんは家の税金も払えなくて、兄のヘンリー叔父さんから借りたそうだ。

「私に残されたのはこの屋敷だけよ」

叔母さんはそう言うけど、それは違う。叔母さんだけのものじゃなくて、私とメラニーとの共同資産であることを忘れている。

「ヘンリーから、毎月ちょっぴりの生活費をもらうんだけど、本当はもっと持っているはずよ」

それも違う。ヘンリー叔父さんからの手紙で知っている。叔父さんは、この屋敷と倉庫があった土地を死守しようと、税金と必死で闘ってくれているんだ。事実たくさんの税金を肩替わりしてくれていた。

だからといって、叔父さんのところにお金があるわけじゃない。税金を払うために、叔父さんがどれだけの苦労をしているか私は知っている。きちんと銀行の証明と共に、決算書が送られてくるからだ。

やっぱりレットに頼るしかないってことね。仕方ない。叔母さんに話して、明日レットを夕食に招待してもらおう。でも、こんなトウモロコシの夕食じゃひどすぎる。何とかしなくては……。

とりあえず私は叔母さんの手をぎゅっと握った。こんな貧しい食事をしていても、叔母さんの手は、昔どおりぽっちゃりしている。性格だって変わってない。まるっきりの世間知らず。

「叔母さま、懐かしい方々はどうしていらっしゃるのかしら？　エルシング家や、ミード家の皆さんはお元気ですか」

叔母さんの顔は急に輝いた。お喋《しゃべ》りをするのが楽しくてたまらないという感じ。それによると、メリウェザー夫人とメイベルは、信じられないほどの数のパイを焼き、それを北軍に売って暮らしているんですって。メイベルのあのチビのご主人も、戦争から無事に帰ってきて、このパイ販売を手伝っているというから驚きだ。

「もちろん友だちを非難したりはしないけど、私だったら、北軍相手に商売するより飢《う》え死にする方を選ぶわ。私はね、北軍に街で会ったら、うんと嫌味ったらしく道の反対側に逃げることに決めてるのよ」

そうか、その結果がトウモロコシの夕食っていうわけね。

ミード夫妻は、家も二人の息子も失ってしまった。建て直すだけのお金も気力ももう残ってはいない。だからエルシング夫人の修復した家で、一緒に暮らしているんですって。ホワイティング夫妻も一部屋借りていると聞いて、私はまたまたびっくりだ。

「エルシング夫人のところには、ファニーがいるし、ヒューだって」

ヒューはもう青年で、同じ部屋にはいられないはず。

「エルシング夫人とファニーが応接間で寝て、ヒューは屋根裏で寝ているのよ」

「それって……」

「そうよ、要するに下宿人よ。エルシング夫人は下宿屋を営んでいるのよ。おそろしいことだと思わない？」

悪いことを告げるみたいに、ひそひそ声になる叔母さんに、私ははっきりと言いはなった。

「あら、素晴らしいと思います。私が過去一年間、タラにどれだけの兵士を泊めたか。せめて彼らがちょっぴりでもお礼を置いていってくれたら、私はこんなに貧乏にならなかったと思いますよ」

「まあ、スカーレット、何てことを」

叔母さんはいつものように、かん高い声をあげた。

「タラのおもてなしの心を、お金で売ろうなんてとんでもないわ。あなたのお母さまが、今頃はお墓の中でひっくり返ってるわよ。もちろんエルシング夫人だって、やりたくてやってるわけじゃないのよ。彼女は裁縫を引き受けてるし、ファニーは磁器の絵付けをしている。ヒューだって、薪《まき》を売り歩いているんだから。将来は弁護士になりたい、って言っていたあの子がねえ……」

私をいじめていたエルシング夫人が、下宿屋のおばさんになって苦労しているというのは全然同情しないけど、ヒューはちょっと可哀想かも。とても綺麗な頭のいい男の子だから。

「私たちの大事な青年たちが、みんな身を落としていくと思うと、もう泣くしかないわ」

叔母さんは何ておバカな年寄りなんだろう。本当に腹が立ってきた。

あのギラギラと容赦なく照りつける太陽の下、ずっと腰をかがめて綿花を摘んだ身になってごらんなさいよ。下宿屋や薪売りなんてどうってことないわ。今は生きていくためには、何だってしなきゃいけないのよ。叔母さんは幸運にも、自分の手を汚さずに暮らしているじゃないの。たとえ食べるものがトウモロコシでもね。

「そうそう、忘れていたわ。手紙に書いたかしら。ファニー・エルシングが明日結婚するのよ。もちろんあなたも出席しなくてはね。夫人に言えばきっと喜ぶわ。明日はこの街が焼けて以来の、ちゃんとした結婚式になるはずよ。ケーキにワインがあるし、ダンスもやるはず。エルシング夫妻に、どうしてそんなお金があるのかわからないけど。あんなに貧乏してるし」

「ファニーのお相手って誰なんですか。確か、婚約者がゲティスバーグで戦死したはずだわ」

「スカーレット、ファニーを悪く言っちゃダメ。みんながみんな、あなたがチャーリーを思い続けているようにはいかないの」

しんみりとした声で話す。かなり誤解しているけど。

「名前は何ていったかしら。お母さまは女学校で私と一緒。彼女は名門の出身で、確か……、パーキンソン。そう、パーキンソン家よ。素晴らしい名門一家よ」

私は今度の戦争でよーくわかった。自分たちのことを名門だと思っているのは、東部か南部の一部だけ。一代前か二代前は、みーんなヨーロッパからの食いっぱぐれた移民なのよ。うちもそうだけどね。

「すごい名門なんだけど、こんなことは言いたくないんだけど……、砲弾を浴びて、脚の方に傷を負ってるの。歩くさまが下品っていうか……何ていうか」

「叔母さま、それでも結婚出来てファニーは幸せですよ。やはり女は誰かと結婚しないと」

「とんでもないわ。そんなこと絶対にありません」

叔母さんがむっとした顔になり、私はしまったと思った。ピティ叔母さんは、生涯独身なんですもの。あわててこうつけ足す。

「叔母さまは別ですよ。そこらの男と結婚したくなかったんでしょう。叔母さまが娘時代、どんなに人気があったかなんて、誰でも知っていることじゃありませんか。今だってひく手あまただし、あのカールトン判事だって、叔母さまにご執心っていう話だし」

「スカーレット、嫌だわ。やめてよ」

叔母さんはすっかりご機嫌を直して、くすくす笑い出した。私も大人になり、善良な年寄りの機嫌をとるなんていくらでも出来るようになってる。

「あんなよぼよぼの年寄り、とんでもないわ。でもね、ファニーだって、あんなに美人で人気者だったんだから、もっといいお相手はいくらでもいたでしょう。私はね、彼女があのトム・何とかを愛しているとは思えないの。そうかといって、戦死したフィアンセを忘れられないわけじゃない。彼女はあなたとは違うの。いつまでもチャーリーのことを忘れられないあなたとはね」

この見当違いの言葉は聞き流しておくとして、叔母さんから早くレットの話を聞きたくてうずうずしている。早くレットの噂《うわさ》話をしてくれないかしら。それなのに叔母さんったら、だらだらと世間話を始めた。

「全く黒人に選挙権を与えようだなんて、そんなバカな話がありますか。今だって、タチの悪い黒人が出てきて、夜はおろか、昼間だっておちおち出歩けないのよ。このあいだなんか、黒人が平気で女性を泥の中につき飛ばしたのよ。見かねた紳士が黒人を怒鳴ったら、その紳士まで逮捕されて……。そうだわ、言ったかしら、バトラー船長が留置場に入れられたって」

いきなり彼の名前が出てきて、しかも留置場なんて言うから、私は心臓が止まりそうになった。

「レット・バトラーがですか⁉」

「そうなのよ、あのレット・バトラーが絞首刑になるかもしれないのよ」

絞首刑！

もう声も出ない。ショックで真青になった私に満足して、叔母さんはペラペラ喋り出した。

「白人女性がレイプされて、その犯人の黒人を誰かが殺したの。バトラー船長がやったっていう証拠はないけど、とにかく見せしめが欲しいんだって、ミード先生はおっしゃってるわ。レット・バトラーを絞首刑にしてくれたら、北部が初めてまともなことをしてくれたって拍手するって。私はそこまで嫌いじゃないのよ。つい一週間前だって私を訪ねてきてくれて、見たこともないような綺麗なウズラをプレゼントしてくれたのよ。あなたのことも気にかけていて、アトランタ脱出の時に、あなたを怒らせるようなことをしたって。一生許してもらえないんじゃないかって」

そんなミエミエの手を使わなくても、実際に会ってすぐに謝ってくれればいい。そしてお金を貸してくれさえすれば。

「それで彼はいつまで留置場に？」

「さあ、誰にもわからないわ。死刑の日までじゃないかしら。この頃はね、黒人に私刑《リンチ》するＫＫＫ団《クー・クラックス・クラン》っていうのが横行しているから、北軍もカンカンなのよ。黒人の死体をさらして、自分たちのカードを置いていくんですものね。だけどヒュー・エルシングは、バトラー船長は死刑にはならないって言ってるの。北部も例のお金の在りかを狙ってるのよ。なんとか口を割らせようとしてるんですって」

「例のお金って⁉」

「いやだわ、知らないの。手紙に書かなかったかしら。戦争が終わってすぐ、あの人は見たこともないような立派な馬車でここに乗りつけたのよ。真新しい服を着てね。みんないったいどうしたら、そんなことが出来るのか聞きたがったの。でも誰も勇気がなかったから、私が聞いたのよ。どうしてそんなにお金があるの？　って。そしたら船長、笑ってこう答えたの。『どうぞご心配なく。ほめられた方法じゃありませんけどね』って」

いかにもあの男らしい答えだわ。

「どうせ、封鎖破りで稼いだんでしょう」

「ええ、でもそれはお金の一部よ。そんなものは、あの人の持っている額からすれば、バケツの一滴にも満たないのよ。私たちも、北部も、あの人が南部連合政府の何百万ドルっていう金貨をどこかに隠し持っていると信じてるの」

「何百万ドルの金貨ですって？」

「スカーレット、あれだけあった南部連合の金貨はどこに行ったと思う？　誰かが持っていなければおかしいし、バトラー船長は間違いなくその一人よ。戦争が終わった時は国の金庫は空っぽで、封鎖破りたちがこっそり自分たちのものにしていたって、専らの噂なのよ」

世間に疎いと思っていた叔母さんが、堰《せき》を切ったように喋り出すのを、唖然《あぜん》として眺めた。

私の知らないことばっかり。やっぱりタラって田舎なんだ。

「バトラー船長は、南部連合政府のために、莫大な量の綿花を、イギリスやナッソーに売りに行ってたわね。彼は自分のものだけじゃなくて、政府からも頼まれて綿花を売りさばいていたの。その綿花の値が、戦争中イギリスでどのくらい釣り上がったと思う？　まさにこっちの言い値でしょう。船長は手にした大金で銃を買い、それを南部の港に運ぶはずだった。それが海上封鎖がどんどん厳しくなるにつれて、武器は買えなくなった。だから、単純に考えても、数百万ドルっていうお金が、イギリスの銀行に眠っているはずなのよ。だけどそれは、南部連合政府の名義じゃないはずよ。今、街中そのお金のことで持ちきりなの。他の封鎖破りたちも怪しいと皆は見ているんだけれど、たまたま船長が黒人殺しの罪で逮捕されたのよ。だから北軍もこの際だから、徹底的に調べようってことなの。ミード先生は、あんな極悪商人は、すぐに絞首刑にしろっておっしゃってるけど……」

叔母さんのお喋りは、永遠に続くかと思われた。バトラー船長のことになると、どんなよぼよぼのお婆《ばあ》さんでも、ヘンに興奮するらしい。私は遮《さえぎ》る。

「それで、あの人はどこにいるんですか」

「市民広場近くの消防署だっていうのよ」

「消防署？」

「それがおかしいの」

叔母さんはくつくつと笑い出した。

「北軍は今、あそこを軍の留置場にしているのよ。そこにバトラー船長を入れたの。でもあの人って、いつもきちんとした身なりをしているでしょう。その彼が消防署にほうり込まれて、体を洗わせてもらえなかったから、毎日毎日湯浴《ゆあ》みさせろってうるさかったんで、船長を独房から出して広場に連れていったんですって。桶には水が汲《く》まれていたけど、それって駐屯兵《ちゆうとんへい》が全員、その中で手足を洗ったもの。お前も浴びていいって言われて、バトラー船長、なんて言ったと思う？　北軍の垢《あか》にまみれるぐらいなら、私は喜んで南部の垢をまとうって……」

私は叔母さんのお喋りをもう聞いていなかった。ただ二つのことばっかり考えていた。ひとつは、予想していたよりも、はるかに多くレットがお金を持っているということ。そして留置場にいて、もしかすると死刑になるかもしれないということ。

レットが死刑になるなんてどうでもいい。私もミード先生と同じく絞首刑に賛成。真夜中に、私を戦場近くに置きざりにした男なんだから死刑になって当然だ。何とかうまくもっていって、獄中結婚が出来ないかしら。そうしたらお金が自由になるし、彼が死んでくれたらそれこそ独り占め出来る。

私の頭の中に、数百万ドルの金貨が浮かび上がった。タラを元通りに、もっと大きく出来る。私もスエレンも、キャリーンも、また綺麗《きれい》なドレスを着ておいしいものを食べられるわ。ウェイドにも栄養のあるものを食べさせて、あの痩《や》せた頬《ほお》をふっくらさせる。あの子、このままだとクズ白人よ。家庭教師をつけて大学に行かせなきゃ。お父さまをいい医者に診せ、私のアシュレにも、新しい服を着せてあげられる。

そう、明日よ。明日私はレットを訪ねていこう。私にはまだ若さと美しさが残っている……はず。そして苦労してつくった緑色の新しいドレスも。そう、それを武器にして私は大金をせしめるのよ。

スカーレット、頑張るの。自分に言いきかせる。ずうっと人生を思いどおりにしてきたあなたじゃないの。

34

次の日の朝、窓を開けたとたん、思わず、

「やったー！」

と叫んだ。

昨夜は雨が降り、強い風がびゅーびゅー鳴り続けていた。遠くでは雷まで。今日も雨だろうと皆が言ってたのに、どう、この素晴らしい天気！　私は久しぶりに神さまにお礼を言ったほどだ。なぜなら雨が降ったら、せっかくのドレスと帽子が台なしになってしまう。

カーテンでつくったドレス。それからボンネットは古い帽子に、同じ布を巻きつけたもの。もし昨夜みたいな大雨だったら、どちらの魔法もとけてしまうかもしれない。まるでシンデレラのかぼちゃの馬車みたいに。私はそのことを心配していたのだ。

ベッドに横たわって、ピティ叔母さんがマミイとピーターじいやと一緒に、ボンネル夫人のところに行く気配をずっとうかがっていた。私は今日、風邪をひいて寝ていることになっているんだもの。だから時々、空咳《からせき》をしたりして大変だったんだ。

でもおかげで遅くまでぐっすり眠ることが出来た。タラで疲れきっていた体も、すっかり元気になり、力がみなぎっているのがわかる。

おまけに外はこんな素晴らしい天気！

すべての計画がうまくいくような気がしてきた。

スカーレット、頑張るのよ。久しぶりの戦い。今まで負けたことがある？　アシュレのことは別にして。そうよ、初めてパーティーに出た十二歳の時から、私はずーっと連勝に次ぐ連勝だった。目くばせして、えくぼをつくれば、どんな男だって落ちる。さあ、頑張るのよ、スカーレット。

凜々《りんりん》と勇気がわいてきた。誰の手も借りずにドレスを着るのは大変だったけれど、コルセットをいつもよりも、うーんときつくした。そうすると、郡でいちばん細い私のウエストが戻ってきたんだ。

そして緑色のビロードのドレスを着る。私の瞳と同じ色のドレス。

叔母さんの部屋へ行き、姿見に映した。

なんて美しいの！　そこにはタラで、農作業に疲れ果てた、あのおばさんみたいな私はいなかった。ドレスは豪華で洗練されていて、まるで女王さまの衣装みたい。ボンネットもすごく私に似合っていた。うちのオンドリからひっこぬいた羽根が、黒々としている。そしてボンネットの緑のふちが、私の瞳に小さな影をつくり、まるでエメラルドのように輝かせた。

「まあ、スカーレット……」

はっきり声に出した。

「あなたってなんて美しいの」

そして鏡の中の自分にキスしてた。バカみたいね。でも自分自身でさえそうせずにはいられないんだから、男の人なら誰でもキスしたがるはず。

私はお母さまの形見のペイズリー柄のショールを羽織った。だけど色が褪《あ》せていてとてもみすぼらしい。

ためらいなく叔母さんのクローゼットを開けた。叔母さんが日曜日の教会にだけ着ていく、大切な黒ラシャのケープがあったのでこれを借りることにした。仕上げは、タラから持ってきたダイヤのイヤリング。そう、死んだ、というか殺した北軍《ヤンキー》の兵士のものだったけど私は平気。

戦争なんて、持っている人からみんながいろいろかっさらっていって、売ったり家に持って帰ったりするものだって知ったから。このイヤリングは本当に素敵。レットと話している間、キラキラ光るはず。誰が見たって、貧乏にあえいでいる女には見えないわよね。

だけど気づいた。イヤリングをつける時、私の指がとてもガサガサしていたこと。顔やドレスはどうにかなるにしても、炎天下に綿花を摘んでいた手は荒れて、爪は割れている。

手袋をしなきゃ。手袋はレディの必需品。だけどいくら引き出しの中を探してもなかった。叔母さんがあのぷくぷくした手にしていったに違いない。代わりにアザラシのマフを見つけた。これで一応は手を隠せる。大切なことは、レットに、今私がお金に困っていて、お金目当てで彼に会いに来たと絶対に思わせないこと。

料理女《クッキー》が呑気《のんき》に歌を歌っている間、忍び足で家を出た。ベーカー通りを歩いて、アイヴィー通りにある馬車台に座った。こうすると乗せていってくれる馬車か荷馬車が通るはず。

空を眺める。お陽《ひ》さまが雲の切れ間から出てきて、あたりをまばゆく照らした。だけどお天気になった分、風が強くなってすごく寒い。私は叔母さんのマフに顔を埋《うず》めてぶるぶる震《ふる》えた。

やがてロバがひくおんぼろ荷馬車が通りかかった。乗っているのは陽に灼《や》けて、唇にかぎ煙草《タバコ》の粉をいっぱいつけたお婆《ばあ》さん。ちょうど市庁舎の方に向かうところで、隣りに乗っけてくれたけれど、嫌々なのはすぐにわかった。横目で私の豪華過ぎるドレスやマフを見てる。私のことをいかがわしい女だって思っているみたい。まあ、あながち間違ってないけど。期間限定のいかがわしい女。レットを落とすまでのね。

それでもお婆さんは、親切に広場で降ろしてくれた。ありがとうと言って、荷馬車が走り去るのを見送った。

さあ、いよいよ、本番。誰もいないのを確かめて、頬《ほお》をつねって血行をよくした。それから唇をきつく噛《か》んで赤くする。ボンネットのかぶり方を確かめ、そして私は歩き出した。

まわりは北軍の兵士がいっぱい。びっくりするぐらいいっぱい。私はちょっとくじけそうになった。こんな北軍のまっただ中に入って、いったい何をしようとしてるんだろう。

私は深呼吸して、大きく胸を張った。北軍兵《ヤンキー》を撃ち殺したのよ。もう何を怖がることがあるの。

消防署の前に着いた。青い外套《がいとう》を着た衛兵が私を呼び止める。

「お嬢さん、何かご用ですか」

案外丁寧なのでびっくりだ。

「この中にいる人に、面会に来たんですけど」

「どうかなあー」

彼は首をかしげる。

「面会者には、とっても厳しいんですよ。とりわけ女性にはね……」

そこで彼は泣き出した私にびっくりした。正確には、泣き真似《まね》している私に、なんだけど。

「あっ、泣かないでくださいよ。とにかく衛兵本部に行って、そこで将校に頼んでみたらどうですか」

「ありがとう」

にっこり笑いかけた。これがまた効いて、その兵士は、通りかかった衛兵に声をかけた。

「おい、ビル、このご婦人を本部に連れていってくれ」

お礼を言って、その髭《ひげ》をたくわえた大柄の兵士の後をついていった。

「滑りやすいから気をつけてください。それからドレスの裾《すそ》を少し持ち上げた方がいいですよ。泥がつきますから」

そして私の手をとってくれた。北軍がこんなに親切で紳士的なんてびっくりだ。私の腕を支える手は頼もしくて、礼儀をちゃんとわきまえている。

北軍も悪くない。なんて思った私にもびっくり。

だけどやがて、本部になっているお屋敷を見て、私は本当に泣きたくなった。そこは知り合いのおうちだった。戦争中、ここで何度もパーティーが開かれたものだ。若く素敵な南軍の兵士たちがいっぱい来ていて、皆で楽しい夜を過ごした。今は大きな合衆国の国旗が、屋根にひるがえっている。

「どうかしましたか」

「ううん、別に」

首を横に振った。

「昔、ここに住んでいた人を知っているから」

「それはお気の毒ですね。おそらく本人が見ても、ここが自分の家とはわからないでしょう。内部はすっかり変わっていますからね」

本当にそのとおりだった。あの頃は、皆でお食事したダイニングルームのあたりには、兵隊たちがたむろしていた。

「大尉にお会いしたいんですけど」

たぶん私の声は震えていたかも。だって何十人という北軍兵がそこにいたんだもの。むっとするよどんだ空気。暖炉と煙草の煙、草や湿った手織りの軍服のにおい。強い体臭。そういうもののにおいに私は圧倒された。

でも負けるもんか。凛《りん》として美しい南部レディを見せてやらなくては。

「大尉はいらっしゃいませんか」

もう一度声を張り上げる。

「私も大尉の一人だが」

太った男がこちらを向いた。

「囚人に面会をお願いしたいんです。レット・バトラー船長に会いたいんです」

「またバトラーか。彼はたいした人気者だな」

大尉は笑って、嚙み煙草を口から吐き出した。

「あなたは家族かね」

「はい……、レットの……妹です」

大尉はまた笑った。

「おまけに随分妹が多いときてる。昨日も一人来たばかりだが」

こちらを完全に馬鹿にしている。

ひどい、どうせ彼が遊んでいる女たちだろう。この北軍兵たちは、私のことを同族の女と見ているに違いない。

もう一分たりともここにいたくないわ。タラのためだから我慢してここに来たけどもうイヤ。もう帰ろう。

怒りのあまり、声も出ない私は、さっさと背を向けて歩き出した。その時、別の将校がさっと横に現れた。綺麗《きれい》に髭を剃って、若くハンサムな将校が、私を押しとどめたんだ。

「ちょっと待った方がいいですよ。寒いですからこっちの暖炉にあたったら。今、私が行ってどんな具合か見てきますから……。あなたのお名前は？　彼は、昨日の、その、訪ねてきた女性には会おうとしなかったんですよ」

その人はやさしくて、椅子まで勧めてくれた。私は余計なことを言ってこちらをからかった、太った将校をきっと睨《にら》んだ。

他の将校たちはテーブルの奥にかたまって、ひそひそと話し始めた。わざとらしく書類をいじり出す。私がどんなに場違いな存在なのかよくわかる。帰りたい。本当に今すぐ帰りたい。だけどいま席を立ったら、ここまで来た努力がすべて空しいものになってしまう。すべてはタラを守るためだものと、私が心の中でつぶやいた時、戸の向こうから低い話し声が聞こえてきた。そしてレットの笑い声。

戸が開いた。レットが現れた。帽子はなく全体に薄汚れ、無精髭を生やしていた。ネクタイもしていない。ケープを無造作にかけただけのだらしない格好だったけれど、なぜか颯爽としていた。隙《すき》のない服装で、白い馬に乗っている時と変わりない笑顔。

「スカーレット！」

私の手をとって両手でつつみ込んだ。そして頬にキスをする。彼の口髭が肌に痛い。驚いたのと、あまりにもドキドキしたのとで、私は反射的に彼の手をよけてしまった。そうしたら大声で、

「愛する妹よ！」

だって。そしてまた私の肩を抱く。これなら逃げられないだろうという彼の悪知恵に、思わず噴き出してしまった。

「ここまで連れてきて、規則違反だろ」

太った将校がぶつくさ言い出したら、

「どうぞ、ご安心ください。私の妹は、決して脱獄用ののこぎりもやすりも持ち込んでおりませんから」

レットは澄ました顔だ。やがてさっきの感じのいい将校が何か言って、そこにいた人たちはみんな外に出ていった。若いけど彼の地位はみんなより上らしい。

「よければこの当直室を使うといい」

レットに言った。

「ただし、向こうのドアの外には兵士が立っているからな。逃げようなどとつまらぬ考えは起こさないことだ」

厳しい口調になった。

「ご親切にどうも。大尉殿、恩に着ます」

そうか、大尉だったんだ。道理でみんな言うことを聞くわけだわ。

そして戸が閉められ、二人きりになった。そのとたん、レットは私に近づく。手を伸ばして引き寄せようとする。だけど私はまだ触れさせない。ただちょっとだけ微笑《ほほえ》んでみせる。レットは私の唇だけをじっと見つめてる。

「本当にキスをしちゃいけないのかい」

「おでこならいいわよ。やさしいお兄さまとしてね」

「せっかくだが、兄としてのキスはやめておこう。後でもっと別のキスが待っているかもしれない。だけどスカーレット、君はなんてやさしいんだ。わざわざ会いに来てくれるなんて……。アトランタへはいつ来たんだい」

「昨日の午後よ」

「それですぐに、僕のところに駆けつけてくれたのかい」

レットの顔は喜びでいっぱいになった。皮肉屋の彼が、こんなに感情をあらわにするのは初めてのことかもしれない。

私はちょっと気が咎《とが》めたけど、まやかしの言葉が次々と出てくる。

「駆けつけるに決まってるじゃないの。ピティ叔母さまからあなたのことを聞いて、私心配で一晩中眠れなかったの。あなたが牢屋《ろうや》の中でどんな目にあっているのかと思うと……」

「スカーレット……」

彼の声は静かだった。かすかに震えているのがわかる。見上げると、浅黒い顔にいつもの疑り深さや冷笑はいっさいなかった。まっすぐに私を見つめている。私は心臓が止まるかと思った。レットのことなんか、全然好きじゃないのにどうしてだろう。

「君とこんな風に会えるなんて、留置場に入った甲斐があったというもんだ。君の名前を聞いた時は信じられなかったよ。あの夜のことがあったから、許してもらえるとは思わなかったんだ」

そう、タラへ帰る途中、戦場の近くで私たちを置き去りにしたことよね。あのことを思い出すと、腸が煮えくりかえりそう。つい正直な声が出た。

「いいえ、まだ許してなんかいないわ」

「またも希望が砕かれた……」

レットは悲し気に首を振った。

「あの時、祖国のために身を捧《ささ》げようと決心をして、フランクリンの雪の中を裸足《はだし》で戦ったんだ。そして君が聞いたこともないような、悪質な赤痢《せきり》にかかった。揚句がこれとはね……」

「そんな話、聞きたくないわ」

私はふんと唇をとがらせた。段々こちらが優位に立っていくのがわかる。

「私は一生許してあげないわ。どんな危険があるかわからない時に、あなたは私たちを見捨てたのよ」

「だけど現に何も起こらなかったじゃないか。君はきっと無事に家に帰れる。僕は確信していたんだ」

「ねえ、レット。いったいどうしてあんな馬鹿な真似をしたの？　最後の最後に、負けるとわかっている戦争に行くなんて」

「全くそのとおりだ。僕はあの時、磨き上げたブーツを履《は》き、白いリネンのシャツを着て、決闘用の拳銃二丁だけを持って軍に加わったんだ。後先考えずに。その後、凍える雪の中を、外套も食糧もなしに何マイルも歩かされた……。全く脱走しなかったのが不思議だ。僕の中に流れる南部人の血が、祖国が滅び去るのを黙って見ていられなかったんだ。あの時のことを考えると、常軌を逸していたとしか思えない。君にはすまないことをしたが、僕も充分につらい思いをした。だけどもういい。君に許されたということで充分なんだ」

「許してないわよ。あなたなんか大っ嫌いなんだから」

ものすごく甘い声で〝嫌い〟と言った。

「いや、嘘《うそ》だ。君はもう僕を許している。そうでなかったら、どうしてこんなところに来るものか。若い娘が北軍のまっただ中にわざわざ来るはずがないよ。ああ、スカーレット、それにしても君はなんて美しいんだ！」

彼はあえぐように叫んだ。

「君がボロも喪服も着ていなくてほっとしたよ。僕はみすぼらしい女や、黒ずくめの女に飽き飽きしているんだ。スカーレット、君はまるでパリのラ・ペ通りからやってきたみたいだ。さあ、くるっとまわってよく見せてくれ」

そうよ、私をよーく見て。このためにつくったドレスなのよ。私は両手をひろげ、つま先立ちしてくるっとまわった。ついでにスカートの張り骨を斜めにして、レースのパンタロンも見せてあげた。いつもは洗濯し過ぎて薄茶色になった下着だけど、今日はスエレンがたった一つ残しておいた白いやつ。

「綺麗だ。なんておしゃれなんだ。北軍兵が外で見張っていなかったら、食べてしまいたいほどだ」

「あなたはそんなことはしないわ。いつも悪ぶっているだけ」

「驚いたな、スカーレット。君は随分変わった」

レットはもう私を目で追いまわすことをやめて、椅子にどさっと座った。

「ミス・ピティパットから、君の様子は聞いていたけど、君から直《じか》に聞いてみたい。今日までいったいどうして暮らしてたの?」

生きるために腐りかけていた野菜も食べ、綿花を育てた。北軍兵だって殺した。そんなことは言いやしない。ただにっこり笑ってイヤリングを揺らしただけ。

「私ならずっと元気だったわ。おかげさまでタラは何もかも順調なの。もちろんシャーマン軍が襲ってきた後は大変だったけど、屋敷を焼かれずに済んだし、家の者が家畜のほとんどを沼地に逃がして守ってくれたの。この秋は綿花も豊作だったわ。でもお父さまは、来年はこんなもので終わらないって。だけどレット、まだ郡の方じゃ、舞踏会もバーベキューパーティーもないのよ。私がぶつぶつ言ったら、お父さまがアトランタに遊びに行って気分転換してきなさいって。それでね、思いたってこっちに来たの。ドレスを何枚かつくって、それからチャールストンの伯母のところへ遊びにいくつもり。あちらでは、もう舞踏会があちこちで始まったからって」

それは幸福な時代だったらあり得ること。だから嘘をついているつもりはまるでない。

「全く君は薄情な女だ。もう郡の男たちのことはうっちゃっておくんだな」

まあね、と言う代わりに私はくすくす笑った。ボロをまとい、丸太を割っている私のかつての崇拝者たちのことを、レットは知らないに違いない。

「それなのにスカーレット、僕はずっと君のことを考えていたんだ。南部連合が降伏した後、僕はフランスやイギリスにいた。美しくてやさしい異国の女たち。それなのに僕は君がどうしているか、そのことばかり考えていたんだ……」

もう少しよ、スカーレット。レットは今、愛を打ち明けている。私も同じよ、とささやけば、レットはもう私のもの。彼のお金も私のもの。

「まあ、レット、嫌だわ、田舎娘をからかって。あなたは私を置き去りにしたのよ。そんな女のことを、あなたが思い出すはずがないじゃないの。私はそんな見えすいたお世辞を聞きたくて、わざわざここに来たんじゃないの。私がここに来たのは……」

「来たのは？」

「あなたのことが心配に決まってるからじゃないの」

レットは私の手にすばやく自分の手を重ね、ぎゅっと握った。

「この俺をこんなに心配してくれるなんて感激だよ。だがここを出られるかどうかはわからない。連中は長い縄を用意しているらしいからな」

「長い縄ですって？」

「俺がここを出る時は、その一方にくくられる時だ」

いつのまにか〝僕〟が〝俺〟になり、言葉が乱暴になっている。なぜなんだろう、死が近づいているから？

「まさか本当に絞首刑にされたりはしないわよね……」

こわごわ尋ねた。

「されるだろうさ。連中がもうちょっと証拠をつかんだら」

「まあ、そんな！」

心臓が音をたてた。必死で胸を押さえたのはお芝居じゃない。

「悲しんでくれるかい、スカーレット」

「もちろんよ！」

「そんなに悲しんでくれるなら、遺言書に君の名前を書こうかな」

やったー！　って言いたいところだけれど、そんなに嬉しいわけでもなかった。レットが死ぬと思うととても怖い。絞首刑なんて……。

「俺の懐具合には、やたら関心が集まっているようだからね。なんでも巷の噂《うわさ》では、南部連合政府の伝説の金貨を俺が持ち逃げしたとか」

「それって、本当なの」

「馬鹿馬鹿しい。南部連合が金貨をつくらず、紙幣に頼っていたことは君だって知っているだろう」

「じゃ、どうして大金を持っているの？　ピティ叔母さまの話じゃ――」

「今度は探りを入れよう、っていうのかい」

急に変わった冷たい声に、私は自分の失敗に気づいた。つい興奮してしまった。

「ああ、レット、あなたがこんなところにいると思うと、つい気が動転してしまったの。ここを出られるチャンス、あるわよね。ああ、レット、あなたが死刑になんてなったら、私はもう生きていけない。耐えられないわ。だって私……」

びっくりしたことに、瞼《まぶた》が熱くなってきた。いっそのこと泣いてみようかしら。そうしたら完璧だわ。

「信じられない、スカーレット。じゃあ、君は……」

私はぎゅっと目を閉じて涙を絞り出そうとした。そうしながら顎《あご》をわずかに上げることを忘れない。今ならキスしていいわよ、レット……。だけどヘン、何も起こらない。

目を開ける。レットの視線は別のところにあった。私の手をじっと見つめている。そして甲にそっとキスをして、自分の頬にあてた。荒々しい男の情熱じゃなくて、やさしい肉親のようなしぐさ。

どうして、どうしてなの。彼の頬にある私の手を見た。その時、恐怖のあまりあっと声が出た。私の手。昔の白くやわらかい、愛らしいくぼみがある手ではない。毎日の労働で荒れ、陽に灼けて薄茶色になっていた。手のひらのマメはすっかり硬くなり、親指には治りかけの水ぶくれがあった。

どうして気づかなかったんだろう。私はとっさにこぶしを握った。

「俺の目を見るんだ」

低い声だった。

「もう芝居しなくてもいい」

顔を上げた。彼の黒い眉は上に持ち上がり、その下の目はぎらりと光っていた。

「タラは何もかも順調だと？　綿花が豊作で街に遊びに行ってこいだと？　お前のこの手はどうした？　畑仕事か」

私は手を急いで引っこめようとしたけれど、レットはすごい力で自分の手の中に包んだ。

「これは淑女の手ではない」

きっぱりと言ったので、私の覚悟も決まった。

「うるさいわね！」

気持ちがすうーっとしたわ。やっぱり無理よ、こんなこと。ああ、口惜《くや》しい。途中までうまくいってたのに。ピティ叔母さんの手袋を、昨日のうちに盗んでおけばよかった。

「そろそろ種明かしといこうじゃないか。君がここに来た本当の目的は何なんだ？　俺としたことが、あやうく君の甘い言葉に騙《だま》されるところだった」

「あら、心配してるのよ、本当に」

「そんな言葉、誰が信じるものか。君は俺がしばり首にあっても、何とも思いやしない。その顔にちゃんと書いてある。君のご苦労な働きぶりがその手に書いてあるようにね。君は俺から何か得ようとしているんだ。それならそれで、どうしてはじめからはっきり言わない？　さあ、ハミルトン夫人、いったい何が目的だ。まさかこの俺が、君に結婚を申し込むと考えていたわけじゃあるまい」

　私は真赤になった。図星だったからだ。もうこうなったら、すべて打ち明けるしかない。

「ああ、レット。あなたなら私を助けられるの。あなたさえ優しい気持ちになってくれたら」

「優しい気持ちねぇ……」

　レットはふんと笑った。私の大嫌いな意地悪な笑い。

「まあ、なれないこともないが」

「そうよ、私、お金が欲しいの。三百ドル、貸してほしいの」

「ようやく本当のことを言ったね。愛を語り、金を思う。これぞまさしくスカーレット・オハラだ。それで三百ドルは、何に入り用なんだ」

「タラの税金を払うの」

「なるほどね。それで金を借りたいと。君がそういうつもりなら、担保は何だ」

「えっ？」

「君が金を返せなかった時の保証だよ」

「このイヤリングを預けるわ」

「俺にイヤリングをつける趣味はない」

「じゃあ、タラを」

「農園をもらって、俺にどうしろと」

「あれだけの大農園よ。決して損はしないわ。来年の綿花でも返せるわ」

「綿花の値はどんどん下がっている。このご時世、そう簡単に貸せる金なんかないね」

「レット、私をわざとからかっているんでしょう。何百万ドルってお金があるくせに」

もうこうなったら、泣いて頼むしかない。どうなってもいい。

「レット、もう全部話すわ。そうよ、私はすごくお金に困ってるの。何もかも順調なんて大嘘よ。本当は何もかもこれ以上ないぐらい悪くなっている。お父さまはもう昔のお父さまじゃないの。お母さまが亡くなってから、頭がおかしくなってしまった。辻褄《つじつま》が合わないことばかり。まるで子どもみたいなのよ。綿花を育てようにも、野働きの奴隷は一人もいなくなってしまった。そのくせ養わなければいけない人間は、十三人もいるのよ。年寄りから赤ん坊まで十三人。そう、あなたも知ってる、あの生まれたての赤ん坊。この十三人を食べさせなきゃいけないの。おまけに税金がかかった。それが途方もない金額なのよ……」

お願い、レット。ちゃんと聞いて頂戴《ちょうだい》。

「レット、何もかもぶちまけるわ。この一年というもの、私たちはいつ飢え死にしてもおかしくなかったの。食べるものが満足にあったことなんか一度もなかった。ちゃんとした服を着たこともなかったの……」

「そのドレスはどこで手に入れた？」

「お母さまのカーテンでつくったの。何日もかけて必死につくったのよ」

ああ、ここまで喋《しゃべ》ってしまった。カーテンでつくったドレスは、見抜かれると魔法がとける。お願い、レット、そんな目で私を見ないで。

35

もうこうなったら、洗いざらい話すしかない。

「今まで飢《う》えも寒さもずっと我慢してきたわ。タラを守るために必死だったの。でも今度ばかりはダメだわ。もうダメなの。北部からやってきた役人たちが、勝手に税金を引き上げたの。とんでもない額だわ。でも私が持っているのは、五ドル金貨が一枚きり。本当にそれしかないの。でも税金を払わないと、私たちはタラを失ってしまうの。家を奪われるのよ。そんなことは絶対に耐えられない。絶対にイヤよ！」

お芝居では涙が出なかったけど、今はポロポロといくらでも出てくる。そうよ、タラを失ってしまう。言葉にすると、危機はそこに迫っている、ってことが本当にわかった。

「どうして俺を傷つける前に、それを言わなかったんだ」

レットの静かな声。

「スカーレット、泣いてもダメだ。君が欲しかったのはこの俺じゃなくて金だったんだな」

顔を上げると薄ら笑いを浮かべている。どう見ても愛《いと》しい人を見つめる目ではない。でも途中までは、うまくいってたんじゃない？　彼は本当に私にプロポーズをするつもりだったんじゃない？

ああ、手袋さえしていれば。ピティ叔母さんの手袋をどうして盗めなかったんだろう。でも、傷ついたっていうことは、やっぱり私を愛していた、っていうことでしょう。そうよ、はっきり条件を口にすれば、まだ挽回出来るかもしれない。

「それで他に差し出すものはないのか」

とたんに事務的な態度になっている。いいわ、はっきり言うわ。でも驚かないでね。

「あるわよ、この私よ」

私は目が大きく見えるように顎《あご》をひいた。

「あの時あなたは言ったわ。そうよ、私たちを置きざりにした時よ。私ほど欲しいと思った女はいなかったって。あなたがまだ私を欲しいならこの私をあげる」

そう、結婚じゃなくて愛人だっていいのよ。本当にお願い。

「私にお金の手形を書いて。約束は必ず守るし誓約書だって書くわ」

でもレットはひと言も口にしない。ずっと黙ったままだ。じっと私を見つめている。そこには同情も怒りもない。ただ憐《あわ》れみがあるだけだ。そんな目をしないでほしい。私は顔がカッと熱くなった。

「今すぐお金が必要なのよ。でないと私たちは全員家から追い出されてしまう。そしてあの下品な奴隷監督たちがタラを乗っとるのよ。平気な顔をしてタラに住むのよ」

「ちょっと待ってくれよ」

興奮した私を制した。

「いったい君は何を根拠に、俺がまだ君を欲しがっていると思ってるんだ。まだ君に三百ドルの価値があると思ってるのかい。そんな高値がつく女は滅多にいないがね」

恥ずかしさのあまり、気が遠くなりそうだった。こんな屈辱ってあるかしら……。三百ドルの高値とか、まるで娼婦《しょうふ》みたいに扱われている。

「どうしてここまでするんだ。農園を手放して、ミス・ピティパットのところに住めばいいじゃないか」

「そんなこと出来るわけないでしょ！」

私は叫んだ。

「あなた、頭がどうかしてるわよ。タラは私の故郷なの、私のうちなの。手放せるわけがないでしょう。絶対にありえない！」

「全くこれだからアイルランド人は変わり者だっていうんだよ。間違ったものにおそろしく強い思い入れを持つんだ。土地なんか地球上どこにでもある。どこもたいして変わりがないのに」

レットの口調は、次第にからかう調子になってきた。でも私はじっと耐えた。だってここで癇癪《かんしゃく》を起こしたら、タラは奪われてしまうんだもの。

「じゃあ、つまりこういうことかな、スカーレット。君は交換条件を持ってここに来た。俺は君に三百ドルを渡し、君は俺の愛人になる」

「そうよ」

ああ、私は愛人になるのね。まともな女じゃなくなるのね。でも仕方ない……。

「ほう―、君はあんなに馬鹿にしていた愛人になるっていうのかい」

「いいわ、私を侮辱《ぶじょく》したいならすればいいわ。でもお金はください」

私を愛人にするんだから、借りるんじゃなくてちゃんと貰《もら》うわ。愛人になってもタラを守る。だってタラにはそれだけの価値があるもの。

「それで、お金をくれるんでしょ？」

次の瞬間、私は耳を疑った。

「いや」

レットがすごく楽しそうに答えたんだ。

「残念ながらあげたくてもあげられない。そもそもアトランタには一ドルもないからね。俺がいくらか金を持っているのは本当だけど、その金はここにはないよ。もし俺がそれを引き出そうとすれば、それこそ北軍兵《ヤンキー》が黙ってないだろうね。俺を責めたてて根こそぎ持っていくだろうよ。だから君に金を渡すなんて無理だね」

その瞬間、私は大きな声を上げたらしい。レットの掌《てのひら》が私の口をふさいだ。

「この嘘《うそ》つきー！　この悪党!!」

私は声にならない声で叫び、暴れくるった。レットを蹴《け》ろうと足を上げたとたん、体が持ち上げられた。レットがすごい力で、私の背を自分の胸に押しつけている。やがて足をバタバタさせている私を膝《ひざ》の上に抱いて、椅子に座った。

「スカーレット、静かにしろ。騒ぐとすぐに北軍兵が部屋に入ってくるぞ。こんな姿を奴《やつ》らに見られてもいいのか」

見られたっていいわよ。この男がとんだ詐欺師《さぎし》だってことを言ってやる。一日も早くしばり首にしてくれって。

この悪党！　放して、手を放してったら！

すごい勢いでもがくうち、私は気を失っていたらしい。目を開けると、レットが心配そうに顔を覗き込んでいる。さっきの感じのいい将校が、グラスに入ったブランデーを私の唇に注ぎ込もうとしているところだった。

起き上がり、ブランデーをひと口飲んだ。むせかえって咳《せき》をした。それからゆっくり飲んでやっと正気に戻った。

「皆さん、もう大丈夫です」

レットが将校たちに向かって言った。

「私が処刑されるかもしれないと聞いて、妹は失神してしまったようです」

男たちはみんなバツの悪い顔をして部屋を出ていった。この大嘘つき。でももう怒る気力も失せていた。

「もう行くわ」

「まだだ。もう少しここで横になっていた方がいい。また気を失ったら大変なことになる」

「あなたとここにいるぐらいなら、道端で倒れた方がましよ」

「君らしくなってきたな。回復した証拠だ」

思いきり怒りを込めて睨《にら》んだ。

「もう大丈夫だ。そのおっかない顔を見ればわかる。ところで——」

とレットは真面目な顔になった。

「俺の他にも、この話を持ちかけようとしている男はいるのかい」

「そんなこと、あなたに関係ないでしょ」

「いや、大ありさ。さっ、正直に言ってくれ」

「いないわよ」

「驚いたな。君にはいつも五、六人のスペアがいるものだと思ったんだがな。じゃあ、ちょっとしたアドバイスをあげよう」

「あなたのアドバイスなんていらないもんですか」

「いや、いらなくてもあげるさ。今、俺にあげられるのはそれぐらいだからな。ちゃんと聞いておけ。必ず役に立つ。男から何かを手に入れようとしたら、今俺にしたようなことを決してするな。それよりもうまく隠して女の魅力をふりまけ。昔の君はそういうのがうまかったはずだが、苦労した分、ちょっと技が衰えたな」

「余計なお世話よ」

「いや、いや、聞きなさい。君が俺の金を要求した時の、目の鋭くてこわいことといったら。俺がそれを見たのは、二十年前の決闘の時以来だな。あれでは男の心に情熱は芽生えない。男の扱い方としては最低だ。スカーレット、君は自分の習得したものを忘れている」

「私がどうふるまおうと、あなたの指図は受けません」

あまりの怒りで私は疲れ切っていた。のろのろとボンネットをかぶった。

ああ、もう嫌だ。愛人にしてくれ、という最後の切り札で最低の言葉を口にしたのに、返ってきたのは拒絶とからかいだった。あとはもう破産しかないんだわ……。

「元気を出せ、スカーレット」

もうあなたの声なんか聞きたくない……。

「俺の絞首刑を見物に来るといい。そうすれば気分も晴れるというもんさ。今までの恨みもちゃらにしてくれると有難いね。ちゃんと遺言書に君の名前を書いておいてあげよう」

「まぁ、ありがとう」

にっこりと微笑《ほほえ》んだ。

「でも北軍《ヤンキー》にのろのろされると困るわ。タラの税金の支払いに間に合わないから。明日にでも絞首刑、執行してくれないかしらね」

思いきりドアを閉めた。


外に出たら雨が降っていた。空は暗い灰色だった。通りには人影もない。馬車も荷馬車もやってこない。

私はとぼとぼ歩く。冷たい風が体を震《ふる》わせ、雨のしずくが針のように頬《ほお》を刺した。ピティ叔母さんの薄手のケープは、あっという間にびしょびしょになり、体にまとわりついた。ビロードのドレスも雨でぐっしょり。ボンネットにつけた羽根もだらりと垂れた。まるで魔法がとけたシンデレラみたい。気持ちが昂《たかま》っていた行く時とは、まるで違う。ただただみじめだった。

どうして今さらタラに戻れる？

みんなにどう言ったらいいの？

ぬかるみの中を歩きながら、レットへの憎しみはつのるばかりだ。ああ、一日も早く絞首刑になってほしい。あれだけの辱めを受けたんだ。もう私は絶対に許さない。

寒さで歯ががたがた震えている。このぬかるみの道はずうーっと続くみたいだ。ピティ叔母さんのうちはまだまだ遠い……。

馬が泥をはねて進んでくる音がした。端によけた。一頭立ての馬車がゆっくりとやってくる。もし白人なら乗せてもらおうと心に決めてふり返った。雨で視界がぼやけているけれど男だ。そして声がした。

「ミス・スカーレット！　まさかと思いましたがスカーレットじゃありませんか」

「まあ、ケネディさん！」

思わず駆け寄っていた。

「道で会ってこんなに嬉しいと思ったことはないわ」

それは本当だった。フランクは昔からの知り合いで妹の恋人。さえないおじさんだ。だけどこんな雨の中、私を救い出そうと馬車を停《と》めてくれている。彼は馬車からすばやく飛び降り私に握手を求めた。そう、ハグするほどの仲じゃない。それから防水帆布を持ち上げて、私が馬車に乗るのを手伝ってくれた。

「ミス・スカーレット、こんなところでいったい何をされていたんですか？　アトランタも最近は物騒だというのをご存知ないんですか。それにびしょ濡《ぬ》れではありませんか。さあ、毛布を腰のまわりに巻いてください」

男の人にこんなに甲斐甲斐しくされるのは何年ぶりかしら。じわじわと喜びで充《み》たされていく。たとえ相手がおじさんのフランク・ケネディでもね。

フランクは昨年のクリスマス・イヴにうちに来た時よりも、ずっと老け込んでいた。痩《や》せた土気色の顔をして、黄色の目はたるんだ皺《しわ》の中に埋《うず》もれていた。赤毛の顎髭《あごひげ》はますますまだらになり、ぼさぼさだった。

全く妹のスエレンは、こんなさえない男のいったいどこがいいのかしら。まあ、スエレンは昔からまるっきりモテなかったから、自分に言い寄ってきた唯ひとりの男を恋人にしたんだわ。

「お会い出来て光栄です」

フランクの声はやさしかった。

「あなたが街にいらしているのは知りませんでした。ミス・ピティパットに先週お会いしたばかりですが、何もおっしゃってなくて。他にどなたかご一緒ですか」

スエレンのことだわ。私は大嫌いな妹のことを教えてあげることもないと思って、いいえ、とだけ答えた。

「タラの皆さんはお元気ですか」

「ええ、まあ……」

何か話さなくてはいけないと思うけど、急に億劫《おっくう》になってきた。雨を逃れて馬車に乗ったとたん、タラを失うかもしれないという重さが私の心にのしかかってきたんだ。

でも何か話さなきゃ。タラのことは後でゆっくり考えればいい。

「ケネディさん、あなたにお目にかかれるとは思っていなかったわ。まさかアトランタにいらっしゃるなんて。確かあなたはマリエッタにいらっしゃると」

「ええ、今もマリエッタで仕事をしています。いろいろとやっているんですよ。私がアトランタに店を構えたと、ミス・スエレンから聞いていませんか、私の話は？」

「いいえ」

そういえば、何かぺらぺらと喋《しゃべ》っていたような気がするけれど、スエレンの話なんかまともに聞いたことないもの。

「じゃあ、今はお店をやっていらっしゃるの。すごいわ」

「それがなかなか順調でして、自分でも意外でした。みんなからは生まれながらの商売人、なんて言われているんですよ」

くっくっと笑ったけど、このかん高い笑い声、私は昔からすごく苦手だったんだ。いい年して、自慢話をペラペラ喋る男ってどうなの……。

「まあ、あなたの手にかかると、何だって成功してしまうんでしょうね。でもどうやってお店を出したの。去年のクリスマスにお会いした時は、一文無しだって言ってたのに」

「それがね、長い話になるんですが、お話ししてもいいでしょうか、ミス・スカーレット？」

「もちろん」

叔母さんの家までは遠いから退屈しのぎになるわ。

フランクはそれから本当に長い話をした。

騎兵隊の一員として戦っている時に、肩に傷を負ったんですって。彼は南の病院に移された。ほどなくして戦争が終わった時、病院の資材、大量の陶磁器や簡易ベッド、マットレス、毛布が残った。それはもちろん、逃げる時に住民が残していったもの。本当なら北軍のものになるんだけど、

「降伏の時にはそういう条件が含まれていませんでした」

「そうなの……」

「あの時の私の行動が正しかったかどうかはわかりませんが、北軍の手に渡ったとしても、どうせ燃やしてしまうに決まっている。しかし南部人が正当に手に入れたものは、南部連合の南部支持者のものになるべきものだと。この私の考え、間違っていませんよね」

おじさんっぽく長ったらしく言う。結局はみんないただいちゃった、っていうことよね。

「南部連合が降伏した時、私の手元には銀貨が十ドルきりでした。私の全財産でした。戦前いくらかあった不動産も預金も、すべて失くしてしまったんです、北軍のせいでね。でも私はその十ドルで、ファイブ・ポインツからほど近い、ボロボロの店舗に屋根をつけました。そして病院関連の資材を運び込んで売り始めました。誰もがベッドや毛布を必要として店にやってきました。私は皆に安値で売りました。これはもともと南部連合の人々のものだと思ったからです。私は間違っていませんよね」

「そうね」

いつまでもぐちぐち理屈を口にする。こういうところが本当におじさん。

「そして店は大きくなり、私はかなりの金を手にすることが出来たんです」

「お金ですって！」

私はその言葉にぴくりと反応した。お金を持っている、っていう人に初めて会ったんだもの。

「そんなにお金を持っているの？」

「はい」

フランクはすごく得意そうに胸をそらした。そしてペラペラ喋り始めた。

「といっても百万長者ではありませんよ。今持っている金など知れたもんです。ですが今年は一千ドル売り上げました。仕入れもしなきゃなりませんから、経費を引いて五百ドル残ったんです。来年には二千ドルの売り上げを見込んでいます。実はもう新しい事業を考えていましてね……」

「それって、どういうものですの、フランクさん」

私は体を寄せていった。彼にはまるで興味がないけれど、お金の話にはすごく興味がある。

「ぜひお話を聞かせてくださいな」

「いやいや、ミス・スカーレット。あなたのように美しい方は、商売のことなんか知らなくったっていいでしょう。退屈するばかりですよ」

いいえ、こんな面白い話、めったにないわ。私は身を乗り出しかけてやめた。それよりも、ちょっとだけ知りたい、という風に小首をかしげる。

「ぜひお聞きしたいわ。私、田舎に住んでいるから、世の中のこと、何も知らないんですもの」

「じゃあお話ししますが、もう一つの事業というのは製材所なんです」

「製材所ですって」

「実はピーチツリーにある製材所を、買わないかって言われているんです。この地区で製材所はとても少ないので成功するのは保証されているようなものです。アトランタの製材所のほとんどは、北軍に破壊されてしまいましたからね。今、材木は、ものすごくいい値段で取り引きされているんです」

「まあ、そうなんですか」

「私はすぐにでも製材所を買おうと思っているんです。そうしたら来年の今頃は、金の心配をせずに暮らせます。私がなぜ、金を早く稼ぎたいか、あなたはよくご存知のはずですが……」

照れてくっくっと笑った。そう、スエレンと結婚するためよね。あんな意地の悪い、不器量な女のいったいどこがいいのかしら。姉の私でさえ本当にへきえきするもの。それに今はオールドミスになりかけてて、ずうーっと不機嫌。何かというとつっかかってくる。

あんな泣きごとと愚痴だらけの女と結婚するために、彼は一生懸命働いているんだわ。そうよ、いかさない中年男だけど、優しいしお金は持っている。お似合いのカップルだと思ってたけど、スエレンにはもったいないわ。結婚したらスエレンは、ざまあ見ろとばかりに、アトランタで楽しく豊かな生活を始めるに違いない。

結婚の条件として、フランクに三百ドルを用立ててもらうのはどうだろうか。

それはあり得ない。私はスエレンの性格をよく知ってる。一人貧乏から抜け出せたことに喜び、タラが差し押さえられようと焼かれようと、全く意に介さないだろう。タラのためには一セントだって出さないはず。綺麗《きれい》なドレスが着られて、ミセス・ケネディと呼ばれれば満足なんだわ。

そうはさせるもんですか。スエレンだけが幸せになって、タラが失くなるのは絶対に許さない……。あの大嫌いなスエレンが、彼の店も、彼の製材所も手に入れるなんて間違っている。

その時、私の中にひとつの決意が生まれた。そう、さっきまでならず者の愛人になろうと決心していたんだから、どんなことだって出来るわ。

私はフランクを自分のものにする。

こぶしを握り、じっと降りそそぐ雨を見つめた。

やろうと思えば、フランクなんてわけはない。お父さまとそう変わりない見ばえの悪いおじさん。歯並びは悪いし、息はくさい。気が弱そう。くどくど話す。このレベルの男には、スエレンがぴったりだったわけ。私なんか高嶺の花というよりも、想像も出来ない相手だったに違いない。この私がにっこり微笑みかけ、気のあるそぶりをしたらどう？　フランクのレベルだったら、もう有頂天になってしまうはず。

まるっきり好みじゃないけど、あの性悪のレットよりはましでしょう。扱いやすいことも確かよ。ともかくもお金があるんだし。

レットは、

「もう昔の技はないな」

なんて憎らしいことを言ったけれど、絶対にそんなことはない。私が本気を出したらどんな男だってなびく。

「あのフランク……」

ささやいた。

「あなたのコートのポケットに、手を入れさせてもらうわけにはいかないかしら？　手がとっても冷たくて、私のマフは中までびしょ濡れなの」

「も、もちろんですとも」

フランクの驚いたことといったら。体が宙に浮いたわ。

「あなたは手袋もしていないじゃありませんか。ああ、私は何て気がきかないんだ。こんなにのんびり馬を歩かせて。さ、さ、どうぞ」

そんなわけで私はぴったりと彼にくっついた。馬車はさっきよりも速く進む。

「ところでミス・スカーレット、あなたはどうして雨の中、あんなところを一人歩いていたんですか？」

どうして突然、こんな質問をしてくるんだろう。まさか悪名高いレット・バトラーにお金を借りに行った、なんて言えないわ。えーと、早くうまい嘘を考えつかないと。

「そのつまり……、北軍の駐屯《ちゆうとん》本部に行っていたの」

「えー、何ですって⁉　あんな北軍の巣窟《そうくつ》に」

「小物を売りに行ったんです」

泣き出すことに成功した。

「将校が奥さんのお土産に買ってくれると聞いて。私、刺繍《ししゆう》は得意なんです……」

フランクは私を見つめた。彼の土気色の顔が、憤《いきどお》りのために真赤になっている。どうやら南部紳士精神に火をつけたらしい。私は泣きながら彼の胸にもたれかかった。しくしく涙を流す。タラが本当に失くなってしまったらどうしようと考えたらいくらでも涙は出てくる。

「ミス・スカーレット、何てお気の毒なんだ……。でもミス・ピティパットには決して申し上げません。ですが約束してください。もう二度とこんなことをしないと誓ってください。オハラ家のお嬢さまがこんなことをしていると思うと、私はたまらない気持ちです」

私は涙に濡れた目で彼を見上げた。手はしっかりと彼の上着に置きながら。さあ、フランク、うるんだ私のエメラルドグリーンの瞳を見るのよ。

「でもケネディさん、どうしてもなにかしなくてはいけないんです。私が息子を守らないと、他に誰もいないんですもの。夫は亡くなっていますし」

「ああ、何て健気な人なんでしょう」

大きな賞賛のため息。

「ですが、あなたは二度とこのようなことをしてはいけません。あなたの家族の名誉にもかかわります」

「じゃあ、どうしたらいいの、フランク」

初めてファーストネームで呼んでみる。そうしたらすごい変化が表れてびっくり。彼の顔は喜びのあまりピンク色になったんだもの。興奮して早口になってきた。

「ミス・スカーレット、私はあなたのために何でもしますよ。あなたはあまりにも重い荷をたった一人で背負おうとしている。失礼ですが、ミス・ピティパットも財産をほとんど失くしたと聞いています。兄のハミルトン氏も厳しい状況かと。でも、ミス・スカーレット、安心してください。私がミス・スエレンと結婚したら、喜んであなたとウェイド君のめんどうをみます。お二人が暮らせるようなうちをご用意しましょう」

私は一瞬のうちにいろんなことが頭に浮かんだ。

家と家族を守るために、好きでもない元使用人と結婚した近所の幼なじみ。

それからスエレンのこと。彼女の得意そうな顔ははっきり想像出来た。私とウェイドのめんどうをみるですって。私は一生彼女のやっかい者になるのは間違いない。一生えらそうに言われるにきまっている。いったい誰のおかげで暮らしていけると思っているの。タラなんか私と関係ないわ。結婚したら私はよその人間なのよ。

私の沈黙をフランクは全く別のことととった。

「ミス・スカーレット、どうか遠慮しないでください。私はあなたの義理の弟になるんですよ」

いいえ、そんなことにはならないわ。私はもっと別のことを願っているの。

「どうして泣くんですか。いったいどうしたんですか。まさかミス・スエレンが病気とか」

「いいえ、そうじゃないんです。私は話せません……。私はてっきり、あの子がもうちゃんと知らせたとばっかり思ってました。ああ、なんてひどいこと……」

「ミス・スカーレット、いったい何があったんですか」

「ああ、フランク。当然私はあなたが知っていると。どうしてあの子、あなたみたいにいい人にこんな仕打ちをするのかしら」

「いったい彼女に何があったんですか⁉ ミス・スカーレット、話してください」

「あの子は、恥ずかしくて書けなかったのね……」

予感しているのか、フランクはぼんやりと空《くう》を見つめた。

「スエレンは来月、故郷のトニー・フォンテインと結婚するんです。あなたにこんなことを伝えなければいけないのはとてもつらいわ。あの子は待つことに疲れてしまったのよ」

それから一ヶ月後、フランクと私は結婚した。レットはああ言ったけど、私の「技」は今もすごかったわけ。スエレンはギャーギャー泣きわめいたけど仕方ないわよね。フランクは、想像したこともない私という最高の女性を手に入れて、ずっと夢心地になっていた。

36

結婚式は二人だけでした。友人も親戚も参列しなかった。立会人は通りすがりの知らない人。サインをもらえばいいだけなんだもの。

フランクは誰もいない結婚式にいい顔はしなかった。本当はジョーンズボロから妹夫婦を呼びたかったんだ。

だけど私はめんどうくさいことを一切したくなかった。もしフランクの妹なんかやってきたら、すぐに気づいたに違いない。花嫁は夫のことを少しも愛していないことに。

私はフランクの腕をぎゅっとつかんでこう甘えてみせた。

「二人きりがいいの。駆け落ちしたみたいじゃないの。私、ずっと駆け落ちに憧れていたの。ねえ、ダーリン、お願いよ」

私はフランクを愛してはいなかったけれど、いい奥さんになろうとは決めた。愛されているとフランクが思えるぐらいにはやさしくするつもり。だって驚きながらも三百ドル渡してくれたんだもの。

「まあ、フランク、あなたってなんていい人なの。ダーリン、あなたは信じられないぐらい優しいのね」

大騒ぎしてフランクに抱きついた。すると彼って蕩《とろ》けそうな顔になる。そう、こんな風に女に頼られたり、感謝されたりするのは初めてなのよね。私みたいに綺麗《きれい》な女がたえず傍《そば》にいて、キスしたり〝ダーリン〟って呼んだりする。こんな幸福、想像したこともなかったんじゃないかしら。もしスエレンと結婚していたら、地味な、そう楽しくもない毎日だったはずだもの。スエレン……そう、妹には悪いことをしたと思っている。別の男と婚約したという嘘《うそ》をフランクに吹き込んだんだから。

私はすぐにマミイをタラに行かせた。目的は三つ。三百ドルをウィルに渡すこと。家族に私が結婚したことを知らせること。それからウェイドをアトランタに連れてくること。

二日後、ウィルから手紙が届いた。それは私を本当に喜ばせた。あの三百ドルで税金の支払いは完了したんだ。タラを自分のものにしようと狙っていた、うちの元奴隷監督のジョナスはびっくりしてかなり暴れたらしい。いい気味だわ。

ウィルの手紙は、

「幸せをお祈りしています」

と締めくくられていたけど、頭のいい彼のことだ。すべてを見抜いていたに違いない。私のことを理解して、責めることもしないし、お手柄だと誉《ほ》めることもなかった。本当に信頼出来る人だ。

でもアシュレは、私のことをどう思っているだろう。タラの果樹園で荒々しく私にキスをした彼。一緒に逃げようと言ったのにおじけづいた彼。私が他の男のものになるって聞いた時、どんな気分だっただろう。きっと苦しんでいるはず。そう、アシュレには、うんと苦しんでほしい。アシュレの苦悩する姿を思いうかべると、私は幸せな気分になった。

スエレン？　そう、ウィルの手紙のすぐ後、妹からも届いた。よほど混乱して怒り狂っていたんだろう、綴《つづ》りは間違いだらけだった。中身は、これ以上ひどいことを書けるだろうかというぐらいすごかった。私の性格を徹底的に悪く言ってるけど、まあ、あたってないこともない。スエレンは私と絶縁する、もう二度と会うもんか、と書いてきたけど私は気にしなかった。なぜってタラは救われたんだもの。

タラ、タラ……。大切な故郷。あの美しい屋敷。その時気づいた。私が必死で守ろうとしていたタラに、私はもう当分帰ることが出来ないんだ。帰ることをスエレンは許さないはず。だけどもう仕方ない。してしまったことをいつまでも後悔することに私は慣れていなかった。

それに意外なことに、私はアトランタの暮らしとフランクがだんだん好きになっていったんだ。製材所を諦《あきら》めて、三百ドルをぽんと出してくれたフランクのことを本当にいい人だと思い、この人を大切にしようと思ったのは本当。だってこの結婚がうまくいかなかったら、私は世間の笑い物になるもの。

戦争が終わってからというもの、アトランタの女性たちはかなり変化した。前みたいに、礼儀やしきたりをうるさく言わなくなった。そりゃあそうだ、みんな食べることに必死だもの。

あのお高いメリウェザー夫人がパイを焼いて売り、エルシング夫人の息子のヒューは薪《まき》を割って売り歩いている。とてもじゃないけど上流階級ぶることは出来ない。

だけどみんな私たちの結婚に興味津々《しんしん》。フランクが戦争前から、スエレンと恋仲だったのはみんな知っていた。春になったら結婚するつもりだって、まわりの人たちにも言っていたらしい。だけど突然フランクが、その姉のスカーレットと結婚したものだから、みんな仰天したらしい。あの悪名高いスカーレットと、ね。

世間ではいろいろな噂《うわさ》や憶測が流れた。ついに我慢出来なくなったメリウェザー夫人が、ある日フランクに聞いたらしい。

「婚約していた女性のお姉さんと結婚するなんていったいどういうことなの⁉」

その時フランクはすごく間の抜けた、困った表情をしたんですって。返事がないから、さすがの夫人も諦めた。

この話はまわりまわって、私の耳にも届いた。でも私は気にしていない。誰と結婚するのも自由だし、二度したっていいじゃないの。とにかくタラは無事だったんだから。

それよりも私の頭の中を占めていたのは、フランクの店をもっと繁盛させること。タラを取られそうになってからというもの、私の頭の中にはいつもお金のことがある。もっともっとお金を稼がなければ安心出来ない。税金のことにしても、今年は何とかなったけれど、来年はどうなるかわからない。フランクには、もっと稼いでもらわないと。

そうよ、一日も早く製材所をつくらなければ。あれは金のなる木だと誰かに聞いた。今、アトランタはすごい建築ブームで、材木は法外な値段で売れるんだ。

私は製材所買い取りのお金をタラにまわしてもらったことをすっかり忘れて、製材に手を出さないフランクにいらついていた。

私が男ならば、店を抵当に入れてでもお金を工面し、すぐに製材所を自分のものにするのに。フランクにそのことをそれとなく言うと、彼はにっこり笑って、

「君の小さな可愛《かわい》い頭を、商売のことなんかでわずらわせてはいけないよ」

だって。

冗談じゃないわ、私はフランクよりもずっと計算が速い。彼は三ケタを超える数字には、紙と鉛筆が必要だけど、私は暗算も大得意、分数だってちゃっちゃっと出来る。女学校に通っていた時は、勉強なんて大嫌い、数学なんて最悪だと思ってたけれど、実際にお金がからむとこんなに楽しいなんて。

私は最初、商売なんてまるで興味がないふりをしていたけれど、ある時からもうネコをかぶるのはやめた。

「私もお店に出して頂戴《ちょうだい》」

フランクにはっきりこう告げたんだ。

彼はびっくりした顔をしてたけど、薄々は気づいていたのかもしれない。なぜってジョーンズボロにいる妹が、いろいろ手紙で言ってきたみたいだし、他の男と婚約していたはずのスエレンが、ずっとそのままなのもヘンだと思っただろう。

でももう遅い。フランクは私に夢中になってしまったから。それで自分に都合よく解釈することにしたみたい。それは私が突然恋に落ち、どうしてもフランクを手に入れたくなった。だから嘘をつき策を練ったという筋書き。だけどそれを心から信じ込むには、フランクは頭がよかったし年もとっていた。まあ、心は揺れていたわけ。そして出した結論は、私の機嫌を損ねないようにすること。やりたいことをやらせること。そうすればとても楽しい日々が送れるということを彼は知ったんだし。

好きにさせてくれれば、私はすごくいい奥さんだと思う。こう見えても、私はよく気がついてやさしいところがある。彼がうちに帰ってくる前に、室内履《ば》きを暖炉の火で温めてあげた。濡《ぬ》れた足をやさしく拭《ふ》いてあげて、カゼの時は甲斐甲斐しく看病してあげた。彼の好物や、コーヒーに入れる砂糖の量だってちゃんと憶《おぼ》えた。そして時々は彼の膝《ひざ》にのってあご髭《ひげ》をひっぱったりする。そして「ダーリン……」って甘えてみる。私ぐらい可愛くて素敵な奥さんがいると思う？　そりゃ確かに、お金が目当てでフランクと結婚したけれど、こうなってくると得したのは彼。だって本当に幸せそうな顔してるんだもの。

でも私の中で「店に出たい、商売を手伝いたい」っていう気持ちはどんどん強くなった。それはフランクがインフルエンザにかかり、何日もうんうんうなっている時。若い店員が毎晩うちにやってきてその日の売り上げを報告したけど、私は納得しなかった。だって売り上げをごまかしてないって誰が証明してくれるわけ？

実は私はずっとチャンスをうかがっていたんだ。

「ダーリン、やきもきしてたら体に悪いわ。私が街に行ってお店の様子を見てくるわ」

フランクは弱々しく、そんな必要はない、とか言ったけど、私は無視することにした。そして馬車でファイブ・ポインツに向かったわけ。

店は想像していたよりも大きかった。でも古くて中は暗い。戦前の廃材を利用したものだから仕方ないかも。

音をたててストーブが燃えていた。床はおがくずだらけですごく汚い。でも店の棚は一応きちんとしてあった。薄暗がりの中、背の高い棚には明るい色の生地、磁器、調理器具、小物が詰め込まれてお客を待っていた。

でもバックヤードはひどいことになっている。在庫品が乱雑に積まれているだけ。その中にはマホガニーや紫檀《したん》の高級家具もあったし、古いけどとてもいいものだとわかる錦織りのカーテンやクッションも。戦争のどさくさで運ばれてきたものだ。

あまりにも暗いからランプをかざしてみたら、収納容器の中に、種や釘、ボルト、大工道具がぎっしり入っていた。これって、みんなが欲しがっているものじゃないの！

あんなにこうるさいフランクが、どうして整理整頓をちゃんとしないんだろう。この商品から埃《ほこり》をはらって、店先に置けば飛ぶように売れるはず。これじゃ、帳簿だってどうなっているかわかったもんじゃない。

「まず台帳を見せて頂戴」

店員のウィリーに言ったら嫌な顔をした。フランクと同じで、女の出る幕じゃないと思ったんだろう。冗談じゃない。私はずっとタラの切り盛りをウィルとやっていた。帳簿を見るなんてわけないわ。

「私は夫の代理でここに来たのよ。使用人にあれこれ言わせないわ。さあ出しなさい」

私は厳しい声で命じ、ウィリーを食事に行かせた。

そしてストーブの前に陣取り、ぶ厚い帳簿をめくった。数字の列をたんねんに調べていく。

そしてすぐにわかった。フランクがいかに商才がないかということを。未回収金は少なくとも五百ドルあり、一部は何ヶ月も前からこげついていた。

払ってくれていない人たちのなかには、メリウェザー家やエルシング家の面々も。それもかなりの額。あの人たち、まるっきり払わないのに、どうして買い物を続けているんだろう。私はだんだん腹が立ってきた。フランクだって、支払えないとわかっているのに、どうしてツケで売っているんだろう。いくら昔からの知り合いだからって、きちんと催促すれば払える人はいくらでもいるわ。エルシング家のファニーなんか、新しいサテンのドレスを着て、豪華な結婚式を挙げたんだから払えないはずはない。ああ口惜《くや》しい。

私は帳簿の最終ページを切り取り、ツケが何ヶ月もたまっている客のリストを書き写した。フランクにははっきり言ってもらおう、金を返してくれと。

私は心に決めた。あの人には成功してもらわなくてはならないし、稼いでもらわなきゃ。タラのためだけじゃない、私たち二人の未来のためにも、お金はどっさり必要なんだもの。

私は必死に帳簿から、支払いが滞っている顧客のメモをとっていた。その時だ。正面のドアが開き冷たい風が吹き込んできた。顔を上げる。

そこに立っていたのは……、そう、レット・バトラー。私は驚きのあまり声も出ない。どういうことなの⁉ ついこのあいだまで刑務所に入っていた男が、新しい服に厚地の外套《がいとう》をはおり、そのうえケープまでなびかせている。

そして茫然《ぼうぜん》と立ち上がった私に向かい、彼は山高帽を脱いで深々とお辞儀をした。しみひとつない真白なシャツのひだ飾りに手をおき、昔の騎士みたいなお辞儀。私をからかっているのがひと目でわかった。笑いながら大きな声をあげる。

「お元気ですか、親愛なるミセス・ケネディ」

〝ケネディ〟をわざとらしく念入りに発音した。ようやく私は態勢を整える。

「まあ、レット船長、ここに何しにいらっしゃったのかしら」

「ミス・ピティパットを訪ねたら君が結婚したと聞いたもんでね。大急ぎでお祝いに駆けつけたんだよ」

この男から受けた屈辱の記憶を一気に思い出した。

「よくもいけしゃあしゃあと、私の前に姿を見せられたものよね」

「おお、スカーレット、それは俺のセリフだよ。あの時は失礼な罠《わな》を仕かけてきて」

「まあ、あなたって人は――」

怒鳴りかけた私に、レットは微笑《ほほえ》んだ。

「ここは休戦にしないか、スカーレット」

どうして休戦にしなくてはいけないんだろう。すべてレットが悪いのに。

「残念よね。あなたが絞首刑にならなかったなんて」

「ああ、他の連中もそう思ってるみたいだね。だけどスカーレット、そんなに怖い顔をしなくてもいいじゃないか。君らしくもない。時間もたったことだし、もう忘れているだろう。俺がその、ちょっと冗談を言ったことぐらい」

「冗談ですって？　ふん、誰があれを忘れるもんですか」

「いや、忘れるさ。そうやって怒ったふりをしているのは世間体をつくろうためだろう。えーと、座ってもいいかな」

ダメよ、と言ったのに、レットは椅子に腰をおろした。ゆっくりと手袋を外す。

「聞いた話じゃ、ほんの二週間も俺を待てなかったらしいな。女心っていうのは、本当に移り気だなあ」

わざとらしくため息をついた。

「なあ、スカーレット、古くからのとても親しい友だちとして教えてくれないかな。ここだけの話、俺が牢《ろう》から出てくるのを待った方が賢明だったんじゃないのか」

「馬鹿なこと言わないでよ」

「それからもう一つ重要な質問をしたいんだけど、君は女として嫌悪感をおぼえなかったのかい。一度ならず二度までも、好きでもない男と結婚するのはいったいどういう気持ちだったんだろうかね」

「レット！」

私はフランクを愛しているわよ。今、とっても幸せに暮らしてるわよと言いわけしようとしたが、そんな嘘はすぐに見抜かれて、もっとひどい辛辣《しんらつ》な言葉を浴びせられるに違いない。私はとっさに話題を変えた。

「相変わらず口がまわるわね。それにしてもどうやって牢から出たの」

「ああ、そのことか。どうってことはないね。今朝釈放されたんだ。ワシントンの友人に、連邦政府の高官がいるんだよ。彼に昔のことを思い出してもらったわけさ。俺は昔、その男から南部連合のために銃を買い、すごく儲《もう》けさせてやったことがあるからね。俺の悲惨な状態をしかるべき方法で伝えてやると、彼は大急ぎで権力を行使してくれた。それで俺は無罪放免になったわけさ」

「だけどあなたは、本当は無罪じゃなかったんでしょう」

「ああ、そうだ。南部紳士として当然のことをしたと思ってるけどね」

レットは南部の女性をレイプした黒人を殺したんだ。私は北軍《ヤンキー》の脱走兵を撃ち殺したことをふと思い出した。もちろんそんなことをレットに言いやしないけど。

「そう、これも極秘だけど」

急にもったいぶった口調になった。

「俺は確かに金を持っている。リヴァプールの銀行に預けてあるんだ」

「お金、持ってたの⁉」

「そう、合衆国側がしつこく探ってた金さ。スカーレット、君が欲しがっていたのに渡さなかったのはケチでも意地悪でもないんだ。俺が手形を振り出そうものなら、連中はきっとそれを追跡し、君は一セントの金も手に出来なかったはずだ。そっとしていれば金は安全を保たれる。最悪の状態になったら、戦争中、俺に銃や弾を売った北部の愛国者の名前を全部ぶちまけてやるつもりだった。その中には、今、ワシントンで高い地位についている奴《やっ》らが何人もいる。大騒ぎになるはずさ」

「それってつまり、あなたが南部連合の金貨を隠し持ってるっていう噂が、本当だったたってことね」

「全部じゃない。イングランドやカナダに、たんまり貯め込んでいた封鎖破りは五十人はいるだろうさ。俺の持ち金は五十万ドルといったところだ。スカーレット、五十万ドルだぞ。君がその短気を抑えて、後先考えずに再婚するのをやめておけばよかったのにな」

五十万ドルですって！

驚きと怒りのあまり吐き気がしそうになった。世の中にそんな大金が存在しているのに、私は三百ドルのために故郷を失いそうになった。そして自分の運命だって変えたんだ。その結果が中年男とこの薄暗い店。

それなのに目の前には、そういう大金を本当に手にしたことを、こともなげに口にする人間がいる。しかも最低の下劣な人間。こんな不公平なことってある？

「ふん、さんざんあくどいことをして手に入れたお金なんでしょう。戦争のどさくさに紛れて、南部連合からかすめとったんでしょ」

「とんでもない、正当な俺のものさ。半分はね」

平気な顔をしている。

「南部連合の愛国者たちが裏切ってくれて、物資の横流しもしたけれど、戦争が始まる頃に綿花に投資したのが大きい。そもそも俺は南部連合から頼まれて綿花を預かってた。それでライフルを買うように命じられた。だけど君も知ってのとおり、封鎖が厳重になって、金は銀行に預けたままになってたんだ。それをどうすりゃいいんだ。南部連合はもう存在しない。誰に渡せばいい？　北軍か。まさかね。あれこれ考えている最中《さなか》に泥棒呼ばわりされたら、俺の立つ瀬もないじゃないか」

「だったら困っている人に配ればいいじゃないの。南部のために戦った人たちとその家族が飢《う》えてるんだから」

そう、私みたいな人間よ。今、国中に溢《あふ》れている。そうしたらレットはげらげら笑い出した。

「君は時々心にもないことを言うんだね。君がそんな人道主義者のわけがないだろう。俺が金を人に配る、なんて言い出したら、君は金切り声をあげて阻止するに決まってるさ」

「あなたのお金なんか欲しくありませんから」

冷ややかに言ってやった。

「私を侮辱《ぶじょく》して、貧乏暮らしをあざ笑うつもりならどうぞお引きとりください」

さっと立ち上がろうとしたら、レットは本当に愉快そうに笑いながら先に立った。そして私を椅子に押し戻す。顔が近づいたので、上等な葉巻のにおいがした。

「本当のことを言われるとすぐカッとなる。君のその癖はいったいいつになったら直るんだ。俺は君を侮辱していない。欲しいものをどんなことをしても手に入れようとするのは、とても立派な君の美点だと思ってる」

「そうかしら」

この言葉はわりと本気に聞こえた。

「ここに来たのは、君の貧しさをあざ笑うためじゃないよ。どうか末長くお幸せにとお祝いに来たんだ」

「……」

彼の薄笑いを見れば、そんなことはまるっきりの嘘だとわかる。

「それはそうと、スエレンは君の盗みについてどう思ってるわけ」

「何のことかしら」

「スエレンの鼻先から婚約者をかすめとったことさ」

「失礼ね！　私はそんな――」

「まあ、細かいことを言うのはよそう。彼女は何て言ったんだ」

「別に何も言ってないわ」

嘘をつけとレットの目が言っていたが、それについてはしつこくからんでこなかった。

「そりゃまた寛大なことだな。じゃあ、君の貧乏暮らしの話をじっくり聞かせてもらおうか。監獄までご足労いただいたのはつい先日のことだし、俺には知る権利があるはずだよ」

私は戦争中からのタラの話をした。北軍にすべての綿花を焼きはらわれてしまったこと、そして重い税金がかかり、タラを手放さなくてはならなくなった現実を。

そのうちに私は気づいてきた。レットは本当に心配してここに来たことに。お金の工面が出来たかどうかを確かめたかったのだ。しかし私を侮辱したり、からかったりせずにはいられない。本当に理解不能な男だ。

だけど喋《しゃべ》っているうち、私は心が晴れ晴れしていくことに気づいた。ウィルにでさえ、これほど心を打ちあけたことはない。

「なるほど君は頑張ったわけだな。フランクの指に結婚指輪をはめさせるまで、よく自分を抑えていたな」

これにはふき出しそうになってしまった。

「さあ、これからは今の貧乏ぶりについて話してくれ。見たところこんなちんけな店だと、大富豪の暮らしをしているとは思えないね」

私は昔なじみの人たちのことを訴えた。五十人もの人たちがツケをまるっきり払ってくれない。フランクは催促しようともしない。世間体を気にする男だから、紳士が南部の人にそんなことは出来ないらしい。

「それがどうした。フランクが集金しないと食べるものにもこと欠くのか」

「そうじゃないの。でもお金は欲しいの。今すぐに。かなりまとまったお金」

「何のために？　また税金にいるのか」

「そんなことあなたに関係ないでしょう」

「ところが大ありなんだよ。君にお金を貸してやろうとしているんだからな」

嘘でしょ！　この男がすんなりとお金を出してくれるなんて！

「君のやり口はすべてお見通しさ。いいとも貸してやろう。親愛なるミセス・ケネディ。ついこのあいだお申し出があった素敵な担保もなしで。君がどうしても、というなら話は別だがね」

「あなたほど下品な男を見たことない！」

恥ずかしさのあまり彼を睨《にら》んだ。しかしもちろんそれを気にするような男じゃない。

「喜んでお貸しするよ。君が綺麗なドレスや馬車を買いたいって言うのなら喜んでお貸ししよう。だけどアシュレ・ウィルクス君の新しいズボンを買うためなら話は別だ」

激しい怒りで私は目の前が一瞬暗くなった。こんな時にアシュレの名前を持ち出すなんて。

「彼は私から一セントも受け取ってないわ。たとえ飢え死にしかけてもね。あなたみたいな人間とは違うんだから！」

「わかった、もうこれでストップ。俺の方が君よりも罵倒《ばとう》には長けてる。気絶させられるぐらいさ。それよりも建設的な話をしよう。で、いくら欲しい？　何に使うんだ」

私はとっさに黙った。私の計画を話すのがちょっと恥ずかしくなったのだ。あまりにも大胆な途方もないことと嗤《わら》われるかもしれない。

「さて、本当のことを言えるのかな。真実は嘘と同じぐらい役に立つけどな」

「いくら必要かわからない」

覚悟を決めた。

「私は製材所を買いたいの。フランクが言っていた。安く買えそうなところがあると。それから荷馬車が二台とラバが必要ね。それから私用の馬と小さな馬車も欲しいわ」

「製材所だって」

「お金を貸してくれるなら、所有権の半分をあげるわ」

「製材所なんかもらってどうしようっていうんだ」

「お金を儲けるに決まってるじゃないの、ものすごい大金を稼げるはずよ。そうでなければ利息を払うわ。えーと、高い利息ってどのくらいかしら」

「五割ならかなりいいだろうな」

「冗談はやめてよ。もう冗談ばっかり」

レットが大声で笑う。私もだんだん興奮してきた。

「ピーチツリー街道にある製材所よ。今すぐ現金が欲しいからきっと安く売ってくれるはず。今このあたりには製材所が少ないから、材木はとんでもない高値で売れるの。フランクだって、私にくれた三百ドルがあったら、きっと製材所を買ったに違いないわ」

そう言った途端、かなり申しわけない気がしてきた。もしフランクが製材所のことを知ったらどう思うかしら。店の近くで、自分の妻が製材所を始めたりしたら……。「そもそも君は金の出どころをどう説明するんだ。俺から借りたとなったら、君の評判に傷がつくぞ」

そのことは全く考えてなかった。いいわ、どうにでもなる。

「あなたにダイヤのイヤリングを売ったことにするわ。本当にあなたにあげる」

「イヤリングをつける趣味はないね」

「私もいらないの。どっちみち私のものじゃないし」

「じゃ、誰のものなんだ？」

突然あの日のことが甦《よみがえ》る。静まりかえった暑い午後、タラの玄関ホールにころがった脱走兵の死体……。

「あれは私に遺《のこ》されたもの。今は間違いなく私のものよ。レット、私と同じ経験をすれば、あなただってそうなる。私、よくわかったの、この世でいちばん大切なものはお金だって。だから神に誓って、もう二度とお金のない暮らしはしないつもりよ」

そう、食べ物を探して行ったオークス屋敷の奴隷小屋。そこで土の中からクズ野菜を掘り出したこと。それを囓《かじ》りながら天に向かってこぶしをふり上げたこと。

——神さま、私はもう二度と飢えません——

レットは私の言葉を、ふんふんと興味なさそうに聞いている。本当に嫌な男。私がもし大金を稼いだら、こんな男とは絶交してやる。絶対につき合わない。お腹いっぱい食べられるようになったら次にそれをやる。この男をすぐさま追いはらうわ。

「ねえ、レット、私をこれから製材所に連れていってくれない？　他の人が手付け金を払う前にすぐ行きたいの」

にっこりとえくぼをつくりながら小首をかしげた。

「君はなんて可愛いんだ、スカーレット。悪巧みをしている時はとくにね。そのえくぼを見ただけで、ラバ一ダースにもう一頭おまけをつけて買ってやりたくなるよ、君が欲しがっていればね」

37

これから自分で、製材所を経営する、と私が宣言した時の、フランクの驚きといったらなかった。

古くさいおじさんの頭の中には、女が働く、なんて考えはこれっぽっちもなかったんだもの。いいえ、フランクだけじゃない。アトランタ中を見渡したって、女が直接経営している会社や工場なんてひとつもなかった。せいぜいがメリウェザー夫人のようにパイを焼くぐらい。男にしても、女にしても、みんな「女が先頭に立って働く」姿なんて、想像も出来ないんだ。フランクなんか、私が冗談を言っているとしかとらえていなかった。

だけど私は、今本当に製材所を経営している。朝はフランクよりも早起きしてピーチツリー街道まで出かけ、夜はフランクが店を閉め、夕食をとるまで帰らないこともあった。

「スカーレット、君が何もそんなことをしなくてもいいじゃないか」

フランクはすぐに不満を口にし始めた。そう、男の人がよくやる、君のことが心配だし、という口調にすりかえて。

「途中の森には、解放されたばかりの黒人や、白人のクズどもが大勢うろうろしているんだぞ。その中をピーターじいやと二人だけで行くってどういうことなんだ」

「私が行かなきゃならないの」

素っ気なく答える。

「私がしっかり目を光らせていないと、あの悪賢いジョンソンさんが、私の材木を売りとばし、そのお金をポケットに入れてしまうわ。きちんとした人が見つかって、ちゃんと管理を任せられれば、こんなにしょっちゅう製材所の方に行かなくても済むはず。そうしたら街で売る方に専念出来るのよ」

ジョンソンっていうのは、製材所の元の持ち主。工場長として雇ったんだけど、私はこの男をまるっきり信用していなかった。

でもそのうち、私は製材所を一日だけ休み、フランクの店で材木を売るようになった。それはそれは面白い仕事だった。

今、アトランタは空前の建築ブームで、材木は飛ぶように売れた。だからこそ、いい加減な取り引きが横行していて、私はそれにノーを出したっていうわけ。

たとえば知り合いが他の業者から材木を買おうとしている現場に、私は馬車で乗りつけた。

「ダメよ。この値段で買っちゃ。うちの方がはるかに良質で安いのよ。ねえ、あなた、いったい一枚いくらで契約したの」

相手から値段を聞くと、すばやく暗算してみせる。そしてその場で見積もりを出した。

「ほら、見て。ずっと安上がりに出来るじゃないの」

私は流れ者の大工や、職人の間にも平気で入っていった。ぶらぶら街を歩いて、工事をしているところがあれば、その親方に話しかける。おかげでめちゃくちゃ評判が悪くなった。

そう、メリウェザー夫人みたいに、パイを焼いていればよかったんだろうけど、私は男の人相手にばしばし商売をして、しかもすごく儲《もう》かってるわけ！　それからもっと顰蹙《ひんしゅく》を買ったのは、そのお金を、夫であるフランクの店に入れるんじゃなく、自分で管理していたから。

だって仕方ない。せっせとタラに送金したんだから。戦争でボロボロになったタラの家を修理し、畑を再生させる。そのうち担保をとってお金を貸しつけるつもりだ。タラの近所の人たちはみんなお金に困っている。お金を貸してあげれば喜ぶはず。だけどウィルはこの件には賛成しなかったけど。

私は本当に商売に向いているみたい。アイデアが次々と浮かんでくる。

亡くなったチャーリーが遺《のこ》してくれた土地がかなりある。シャーマン軍に焼きはらわれて、今は空地になっているけど、元々は大きな倉庫があった。私はここを酒場として貸し出したらどうかと思いたった。

「そんなことは絶対に許さないよ」

フランクは叫んだ。

「僕の妻が酒場経営だなんて」

「バカバカしいわ」

ふんと笑ってやった。そんな偏見にこりかたまってるなんて。

「場所を貸すだけ。酒場はものすごくいい店子《たなこ》になるのよ。家賃をきちんと払ってくれるからって、ヘンリー叔父さまが言ってらしたわ。フランク、売りものにならない材木を使って安く酒場をつくる。それでたっぷり家賃を取ればいいのよ。その家賃と製材所の儲けを合わせれば、もっと大きな工場が買えるはずよ」

「製材所はこれ以上いらないよ」

フランクの顔はおびえていた。妻がこんなことを言い出すのが、本当に信じられないんだろう。

「むしろ今持っているものを売り払いなさい。あの製材所のせいで、君は疲れ切っているじゃないか。あの解放黒人を何人も使うのが、どんなに難儀なことか、いつもグチってるじゃないか」

「確かに彼らを使うのは大変よね」

でも工場を売るつもりなんかまるでない。もっといい方法を思いついたんだもの。

「ジョンソンさんが言うには、朝、工場に行っても、彼らが何人来るのかわからないんですって。一日か二日働けば、あとは給料を使い果たすまで遊んでいるのよ。製材所で働かせても、だらだらしてちっとも役に立たない。だからといって、昔みたいに怒鳴ったり、二、三発殴ろうものなら、すぐに黒人解放局につかまっちゃうもん」

「スカーレット……」

フランクの声は震《ふる》えている。

「まさか、ジョンソンさんに連中を殴らせているんじゃないだろうね」

「まさか。そんなことしたら、すぐに北軍《ヤンキー》につかまっちゃうわ。今は私たちより彼らの方がずっとえらいんだもの。私が牢《ろう》に入れられてしまうわよ」

フランクはそれでも不安そうな顔をしている。妻が男みたいに働くのが許せないうえに、レット・バトラーのことも不快でたまらないのだ。

ウェイドを呼びよせたのをきっかけに、私たちはピティ叔母さんの屋敷に引っ越した。焼かれなかった広い屋敷なんて見つけられなかったからだ。

レットは、ピティ叔母さんを訪ねる名目でしょっちゅうやってくる。ウェイドも「レットおじちゃん」と言って慕っていた。フランクにはそれが面白くなかったんだ。

私とレットとのことは、いつのまにか噂《うわさ》になっていたらしい。レットもさんざん悪評が立っていたから、さもありなん、お似合いの二人っていうわけ。

だけど〝お上品な〟アトランタの方々は、面と向かって私に聞きはしない。注意したりもしない。ただ私たち夫婦は、食事やパーティーに招かれることがぐんと減った。訪問してくる人たちもいなくなった。

昔から南部の人間は、社交を大切にする。ものがなかった戦争中だって、やりくりをしてお客さんを招いていたんだ。のけものにされて、フランクはとてもつらいみたい。自分はちゃんとアトランタの上流社会に入っていると思っていたからなおさらだろう。

だけど私は全然へいちゃら。あのお婆《ばあ》さん連中に何を言われたって大丈夫。それどころか、退屈な社交に参加しない分、時間が出来てどれだけせいせいしただろう。

フランクだって何とかなる。私が甘えて膝《ひざ》にのっかって、

「ねえ、ダーリン、心配しないで。すべて私たちの生活のためよ。すぐにうまくまわり出すわ」

と言いさえすれば、とろんとした顔になるもの。だけどすぐに、

「君はいったい、何を考えてるんだ」

とおろおろするところがイヤ。本当にイヤ。

だから私はつい、癇癪《かんしゃく》を起こしてしまうわけ。

どうしてみんな、私のことをわかってくれないんだろう。

私はもう二度と飢《う》えるのがイヤなんだ。

タラを奪われるのが怖《おそ》ろしい。

だからこんなに頑張って働いているわけ。幸い私は商売に向いていて、利益はどんどん上がる。それなのに、

「世間体が悪い」

「妻が働くのはみっともない」

という理由で、仕事を取り上げられそうになる。それが我慢出来ないんだ。

そもそも、フランクは商売には向いていない。アトランタの古い知り合いには、ツケで商品を売り、それを取り立てることが出来ない意気地なしのミエっぱり。

そのくせ月末になると、

「スカーレット、少し融通してくれないか」

と私にお金をまわすよう言ってくる。私はこれがあるから、

「やっぱり私が働いていてよかったじゃないの」

と心から思うわけ。

フランクは、あの薄汚い店だけで満足するつもりらしい。元々フランクの家は、いろんなと

ところに地所や借家を持っていて、それなりの暮らしをしていた。だけど戦争に負けてすべてを失くしてしまったんだ。いろんな災難があった時、いちばん頼りになるのはお金なのに。私はそのことを身にしみて知っている。それなのにどうして、フランクはわからないの。

それにいらついて、私はつい大声をあげたりするわけ。

時代は変わってるのよ。

お金がなくてプライドだけが高い人たちと、昔みたいに上流社会ごっこしていて何になるの。フランク、稼がなきゃ。今がチャンスなのよ。それがわからないの？　あなたには新しいものを取り入れる気概っていうものがないの？

フランクのことは嫌いじゃない。愛してるか、と言われるとわからないけど、すごくいい人だし、おじさんだけど可愛《かわい》いところもある。だけど私はいらついてる。とにかく古くさくて、昔のルールを大切にしているだけ。新しい時代にふさわしい、新しい商売をまるで考えていない。

フランクが望んでいるものはわかっていた。長い戦争が終わり、彼はすっかり老け込んでしまっている。平穏に過ごし、昔からの知り合いたちと楽しく生きていくこと。温かい家庭を持つこと。だから私だって頑張っている。

彼が家に帰ってくれば、笑顔で玄関のドアを開け、

「お帰りなさい、ダーリン」

とキスをする。夜は暖かいキルトの下で、肩に顔をすりよせていく……。そう、これだけのことをしてあげるんだから、代償として私に自由をくれるべきなんだ。外で働く自由をね。

フランクは今のところ、しぶしぶと私の願いをきいてくれていた。半分諦《あきら》めているのと、いつか赤ん坊が出来れば、という希望を持っているから。

子どもなんかいらない。私ははっきりと言ってやった。子どもはウェイド一人で充分。

私はせかせかと仕事をし、急いでうちに帰り、フランクにキスをしてベッドに一緒に入る。だってそれは妻の義務だから。私だってこれくらいのことをする良心っていうものがあるの。

そして日々は過ぎていった。

運よく赤ん坊は出来ない。

時々私は夜中に泣いてしまう。

私が欲しいのは、自由とお金だけじゃない。それはわかっている。でもそれはもう手に入らないんだ。結婚しちゃったから。もうすべては終わったと思うと、本当に悲しくって涙が出る。

私は毎晩こっそりと泣いた。


戦争は終わったけど、新しい恐怖が始まった。

そのことをつくづく思い知らされたのは、ジョージアからトニー・フォンテインが逃げてきた時。兄嫁のサリーを襲おうとした黒人を殺したんだ……。

今、南部人がそんなことをしたら、たちまちしばり首になってしまう。今は、黒人の方がずっと立場が強いんだもの。

北部《ヤンキー》政府は、黒人に選挙権をあげるんだって。私たち南部の人間には、どんなに立派な名士でも選挙権はくれないのに。今、南部の女は、いつ黒人にレイプされてもおかしくない状態なんだ。でも誰かが復讐《ふくしゅう》をしようものなら、まともな裁判ひとつ受けさせてもらえず、北部の士官にたちまち絞首刑にされてしまう。

トニーはテキサスに身を隠すと言っていた。フランクは彼に有金十ドルを渡し、疲れきって死にかけている馬の代わりに、自分の馬を使うように言った。

「もう一度俺たちは戦わなければいけないのかもしれない」

きっぱりとそう言ったフランクは、いつもの彼じゃなくてびっくりしてしまった。トニーと頷《うなず》き合う顔は、厳しくて男らしかった。

トニーを見送った後、私は尋ねた。

「ダーリン、こんなことといつまで続くの」

「いろいろやってはいるがね」

「どんなことをしているの」

「実際に何かを成し遂げるまでは、話しても仕方ないよ。それには何年もかかるだろう。もしかすると、南部はずっとこのままかもしれない」

「いやよ、そんなの」

「我々全員がまた選挙権を持った時にきっと変わるだろうが、南部のために戦った男全員が、南部人と民主党員のために、投票箱に一票を入れられるようになった時だね」

「そんなの無理」

思わず叫んだ。

「黒人たちが正気を失っているのよ。北部政府が黒人たちの心に、私たちへの敵意を植えつけているのよ。それなのに投票が何の役に立つの⁉」

フランクは政治についてことこまかに話してくれた。そして最後にこう言ったんだ。おごそかな様子で。

「我々が団結して、一インチたりとも北部に譲《ゆず》らなければ、きっといつかは勝利する。だからスカーレット、君の可愛い頭をそんなことでわずらわせることはないよ。そういうことはすべて男に任せておけばいいんだ。我々は必ずまっとうな世界を取り戻し、そこで生き、子どもを育てるんだ」

その時、不思議な感情が私を襲った。今まで隠していた事実をつい口にしてしまったのだ。

「フランク、どうやら赤ちゃんが出来たらしいのよ」


久しぶりの妊娠は、つわりがとてもひどかった。だからしばらく家にひきこもってしまったんだけれど、フランクは大喜びだ。

「スカーレット、もうアトランタは女性がひとり歩き出来なくなっているんだよ。ずっとうちにいなさい」

田舎に住んでいた黒人たちが、大挙してアトランタに押しかけてきている。みんなむさくるしい小屋にぎゅうぎゅう詰めで暮らし、街に出てはさまよう。どうやって食べていっていいかわからないから。

奴隷制があった頃、黒人の中にははっきりした序列があった。野良仕事をする外働きの黒人は、家の中で働く黒人よりずっと下の者と見なされていたんだ。

うちのお母さまもそうだったけれど、南部の農園主の奥さんたちは、黒人の子どもたちを大切にして、さまざまな訓練をほどこしていた。

「うちの中の仕事が出来ないと、お前はずっと炎天下で、綿花をつむことになるのよ」

優秀な子どもたちを選び、教育もほどこし家働きの中でも重要な役につけた。今、そういう者たちがタラや、その他の農園に残って主人と運命を共にしてくれているわけ。

粗野で態度の悪い、正直さも働く意欲もない黒人たち。いちばん下っぱの彼らが、今私たち南部人を苦しめているんだ。

彼らに北部人《ヤンキー》たちは吹き込む。すべて南部の奴《やつ》らが悪いんだ。もっと奴らを憎め。復讐してやれって。北部政府はこんな命令を下した。

「お前たちは、どんな白人にもひけをとらない立派な人間なんだ。だからそのように行動しろ。選挙権を持ったら、すぐに共和党に投票するんだ。そうしたら南部人の財産はお前たちのものになる。手に入れられるものは手に入れるんだ」

こういう挑発によって、アトランタは盗みと告訴が横行する街になってしまった。黒人から「侮辱《ぶじょく》された」と言われ、牢屋に入った南部の紳士は何人もいるっていう話だ。

アトランタは混乱しきっていた。毎日何百人もの黒人が流れ込んでくる。中にはどうしていいのかわからず、通りすがりの白人女性に泣きつく黒人もいっぱいいるんだって。

「お願いします、奥さま。私の主人に手紙を書いて、私がここにいることを教えてください。またお屋敷に置いてくださるように、手紙に書いてください」

自由って言われたって、その意味さえわからない黒人ばかり。

あの傲慢《ごうまん》な北部政府も、さすがに自分たちの失敗を一部だけ認めた。とにかくこの膨大な数の黒人を、元の所有者のところに帰そうとしたんだ。

そういっても、彼らは自由な立場よ。戻るとしても契約書をかわし、賃金のことも明記される。それが農園主たちをまた苦しめることになる。

でも元の主人のところに帰ろうなんていうのは、まだ正直なまっとうな黒人たち。アトランタに残った黒人たちは、さらに暴徒化していったわけ。北部人が勧めるものだから、ウイスキーを好きなだけ飲めるんだもの。

街の通りは酔っぱらった黒人でいっぱい。夜には家や納屋が焼かれ、白昼堂々、馬や牛が盗まれた。だけど黒人が裁かれることはほとんどない。そう、白人の女たちは本当に危険にさらされていたんだ。戦争で夫や身寄りの者が死んで、一人暮らしの女性はいっぱいいる。レイプ事件は数えきれないぐらい起きた。

そして南部の男たちによって、KKK《クー・クラックス・クラン》が一夜にして誕生したわけ。そう、KKKって呼ばれているあの結社よ。

私はこの頃、昼も夜も不安にさいなまれ、胸がひき裂《さ》かれそうになった。

南部の反逆者に加担した者は、財産を没収されるかもしれない、という噂が立ったからだ。トニー・フォンテインをかくまったのは本当。お金と馬を渡したのも本当。あの後北部の兵士たちがやってきて、ピティ叔母さんの屋敷を徹底的に調べたんだ。

今まで一生懸命に働いたお金をとられたらどうしよう。黒人にレイプされるのは死ぬほど嫌だけど、手にしたお金を奪われるのも死ぬほど怖ろしい。こんな無法な街で、赤ん坊なんか産んでいいんだろうかと考えると夜も眠れなくなる。税金と赤ん坊は本当に時を選ばない。

そしてようやくつわりが終わり、体調が元に戻ると、私の中で働く意欲がさらにわいてきた。とにかく稼がなきゃ。六月の出産までにとにかくまとまったお金を貯めておかなくては。お金がなかったらみじめになるだけ。アトランタに昔から住んでいた、名士と呼ばれていた人たちの悲惨なことといったらない。大邸宅を焼かれて、裏通りの薄汚い下宿屋に住んでいるんだって、ミード先生は教えてくれた。

それだけじゃない。貧しい人たちに特有の肺病や、ビタミンが不足する病気が、かつて上流階級だった人たちの間でじわじわと拡《ひろ》がっているそうだ。ミード先生は産婦人科が専門で、亡くなった前の夫のチャールズも取り上げてもらったぐらい。アトランタの主だった人たちは、みんなミード先生のお世話になっている。だけど今は、多くの赤ん坊は栄養不足で、数ヶ月のうちに死んでしまう。

赤ん坊は好きじゃないけど、生まれてくる私の子どもを絶対にそんな目に遭わせたくはないもの。

私たちが貧しさと闘っている間に、裏通りには成金たちの大きな屋敷が次々と建てられた。明るい光が漏れ、ダンスをする音楽が流れてきた。ついこのあいだまで、それは私たちのものだったのに。いつのまにか奪われてしまっていたんだ。

まあ、それは目をつぶるとして、アトランタの裏通りには、賭博《とばく》場と娼館《しょうかん》がいくつも建てられ大繁盛していた。その中で最も羽ぶりがいいのが、ベル・ワトリングの館なんだって。

そう、ベル・ワトリングよ。

戦争前からずっといかがわしい商売をしていて、私たちちゃんとした女は、彼女の馬車とすれ違うことさえ嫌がった。だけどベルは、戦争中メラニーに目をつけて結構なお金を南軍兵の治療のためにと託したんだわ。

それなのに今は、北部のお得意さんで大儲けしているという。まあ、ああした女のやりそうなことよね。

噂によると、あくまでも噂だけど、ベルの館はすごく立派で、何枚もの油絵が飾られ、毎晩黒人がコンチェルトを演奏してるんですって。北軍のえらい人もお得意さんだから、ここではめったに警察を呼ぶような騒ぎも起こらない。あくまでも上品を装っているらしい。

だけどこんな噂もある。ベルが女ひとりであんな豪華な店を持てるわけがない。裏にはレット・バトラーがついているって。

レット・バトラー！

ふん、いかにもあの男がやりそうなことだわ。私も含めて、昔からのアトランタの住民には手を貸さず、娼婦《しょうふ》にはふんだんにお金を使うっていうわけ。

確かに製材所を買う時、お金を工面してもらったけど、それは私のダイヤのイヤリングが担保になってる。何も後ろめたいことはない。

とにかく働かなくっちゃ。

飢えからやっと逃れられたと思ったら、今度はお金の工面がじわじわと私を苦しめていた。お金って、少し稼ぐといくらでも入り用のものが出てくるって知ってた？

製材所はやっとかなり利益が出てきたから、もっと人を増やす必要があった。タラにも秋に綿花の収穫があるまで、毎月の生活費を私が送金していた。

私はこう決心したの。

製材所をとにかくやり遂げる。フランクもいい顔をしないし、陰でいろんなことを言われているのを知っている。だけどこれは大きなチャンスなのよ。アトランタは汚らしく野放図にふくれ上がって、材木を求めていた。だから売って売って大金をせしめてやる。

それですべてのことを、見て見ないふりをすることにした。通りすがりに黒人解放論者たちの演説を聞いても表情を変えない。北部人に腹を立てることもしない。成金たちを非難することもしない。

「私はおしゃべりなお馬鹿さんにはならないわ」

そう、アトランタの旧い人たちみたいに、過ぎ去った日の思い出話や、帰ってこない男たちのことを悲しんで泣いたりはしない。ＫＫＫみたいな怖ろしいことをして、絞首刑になるのも本人の勝手。夫がＫＫＫの一員であることを誇りにしている女たちも、私の理解の外。

このさし迫った今と、不安でたまらない未来に比べれば、過去なんてどうでもいいの。

そう、過去なんかどうでもいい。

私はかつて大農園主の令嬢で、お姫さまみたいに暮らしてたけど、それを言ってどうなるもんじゃない。私は成金とは違うわ、なんてえばっても、一ペニー手に出来るわけじゃない。南部人の誇りが何だっていうの。投票が何だっていうの。

ああ、六月まで無事でいさせてください。めんどうなことが起こりませんように。

とにかく、産み月までに、製材所を軌道にのせなければならなかった。今、材木、レンガ、石材の値段は天井知らず。だから私は、夜明けからランタンをともす時間まで工場を動かしていたわけ。

幸いなことにフランクも私に協力してくれるようになった。働くのは子どもが生まれる六月までという言葉を信じて、昔のツケを回収してまわった。そして私が立て替えておいたお金を返そうとしてくれたんだ。

私は街の建築業者や、大工のところを馬車でまわり、誰がどこに家を建てようとしているかという話を聞き込んだ。そして全く知らない人のところに押しかけ、材木はうちのにしなさいと売り込んだ。

女で、しかも私みたいに若い美人がこんな仕事をしているなんてと、たいていの人はびっくりして材木を契約してくれる。

馬車で走りまわる私の姿は、いつのまにかアトランタ名物になっていた。

黒人の御者《ぎよしや》の傍《そば》で、私はひざかけを首元近くまでひき上げ、ミトンをはめた両手を膝の上で重ねた。体の線を隠してくれる緑色の綺麗《きれい》なケープと、私の目の色と同じ帽子。私がにっこりして手招きすれば、男たちは大急ぎで馬車に近づいてくる。このか弱い美しい女性に手を貸してやろうと、たいていの男は張り切る。それにつけ込んで、そのうち私は何でもやった。節だらけの材木を、最上等のものと同じ値段で売るのもへいちゃらになった。

私は短い間にライバルを蹴落《けお》とし、その男の製材所を安く買い叩《たた》いた。

ああ、子どもさえ出来なかったらと思うわ。日ましにお腹は大きくなり、もうケープでもごまかせなくなっている。

私は〝右腕〟を求めて、知り合いに声をかけたけどていよく断られた。エルシング夫人の娘婿のトミーは、夫人が焼いたパイを行商している。

「私のところで働かない？　パイ屋なんて、あなた恥ずかしいんじゃないの」

エルシング家も、トミーの実家もアトランタの名家だった。

「いや、僕は恥知らずだからこれでいいんだよ」

ってにっこり笑った。なんとも皮肉っぽい笑い。

「君は製材所の仕事をしていてうまくやっている。僕はパイ売りの仕事が楽しい」

「私が求めているのは、家柄も人柄もいい人間なのよ。アトランタにやってきたばかりの流れ者じゃないわ」

「スカーレット、あんまり欲張らない方がいいよ。君の言う給料じゃ、そんな人間はちょっと無理だよ。もうみんな何かを始めてる。それにたいていの男は、女の下で働くことを望まないからね」

「男の人って、どん底に落ちてもプライドは持っているものなのね」

「ああ、そうかもしれない。僕もプライドなら山のようにあるよ」

ふん、プライド。私はこう言ってやった。

「プライドっておいしいものなのね。パイみたいに薄皮で、上にメレンゲがかかってるんだわ」

でも彼の言葉で私はようくわかった。私がいかにアトランタの旧い住民から嫌われているかっていうことを。

もうこうなったら、やるだけやってやる。

私は次の日から、積極的に北軍の士官に近づいていった。私だって彼らのことが好きじゃない。だけど今は、彼らの手助けが必要なんだ。

駐屯地《ちゆうとんち》の士官のほとんどは、妻や子どもを故郷から呼び寄せていた。だけど住むところがない。だからみんな大急ぎで、小さな家を建てていた。私はここに目をつけたわけ。

北部の男を手なずけるなんて、南部の男の子たち以上に簡単なこと。妻子を呼び寄せるまで、みんな孤独で戦争の傷を負っているんだもの。

私が演じるのはズバリ、

「上品で愛らしく、苦境にあえぐ南部の貴婦人」

威厳をもって控えめな上流社会の女に、兵士たちはこぞって優しくしてくれた。一生懸命頑張っているあの女性を救わなければと、次から次へと注文が舞い込んだ。ついでにフランクの店までひいきにしてくれる。

すべてうまくいき始めたんだけど、私はあっという間にのけ者になった。南部のいいところの女性たちは、道で会っても知らん顔をする。すれ違うのさえ避けようとする。まるで私はベル・ワトリングになったみたい。だけどそれが何なの。

あの人たちのプライドなんて、本当にパイの薄皮、透けるぐらい弱々しいものなのよ。口惜《くや》しかったら、私みたいに生きてみなさい。

38

戦後処理が落ち着き、将校たちが家族を呼び寄せるようになってから、アトランタの街には北部《ヤンキー》の女たちが急に増えた。

彼女たちを見ていると、北部の男たちが南部の女に憧れる理由がよーくわかった。優雅さっていうものがまるでない。新しい流行の服を着ていても、色のとり合わせがあかぬけないし帽子のかぶり方もへん。それにあの北部訛《なま》りときたら、鳥がキーキーさえずっているみたいだ。

アトランタの良家の女たちは、決して北部の女たちとかかわろうとはしなかった。道で会っても知らん顔をしているし、教会で会釈をされても返そうともしない。自分たちとはまるで違う人間だと思っているみたいだ。

だけど私はそうはいかない。北部の士官たちに材木を売っているんだもの。馬車を停《と》めて家の前で話をしていると、妻が出てきてお茶を飲んでいけと誘ってくる。

親切心からだけじゃない。南部と南部の女に興味津々《しんしん》なんだ。まあ、めんどうくさいけど、彼女たちがフランクの店で買い物してくれるように仕向けるのも、私の大切な仕事だし。

だけど驚いてしまう。北部の女たちにとって『アンクル・トムの小屋』は、聖書と同じぐらい大切な本なんだ。彼女たちが本の内容を信じていることといったら驚くばかり。

彼女たちは私に尋ねる。あの下品な北部訛りで。

「農園主が奴隷の顔に焼き印をあてるって本当なの？」

「死ぬほど打ちのめすために、特別の鞭《むち》があるんですって？」

「農園主は奴隷の女に、いっぱい子どもを産ませるんでしょう？」

いいえ！　あなたたちの夫がアトランタに来てから、混血児が一気に増えましたけど、という言葉をぐっと呑《の》み込む。

不思議なことに、十人中十人が必ず尋ねてくるのは大型犬のブラッドハウンドのこと。

「南部人はみーんな飼っていて、奴隷を追跡するのに使うんでしょう」

これにはちゃんと反論した。

「私がその犬を見たのはたった一回だけ。おとなしい小型犬だったけど」

「あら、そうなの。逃げた奴隷を喰いちぎる大きな犬じゃないの？」

もし私以外の南部女性がこの話を聞いたら、憤《いきどお》りのあまり卒倒したかもしれない。みんなわかってない。北部なんて所詮《しょせん》このレベルの人たちなんだから、いろいろ怒っていたら損をする。私みたいに適当に仲よくするふりをして、稼がせてもらうのがいちばんいいやり方なんだ。

何度も言っているとおり、プライドなんてものでお腹はいっぱいにならない。

でもこのあいだは、さすがの私も頭が真白になるぐらい怒った出来事があった。

「北部の正体見たり」

ってつくづく思ったっけ。

道端で顔なじみの奥さん連中に呼びとめられたのは先週のこと。

「ちょうどいい時に来たわ。ミセス・ケネディ」

この女はメイン州出身で背が高くて痩《や》せている。女らしいやわらかさがまるでないごつごつした体。性格もそう。

「うちの乳母が北部に帰ってしまったの。私は子どもの世話に追われて、頭がどうにかなりそうだわ。どこかにいい乳母はいないかしら」

「それだったらわけないですよ。田舎から出てきたばかりの黒人を雇えばいいんじゃないかしら。黒人解放局にスポイルされていない黒人女性をね。道端によく立っているから、声をかければそれで決まりですよ」

これはもちろん皮肉というもの。農園主に解雇されて行き場のない黒人が、街をうろうろしているんだもの。彼女たちは「解放」と言われてもまるでわからない。ただ親切な自分の新しい主人を、探し求めているだけの黒人たち。

そうしたら、その痩せっぽちの女は大声をあげた。

「黒んぼ《ニガー》に、私の大切な赤ちゃんをあずけられると思うの⁉　私はアイルランドの娘を雇いたいのよ」

「生憎ですけど、アトランタでアイルランドの使用人は見つけられないと思いますよ」

私は〝黒んぼ〟っていう言葉にびっくりして冷ややかに言った。南部で、少なくとも私のまわりのきちんとした人たちが、〝黒んぼ〟なんて言葉を発するのを聞いたことがない。

「この街に白人の使用人は基本的にはいないんじゃないかしら。黒人は信用が置けるし、とても良く働いてくれますよ」

「とんでもないわよ、私は黒んぼをうちに置くつもりなんかまるでないわ。目を離したら、うちの子どもに何をされるかわかったもんじゃないわ」

私はマミイの手を思い出した。お母さま、私、息子のウェイド。三代にわたって私たち家族をいつくしみ育ててくれたマミイの手は、とても節くれ立っていた。その手がどんなに愛情をこめて私を撫《な》でてくれたり、なだめてくれたか、この目の前のアホ女に教えてやりたい。私はうーんと嫌味ったらしく笑ってやった。

「北部の方々がそんな風に感じていらっしゃるなんて面白いですね。黒人を解放したのはあなた方なのに」

「イヤだ、私じゃないわよ」

メイン州の女は大声を出し、首を横に振る。

「先月、南部に来るまで、私は黒んぼなんて一度も見たことはなかったし。でももう二度と見たくないわ。私はあの真黒なてかてかした肌を見るとぞっとするのよ。鳥肌が立っちゃうの」

後ろの馬車で待つピーターじいやがどんな表情でこれを聞いているのかと思うと、私こそ鳥肌が立った。

この女、黒人は言葉がわからず、感情もないと思っているみたい。とんでもないわ。ピーターじいやは、あんたの百倍ぐらい頭がよくて何でも知っているんだから。

そのメイン州――、とんでもない田舎出の女は、ピーターじいやの様子に目を留めた。そして大声で言ったんだ。

「あら、あなたんとこの黒んぼは、ヒキガエルみたいにふくらんでるわ。あなたたち南部人って、黒人の扱い方を知らないのよね。思いきり甘やかすからダメにするのね」

　私はふり向いてピーターじいやを見た。じいやは腰のピストルをつかみたくてうずうずしている。この女たちは殺されても当然だわ。でもまだその時じゃない。今にきっと仕返ししてやるから我慢して。私も耐えるから。私は震《ふる》える声で言った。

「彼は私たち家族の一員なんです。それではご機嫌よう。ピーター、馬車を出して」

　馬車が動き出した時、ピーターじいやの頰《ほお》に涙が伝っているのがわかった。

　ピーターじいやはハミルトン家の家族っていうより、チャールズとメラニーを育ててくれた大切な恩人なんだ。二人のお父さんのハミルトン大佐がメキシコ戦争に出征した時、じいやは従者としてずっと傍《そば》にいた。そして最期は主人を腕に抱いて見届けたんだ。幼いチャールズとメラニーを頼む。妹のピティはあのとおり全く何も出来ない。どうか家族を守ってくれ、っていう言葉をピーターじいやは忠実に守った。

　あのアトランタが焼け落ちる前、ピティ叔母さんと一緒に避難した。戦争後は苦労してわざわざタラまで来てくれ、私たちの安否を確かめてくれたんだ。それなのに、あのアホ女ときたら……。

「ピーター、泣くなんて恥ずかしいわ。あんな連中のことを気にするなんて。ただの馬鹿な北部人《ヤンキー》じゃないの」

　それからこうも言った。

「ピーターじいやがいたから、私たちはこうして生きてこられたのよ。わかってるわよね」

「おやさしい言葉をありがとうございます。それにしても、あいつらは何だって私たちのことに首を突っ込んでくるんですか。私たちのことなんか何も知らないくせに……」

そう、『アンクル・トムの小屋』を一冊読んだだけで、あの人たちは何も理解していない。私たちと彼らとの深い結びつきを。

黒人はたいていの北部人よりずっと信用出来る。彼らの忠実さと辛抱強さを私は見てきたもの。

タラの〝家族〟にしてもそうだ。戦争中、北軍がやってきた時、逃げることはいくらでも出来たはず。敵軍に加われば、待遇もぐっと楽になったはず。だけど〝家族〟は荒れはてた屋敷に残ってくれた。

ディルシーは綿畑で一緒に重労働をしてくれたっけ。命がけで近所の鶏小屋にしのび込み、食べるものを探してきてくれた彼女の夫・ポーク。私のことが心配で心配で、アトランタまでついてきてくれたマミイ。主人を守ろうと必死だった黒人は、このアトランタにもいっぱいいる。それなのに信用出来ないなんて……。

やがてピーターじいやは、ぽつりぽつりと語り出す。

「わしは奴《やつ》らに解放された憶《おぼ》えはない。私は今でもピティさまのものです。わしが死んだら、ピティさまはハミルトン家の墓地に入れてくださいます」

そもそもと、その後は私への非難が続いた。

「あなたさまが、あいつらと関わりを持たなければ、わしもこんなに侮辱《ぶじょく》されることもなかったんですよ。スカーレットさま、何もあいつらと取り引きしなくたっていいじゃないですか。

他のご婦人方はどなたもやってらっしゃいませんよ」

これは、他の人たち、フランクやピティ叔母さんに言われるよりもずっとこたえた。

「じいや、私が本当に喜んで北部人とつき合ってると思ってるの？　私が嬉しがってあいつらの相手をしてると思ってるの？」

ピーターじいやは答えない。きっとそう思ってるに違いないから。アトランタの旧い人たちと同じように。

私の夢はもっと別のところにあるのに、誰もわかってくれない。

このつらい時が過ぎたら、お金を貯めたら、私は南部の貴婦人に戻るんだわ。お母さまみたいに。誰からも尊敬される女性に。

そうよ、お金さえあれば、私だってやさしく穏やかな性格になれる。子どもたちと遊んだり、タフタのペティコートをさらさらさせながら、毎日お茶をするの。おしゃべりをしながら何時間も過ごす。

そうして困った人がいたら、かつてのお母さまがそうしていたように、バスケットにスープや食べものを入れて訪問する。

みんな私のことを、なんていい人だろうと讃《たた》えるわ。もう少しよ、もう少したてば、あの人たちを見返してみせる。きっと私のことを認めさせてみせる……。

だけどこんな私の望みを誰も知らないはず。想像もしていないに違いない。あのピーターじいやでさえ、背中の痛みを言いわけにこの日以降もう私の馬車の御者《ぎょしゃ》をつとめてくれなくなったんだもの。

もしかすると、私のそんな気持ちを一人だけわかってくれる人がいるかもしれない、ということに気づいた。

それは腹が立つけれど、レット・バトラー。アトランタでは私も評判が悪いけど、彼はもっと悪かった。

しょっちゅうニューオリンズに行く。仕事だということだが、たぶん何人かの愛人がいるんだろう。

街にいる間は、たいていいかがわしい酒場の二階で賭博《とばく》をしている。それかあのベル・ワトリングの店で酒盛りをしているっていう噂《うわさ》だ。一緒にいるのは北部の成り上がりたち。金儲《もう》けの相談をしているみたいだ。

あまりにも悪評が高いので、ピティ叔母さんのうちを訪問することもなくなった。遠慮するような男にも見えないけど、もしかすると妊娠中の私を気づかっているのかも。

お腹の大きい女性に対しては、決して気づかないふりをしたり、出来るだけ会わないようにするのが南部のマナーというもの。

それなのに毎日のように私に会うって、いったいどういうことなんだろう。

製材所の帰り、街道のどこからか現れて馬で近づいてくる。そして自分の馬を私の馬車の後ろにつないで、御者の代わりをしてくれる。そして街が近づくと去ってくれるわけだけど、私たちのことはかなりの噂になっていたみたい。

でもそんなこと気にしていられないわ。レットとお喋《しゃべ》りするのは確かに楽しいんだもの。

彼にだけは本当のことが言えた。街の連中の悪口もね。

「どうしてあの人たちは、私のことをひどく言うのかしら。私はあの人たちのことに関心もないし、だいいち悪いことを何ひとつしてないのよ」

レットはニヤリと笑った。

「君が悪いことをしていないとしたら、それはその機会がなかっただけだよ。たぶん街の連中はそのことに気づいてるんだよ」

「ちょっと、その言い方、何なのよ！　私は少しだけお金を稼ごうとしているだけなのに。北部の成り上がりと一緒にされて悪口を言われるおぼえはないわ」

「いや、君は他の女たちと違ったことをして、それはちょっと成功している。前にも言ったけど、女が仕事を持って儲けているというのは、失敗した男たちすべてに対する侮辱なんだよ。いいかい、育ちのいい女性がいるべき場所は家庭だけなんだ」

「でも私が家の中にとどまっていたら、その家はなくなってしまうのよ」

そう、アトランタから逃げ、タラにたどりついたら、家はすべてが奪われていた。

「結論を言えば、君は上品に誇りを持って飢《う》え死にすべきだったんだ」

馬鹿馬鹿しい！　私はよその家の畑で、腐った二十日《はつか》大根を囓《かじ》って誓ったんだ。二度と飢えてたまるか。絶対にこんなみじめなひもじい思いをするもんか。

「じゃあ、メリウェザー夫人みたいに北軍《ヤンキー》相手にパイを売ればよかったの？　エルシング夫人みたいに裁縫を引き受けたり、下宿屋をしたりすればよかったの？　そうすればみんなが納得してくれたの？」

「彼女たちは誰も成功していないだろう。だから南部の男たちのプライドを傷つけてないんだよ」

それに、と彼はつけ加えた。

「君の挙げたご婦人たちは、誰も働くことを楽しんでいない。男たちが力を持つまでの、いっときのことだってみんなわかっている。だけど君の場合、どうみても働くのが大好きだし向いている。いきいきしている。この先も男の世話にならないだろう。だからアトランタの上品な方々は、君のことを許さないのさ」

「どうしてみんな、私がちょっぴりお金を儲けることを許してくれないのかしら」

「スカーレット、すべてを手にすることは出来ないのさ。今のままで金を稼いで、あの方々に冷たくあしらわれるか。貧しいけれどお上品に暮らして、たくさんの友人に囲まれて生きるか。道は二つに一つだ。そして君はもう選択をした」

「だって貧乏は嫌だもの」

レット相手だと、本当の言葉がすらりと出る。

「でも、それって正しい選択でしょう」

「君がいちばんに求めているものが金ならばね」

「ええ、他の何よりもお金が欲しいわ」

本当は違うもの。アシュレなんだと思う。でもこの男相手に、そんなややこしいことを言えるわけはない。だけどお金がいちばん欲しい、と言ったら、それは真実のような気がしてきた。

レットはあやすような口調で、私を見ないで言った。

「だったら選択肢はひとつしかなかったな。ただしそれにはペナルティがつく。ほしいものにはたいていついてまわる。それは孤独だ」

はっと胸を衝《つ》かれる。

確かに少し寂しいかも。今になって、女の友だちが誰もいないことに気づいたんだ。私たち南部の女たちは、子どもの頃から社交を大切にして、同世代の女たちと深い絆を結ぶ。だけど私には昔から誰もいなかった。

「私、思うんだけど……」

ああ、嫌だ。どうしてレットにこんなことまで打ち明けてしまうんだろう。だけどもう、止まらない。

「女友だちに関しては、私はずっと孤独だったわ、仕事なんかするずっと前から。アトランタの女性たちが私を嫌うのは、仕事のことだけが理由じゃないの。どっちにしろ好きじゃないの。妹とも仲が悪いわ。私のことを本当に好いてくれた人は、お母さまだけなの」

「ウィルクス夫人のことを忘れてるぞ」

レットがこちらを見る。おかしさを噛《か》み殺しているような意地の悪い目つき。

「あの人は、君のすべてを許し認めている。人殺しでもしない限りはね」

その人殺しだって認めてくれたわ。北軍の脱走兵を撃ち殺した時も、よくやったわって……。

「メラニーが認めてくれても、何の自慢にも慰《なぐさ》めにもならないわね。あの人って自分っていうものがまるでないんだもの。ものごともよく見えてないし」

「彼女にそれがあったら、二、三の重大なことに気づいただろうさ」

「何よ、その言い方!」

アシュレのことを遠まわしに言われて、私は怒り出した。

「全くあなたって人は……」

「まあ、いいさ。君は孤立する運命なんだよ。だが、君のじいさんやばあさんの世代なら、たぶん君を誇りに思うはずだよ。そして『血は争えない』と言ったろうね」

それは移民としてやってきた、私の祖父母のことを言ってるんだ。父はアイルランドからやってきたけど、一世代前、母方の祖父母は、フランスから渡ってきた。

「あなたって時々鋭いことを言うわ。私はロビヤールのお祖母《ばあ》さまのことを思い出したの、お祖母さまは三回結婚して、びっくりするぐらい胸元の開いたドレスを着ていたそうよ。お祖母さまをめぐって、決闘騒ぎもいっぱいあったらしいわ」

「それなのに、君は上品な貴婦人のお母さんになろうとしているんだな」

レットは笑い出した。

「俺にも海賊だった祖父がいるんだよ」

「嘘《うそ》でしょ。ぴったり過ぎるわ」

「本当だよ。祖父はさんざん悪いことをして大金持ちになった。とんでもない爺《じい》さんで、いつも酔っぱらっていた。最後は酒場の喧嘩《けんか》で殺されたんだよ。皆からは〝船長〟って呼ばれていた」

「まあ、レット船長、あなたと同じね」

「その祖父のおかげで、父は裕福な申し分のない紳士として育ったんだが、その親父に俺が勘当されるんだから面白い話さ。人間っていうのは、自分の子どもに苦労させまいとして、つい甘やかして育ててしまう。たぶん君の子どもは、ひ弱で神経質だろうさ」

一瞬黙ってしまった。息子のウェイドはそのとおりだから。

「君のたくましさを認めてもらうには、孫の代まで待たなくてはならないだろうな」

「私たちの孫って、どういう風になるのかしらね」

つい出た言葉にハッとする。レットは白い歯を見せて笑った。

「〝私たち〟というのは、君と俺に共通の孫が出来るという意味かな？　ミセス・ケネディ」

なんでこんなことを言ってしまったんだろう。私って言えばよかったのに。同じ世代という意味で使ってしまっただけなのに。

焦ったとたん吐き気がこみ上げてきた。妊娠の最中《さなか》に、どうしてこんな下品な冗談を言われなきゃいけないの。本当にこの男って最低だわ。

「もう馬車から降りてちょうだい。私は一人で帰るわ」

「そのつもりはない」

毅然《きぜん》として答えた。

「君が家に着く前には、あたりは真暗になってしまう。この先には黒人たちがたくさん入植してきて、テントや掘立《ほつたて》小屋をつくってる。あの血の気が多いＫ Ｋ Ｋ《クー・クラックス・クラン》団が決起する理由を、何も君がつくってやることはないんじゃないのかな」

どこまで失礼な男なの。私が黒人に襲われるとでも言うの。降りてよ！　と私は手綱《たづな》を強くひっぱったとたん、吐き気はもうこらえきれなくなった。馬車の中から、地面に向かって吐き続けた。その間、レットは馬を止め、乗り出した私の体を支えてくれていた。午後の陽《ひ》ざしがぐるぐる目の前をまわっている。胃の中のものをすべて吐き出した私に、レットが綺麗《きれい》なハンカチを渡してくれた。真白なハンカチってどうよ。皮肉だわ。

それで顔を覆ってわんわん泣いてしまう。男性の前で吐くなんて。それもつわりで。

「恥ずかしくて泣くなんてよせよ。妊娠しているなんてひと目でわかるじゃないか。どうしてそんな暑苦しい膝《ひざ》かけを胸までかけて隠してるんだ。君らしくもない」

レットは手綱をとり、馬に合図した。馬車は静かに動き出す。

「俺は不作法な男なのかな。妊婦を前にしても平気でいるんだから。どうしてみんな見て見ないふりをするんだ。妊娠なんて自然なことじゃないか。うっかり目線を下にやったら、不作法の極みって言われるなんて、おかしいと思わないか。むしろ女性は誇りに思うべきなんだよ」

「誇りですって」

私は叫んだ。

「誇りなんて持てるわけないじゃないの」

「君は母親になることが誇らしくないのか」

「赤ん坊なんて大嫌いよ」

「それは……、フランクの赤ん坊だから、という意味か」

「いいえ、誰の赤ん坊でもよ」

本当のことをつい言ってしまった。お腹の中にいる時も、生まれてからもウェイドのことを少しも可愛《かわい》いとは思えなかった。やたら手間がかかってピイピイ泣いて、大きくなると、私を怖がって卑屈になるばかり。お腹の中の赤ん坊さえいなければ、もっと働けるのに。

「俺は赤ん坊が好きだ」

「あなたが？　信じられない」

「赤ん坊も好きだし、小さな子どもも好きだよ。俺がウェイドを可愛がっていることは知っているだろう」

それは本当だった。ウェイドは心からレットになついていて、彼が遊びにくるともう全身で喜ぶ。

「さて、君が近い将来子どもを産むのは確かなんだし、もう恥ずかしがって泣くことはないだろう。ここで俺が数週間、ずっと言いたかったことを二つ言っておこう。今、女が一人で馬車に乗るのは危険だ。俺個人としては、君がレイプされようとされまいと構わないとしても、その後、どうなるか考えてみろ。君のそのかたくなな非常識な行動で、義侠心《ぎきょうしん》溢《あふ》れる南部の男たちが立ち上がるかもしれないんだぞ。彼らが黒人を二、三人しばり首にしたらどうなると思う？　北軍が黙ってはいない。犯人捜しを始めて、きっと誰かが絞首刑になるだろう。街のご婦人方が君を好かない理由も、そんなところにあるんだぞ」

私はぽかんとして、レットがまくしたてるのを聞いていた。彼がふらりと現れて馬車に同乗してくれたのは、私を守ってくれようとしていたわけ？

「しかもそれだけじゃない。KKKが、もっと多くの黒人を手にかければ、北軍はもっとアトランタをきつく締め上げるだろう。この街はもともと睨《にら》まれているんだろうね。それこそ彼らの恐怖政治が始まる。自慢するわけじゃないが、俺は彼らと仲がいいんだ。親密といってもいい。いいかい、彼らはもう一度街を焼きはらうことになっても、十歳以上の男子を全員しばり首にしてもいいと考えているんだ。KKKを根絶やしにするためにはね。そうなったらどうなる。戦争の時と同じことが起こるんだ。スカーレット、君の大好きな金を失うことになるかもしれないんだぞ」

「やめてよ、そんな話。だいいち、KKKの団員ってこの街に本当にそんなにいるの？　いったい誰なの？　トミー・ウェルバーンとかヒューとか？」

レットは肩をすくめた。

「北軍とつながってる裏切り者の俺が、KKKのメンバーを知っているわけはないだろう。だが、北軍が疑っている連中の名前は知っている。彼らがおかしな真似《まね》をしたら、絞首刑はほぼ確実だ。隣人が絞首台に送られても君が何とも思わないのは知っているが、とばっちりで製材所を失うのは嫌だろう。君のその強情な顔つきから見て、俺のこの忠告なんて右から左へ流すだろう。だがピストルだけは、いつも手元に置いておけ。そして俺が街にいる時は出来るだけ君の御者をする」

彼は私の顔をじっと見た。怖くなるほど真剣なまなざし。

「レット、あなたがいつも来てくれたのは、私を守るためだったのね」

「そうだよ、スカーレット」

それなのに彼の目には、まじめさが消えていつものからかいの色がわき出る。決して本音をあかさない、私を茶化すあの大嫌いな言い方。

「俺が君を守るのは、世に知れ渡るわが騎士道精神からさ。なぜかって？　君への深い愛ゆえさ、ミセス・ケネディ。俺は密かに君に恋して、ずっと遠くから君を崇めてきた。だけど俺はアシュレ・ウィルクス君同様、高潔な男だから君にはそれを隠していたんだ。悲しいかな、君はもう人の妻だ。胸の思いを打ち明けることは、俺のモラルが許さなかったんだ。とはいえ、かのウィルクス君の道徳心にさえ、時にはヒビが入るように、僕の心にもこうして抑えきれないものがよぎり……」

「もう、やめて、やめてよ！」

本当に腹が立った。この男ってどうしてこうすべてのことをおふざけにしてしまうんだろう。アシュレのことにしてもそうだ。出会った最初の日、私がアシュレに告白して断られたところを見られてる。だからからかわれるのは仕方ないとしても、アシュレのことを悪く言うのは本当にイヤ。

「早くもう一つのことを言いなさいよ。私に忠告したいもう一つのことって」

「この馬をなんとかしろ。えらく頑固で気性が荒い。この馬が急に駆け出したら、君はもうどうすることも出来ないよ。もっとおとなしい馬と交換すべきだよ」

本当にそのとおりだった。私はこの馬にずっと手を焼いていたのだ。

「レット、もし別の馬を持っているならこれと交換してくれるかしら。馬に関してあなたは専門家だわ。一番いいようにして頂戴《ちょうだい》。お願いします」

「おや、おや、随分女らしい言い方じゃないか。ミセス・ケネディ、君も扱い方ひとつでおとなしくなるんだな」

「今度こそ降りてよ。降りないなら鞭でひっぱたくわよ。どうしてあなたに我慢出来るのか自分でも不思議だわ」

レットは馬車から降り、つないでおいた自分の馬の綱を解いた。そしてたそがれ時の街道に立ち、にやっと笑ってパナマ帽に軽く手を置いた。

口惜《くや》しいけど、その姿は本当に素敵だった。そして私はこの男に守られていることをしみじみと感じた。会えば腹が立ち喧嘩ばかりしているけれど、この男との刺激的な時間がなければ、私はきっと今の生活に耐えられないに違いない。

39

お父さまが死んだ。

信じられない。ウィルからの短い手紙をもらい、私はこうしてジョーンズボロの駅に降りたんだけど、まるで実感がなかった。

ジョーンズボロの駅前は、アトランタとは大違いだ。爆弾や火災でやられたままの建物だらけ。あちこちに空地がある。屋根や壁が半分吹きとんだ家が、そのまま廃墟《はいきょ》となっていた。

駅だってひどいものだ。わずかに残った木造の待合室には屋根もなかった。私は椅子代わりの空樽《からだる》に腰をおろした。

ミード夫人から借りた黒いドレスがすごくきつい。だってもうお腹が張り出しているんだもの。

私は自分のお腹のあたりを見た。お父さまが死んだということはまだ現実とは思えない。それよりもあと一時間でアシュレに会う。そのことばかりが気になる。

もうすらりとしたスカーレットじゃない。体もぼってりしているし顔もむくんでいる。こんな姿を見せたくない。

他の男の子どもを宿している私が、まだアシュレのことを諦《あきら》め切れないっておかしなことよね。でも私は子どもなんか望んでいなかった。だけどお腹はこんなに大きい。私は子どもなんて欲しくなかったのに。

安定した生活を望み、タラを守ろうとした結果がこうなったんだ……。私は悲しみと苛立《いらだ》ちのあまり、足を踏みならした。どうして今、こんな姿をアシュレに見せなきゃいけないの？　もう彼にとって、私は完全に〝対象外〟になるはず……涙が出そう。

その時、お父さまが死んだ、ということがやっと現実として受け止められた。

お父さまが死んだ。お父さまにもう会えない。

どうしてウィルやメラニー、妹たちは知らせてくれなかったの？　病気だと知っていたらもっと早い列車で来た。アトランタから、いいお医者さんを連れてくることだって出来たのに……。

ハンカチで目頭《めがしら》をおさえてる私に、荷馬車の音が近づいてきた。

「遅くなってすみません、スカーレット」

ウィルだった。彼は馬車から降り、私の頬《ほお》にキスをした。これってどういうこと？　それに〝スカーレット〟だって。いつもは〝ミス〟をつけるのに。私はちょっと驚いたけど心がじわんと温かくなった。身内のような再会だったから。

荷馬車に乗ってびっくり。これって私がアトランタから逃げてきた時のものじゃないの。よくこんなオンボロを使っていること。よほどきちんと手入れをしてるからだろう。

でも揺られていると、あの怖《おそ》ろしい悪夢のような記憶が甦《よみがえ》ってすごく気分が悪くなった。アトランタに帰ったら、どんな節約をしてでもタラのために新しい馬車を買わなきゃと心に決めた。

不快な記憶のある荷馬車は村を抜け、タラに続く赤土の道に入った。田園の暮れていくひとときの美しさといったら。ふわりとした羽根のような雲は、黄金色と深い緑色をしていた。道の両脇の溝には、スイカズラの葉が青々と茂って、強烈な香りを漂わせている。

頭上ではツバメの群れが旋回して、ウサギが道を横切っていく。ぴょこぴょこ揺れる尾が化粧用パフみたいで可愛《かわい》い。

赤い土にすくすく育つ綿の草、緑の畝《うね》、黒松の林……なんて綺麗《きれい》なの、私の故郷！　私はどうしてここを離れることが出来たんだろう。

「スカーレット」

ウィルが口を開いた。また〝スカーレット〟だ。

「お父さまのことをお話しする前に、家に着くまでにすべて伝えておきたいのですが。家長のあなたに」

「なんなの」

彼はいつものように穏やかで真剣な目をしていた。

「私とスエレンとの結婚を認めていただきたいんです」

「なんですって！」

私はあまりのことにひっくり返りそうになりあわてて座席にしがみついた。フランク・ケネディ以外に、スエレンを欲しがる男がいるなんて。それがウィルだなんて。

「すごいことね、ウィル」

「だったらかまわないんですね」

「かまわないかですって？　ああ、ウィル、息が止まるかと思ったわ。スエレンと結婚するなんて。あなたはキャリーンのことが好きだとずっと思ってたわ」

ウィルは黙って手綱《たづな》をふるっていたけど、かすかなため息を聞いたような気がした。

「そうだったかもしれません……」

「あの子はあなたの思いを知っても断ったの？」

「言ってはいません」

「ああ、ウィル、馬鹿ね。今すぐ言いなさいよ。あの子はスエレンの二倍の価値があるわ」

いいえ十倍かも。意地が悪くて嫉妬《しっと》深いスエレンと違い、まるで天使みたいにやさしいキャリーン。器量だってキャリーンの方がずっと上だし。

「スカーレット、あなたは何も知らないんです。タラであったいろんなことを。この数ヶ月、こちらのことにあまり関心がなかったようですね」

「関心がなかったですって？　ウィル、私がアトランタで何をしていると思ってるの」

頭にカーッと血がのぼった。

「毎日舞踏会に行ってたとでも言うの？　毎月きちんと仕送りをしてたでしょ。税金払って、屋根直して、新しい鋤《すき》とラバを買ってあげたじゃないの！　それから――」

「癇癪《かんしゃく》を起こさないでください、スカーレット」

ウィルが遮《さえぎ》る。

「あなたがどれほどの働きをしているか、いちばん知っているのはこの私ですよ」

「だったらどうしてそんなこと言うのよ⁉」

「確かにあなたは屋根を直してくれたし、食料庫の食べ物が切れないようにしてくれた。それは否定しません。だけどこのタラにいる人たちの、頭の中で何が起こっていたのか、それについてはあまり考えていなかった……。いや責めてるんじゃありません。あなたはそういう人だから。もともと人の頭の中にはあまり興味を持たない人なんです」

確かにそのとおりだから私は黙っていた。

「私がキャリーンに告白しなかったのは、しても無駄だとわかっていたからです。あの人にとって、私は頼りになる兄なんです。彼女はあの亡くなった青年のことを忘れてはいない。もうお話しした方がいいと思いますが、キャリーンはチャールストンの女子修道院に入るつもりでいるんです」

「まさか、冗談でしょう」

私は叫んだ。いくら何でも修道院だなんて。

「お願いします、スカーレット。そのことに反対したり、叱《しか》ったり、笑ったりしないでください。黙って行かせてあげてください。今はそれだけが彼女の望みなんです。あの人の心は悲しみに打ち砕かれているんです」

「馬鹿げてるわ。心を打ち砕かれた人は世間にごまんといるけど、みんな修道院に逃げ込んだりしなかったわ。私をごらんなさい。夫を亡くしたのよ」

「でも心を打ち砕かれたりはしなかった」

ウィルの言葉はいちいち私の心にささる。そうよ、私はチャールズが亡くなった時、悲しいことは悲しいけど、心が砕かれることはなかった。

「ごちゃごちゃ言わないと約束してください」

「ええ、いいわ。約束するわよ」

キャリーンの死んだ恋人は、私のとりまきの一人で、私に夢中だった。それをキャリーンは知っているはずなのに、「一生の人」と思い定めて修道院ですって。おかしいけど、そのひたむきなところがキャリーンなんだ。

「仕方ないわ。そんなに行きたいなら、修道院に行けばいいわ」

「ごちゃごちゃ言わないと約束してくれますか」

「ええ、いいわ。約束する」

ウィルはきっとキャリーンのことを忘れないはず。でもあの可憐《かれん》なキャリーンの代わりに、スエレンと結婚するなんて。

「好きでもないくせに。そうでしょう」

「いや、好きですよ。ある意味では」

ウィルは口にわらをくわえ、またそれを手にとってしげしげと見つめた。ある意味って、いったいどういうことか、自分で確認するための動作に思えた。

「スエレンは、あなたが思っているほど悪い人間じゃありません。スエレンの唯一、最大の問題は、夫と子どもが必要なのに、それがいないことです。僕たちはきっとうまくやっていけると思いますよ」

荷馬車はガタガタ揺れながら、タラへと続く赤土の道を進んでいた。

私はさっきからずっと考えている。何かヘン。ウィルが口にしたくないことがある。重要な深い何かが。

そうでなかったら、この穏やかで優しいウィルが、スエレンのような口やかましい不平ばかりの娘と結婚するだなんて。

「本当の理由を話してよ、ウィル。家長の私には知る権利があるわ」

「そうですね。たぶんあなたならわかってくれるでしょう。タラは僕の家なんです、スカーレット。これまでの人生で僕が手に入れた、たった一つの本物のわが家なんです。僕はその石のひとつ、柱の一本一本まで愛しているんですよ。あなたならわかってくれますよね」

もちろんわかるわ。私にとってタラはわが家以上のもの。どんなことをしても守り抜かなくてはいけないもの。ウィルが私と同じことを考えているとわかって、私はとても嬉しくやさしい気持ちになった。

「それでこんな風に考えたのです。あなたのお父さまが亡くなり、キャリーンが修道院に入ったら、残るのは私とスエレンだけになります。となれば、当然スエレンと結婚しない限りタラで暮らすことは出来なくなります。結婚しない二人が一緒に暮らすなんて世間が許しませんからね」

「でもウィル、アシュレとメラニーがいるじゃないの」

咄嗟《とっさ》に言ってしまった。ウィルはじっとこちらを見る。すべてを知っている目だ。おそらく果樹園で私たちが激しく抱き合ったことも。だけどそこに非難の色はない。すべてを理解している表情……。

「あの人たちはもうすぐ出ていきます」

「出ていく？　どこへ」

そんなことあり得ないわ。アシュレの家は焼けてしまってもうない。もしアトランタに住むというなら話は別だけれど。

「タラはアシュレとメラニーのうちでもあるのよ」

「いいえ違います」

ウィルはきっぱりと言った。

「だからアシュレは悩んでいるんです。自分の家でもないのに、ちゃんと食い扶持《ぶち》を稼げていないと感じているんです。あの人は農夫としては、まるで役に立ちません。本人もよく知っているんです。でも仕方ないですよね。あの人は農夫になるように育てられなかったっていうだけの話です。だけどアシュレはずっと気にして悩んでいます。自分は男なのに、女の情けにすがってタラで暮らしているってね」

「情けですって？　アシュレが本当にそんなこと言ってるの!?」

「いや、ひと言だって言ってません。あなたはアシュレという人を、よくご存知のはずですよ。昨夜、二人でお父さまのご遺体につき添っていた時、スエレンにプロポーズして承諾をもらったことを話したら、あの人はそれで安心したと。そういうことなら、タラを出て仕事につくつもりだって言ってました」

「仕事？　どんな仕事よ、どこで？」

「詳しいことは知りません。ただ北部に行くと。ニューヨークに友だちがいて、あちらの銀行で働かないかという手紙が来たそうです」

「そんなのダメ！　絶対にダメ！」

思わず大きな声をあげ天を仰いだ。そんな私をウィルはじっと見つめていた。

「北部へ行けば、すべてよくなるかもしれませんが」

「そんなのダメ。私が絶対そうはさせないわ」

アシュレが北部に行ったら、もう二度と会えないかもしれない。

私がタラにせっせと送金していたのもアシュレのためだ。アシュレの暮らしが楽になるようにとそのことばかり考えていた。

薪《まき》を割ったり、畑を耕したりする生活に彼がうんざりしているのはわかる。タラを離れたがるのも無理はない。でも、北部に行くなんて絶対に許さない。アシュレに二度と会えなくなったら、私はもう生きていけないもの。

そうよ、フランクに頼んで店の仕事をやってもらえばいいんだわ。でもウィルクス家の人間が、店のカウンターにいるなんて考えられない。そうよ、製材所よ。製材所の支配人になってもらえばいいんだわ。

私はこの思いつきににっこりした。

「アシュレには、私がアトランタできっと仕事を見つけるわ」

「まあ、それはあなたとアシュレの問題ですから僕には関係ありません」

そっけなく言ったあと黙った。荷馬車はゆっくりと進んでいく。タラに向かう街道にさしかかった時、ウィルは口を開いた。

「うちに着く前に、もうひとつ約束してほしいことがあります。どうかスエレンを叱らないでください。あなたがどんなにスエレンを責めたところで、お父さまは帰ってこないんです」

「それ、どういうことなの。スエレンがどうしたって言うの」

「世間の人たちは、スエレンにとても腹を立てています。でもあなたは約束してください。お父さまが客間で眠っていらっしゃいます。その前で喧嘩《けんか》しないでください」

これって何、いったい何が起こったの？


もうじきタラに着く。その前にどうしても聞かなくちゃ。

「ねえ、一から話して。お父さまは病気だったの？　どうしてそのことを連絡してくれなかったの？」

「お父さまは病気ではありませんでした。さあ、スカーレット、これを持って。すべてお話ししますから」

私はあまりにも急いで出発したので、ハンカチを忘れていた。ウィルから手渡されたバンダナで私はちんと鼻をかみ、乾いている涙も拭《ふ》いた。

「スカーレット、あなたがきちんきちんとお金を送ってくれたので、アシュレと僕は税金を払い、ラバや種を買い、豚と鶏も手に入れました。メラニーがとても上手に鶏の世話をしてくれました。彼女は本当に素晴らしい女性です。まあ、それはともかく、必要なものを買うと、お金はあまり残りませんでした。でも誰も不平は口にしませんでした。スエレン以外は」

ほら、やっぱり。お父さまの死にスエレンは関係しているんだわ。

「スエレンは、時々ジョーンズボロやフェイエットヴィルに行きましたが、その時、いつも古いドレスを着ることに我慢ならなかったんです。北部《ヤンキー》のご婦人のように着飾りたかったんです。メラニーやキャリーンもそうですが、昔からここに住んでいる郡の女性たちは、みすぼらしいドレスで町に出かけることを、むしろ誇らしいことだと思っている。だけどスエレンは違うんです。これは言っておいた方がいいと思いますが、あなたがケネディさんと結婚したことを、スエレンはまだ許していませんよ。あんな卑劣な手段を使ったんですから」

怒りのあまり、頭がカーッと熱くなった。いったいこの男、何を言ってるのよ。

「口を慎んでくれたらありがたいわね。フランクがあの子より、私を好きになったんだから仕方ないんじゃないの」

「あなたぐらい頭がよくて魅力があったら、ケネディさんを丸め込むことぐらい、なんてこともなかったでしょう。でもやっぱり、フランクさんはスエレンの恋人だったんです。あなたがアトランタに行く一週間前、スエレンに手紙が届いていました。フランクさんは甘くやさしい言葉を連ねてました。いとしい人、会えなくてつらい。もう少し金が貯まったら必ず結婚しようと書いていましたよ。手紙を見せてもらったんで知っています」

「じゃあ、言わせてもらうけど、スエレンがあの人と結婚したら、うちのために一ペニーだって使わなかったはずよ。そのくらいわかるでしょう。私はタラのためにしたことなのよ」

「もちろんわかってますけど、卑劣な手段だったのには変わりありません。あなたがケネディさんと結婚したとたん、スエレンはスズメバチのようになったんです。プライドがずたずたにされたんですね。そしてあなたは綺麗なドレスを着て、素敵な馬車をアトランタで乗りまわしているると思い込んだんです」

「そんなの間違いだって。あのアホ女！」

ウィルは私の言葉を無視して、話を続ける。

「スエレンはよその家を訪問したり、パーティーに出たりするのが大好きなんです。それを責めるつもりはありません。一ヶ月前、私は彼女を連れてジョーンズボロに行きました。私が用事をすませる間、彼女は知り合いのうちを訪ねていたんです。そして帰ってくる時はものすごく興奮していました。そしてある計画を思いついたんです」

「どんな考えなの？　早く言いなさいよ」

「もうじきうちに着きます。ここに止まって最後まで話した方がいいですね」

ウィルが手綱を引く。馬は止まって鼻を鳴らした。そこはマッキントッシュ家のバイカウツギの生け垣のすぐそばだった。生け垣はすっかり荒れている。木々の間から静まりかえった廃墟が見えた。そう昔ではないのに、この邸《やしき》でしょっちゅうパーティーが行われていたなんてとても信じられない。

「スエレンの考えを一言でいえば、北軍《ヤンキー》が燃やした綿花と、追い払った家畜の代金を北軍に払わせようということです」

「北軍に？」

「聞いたことがありませんか？　南部人でも連邦政府支持者であれば、失った財産を北軍の政府に弁償してもらえるんですよ」

「もちろん聞いているわ。でもそれが私たちと何の関係があるの」

ウィルは少しずつ語り始めた。

もしかしたら大金が入ってくるかもしれないという思いにかられたスエレンは、キャスリンのところに行くようになった。そこには元使用人の、クズ白人のヒルトンがいる。そしていろんなことを吹き込まれた。

お父さまはもともとアイルランドの生まれだ。出征した息子もいない。だったら連邦の支持者と判断されるかもしれないと。スエレンは弱っているお父さまを誰にも言わずに荷馬車に乗せ、連邦政府の事務所に連れていったんだ。

そこにはヒルトンとか、そういう連中が待っていて、お父さまは熱心な連邦支持者だとかまくしたてた。もう正常な判断が出来ないお父さまに、サインさせようとしたのだ。サインをすれば、十五万ドルというとんでもない大金が手に入る。それで贅沢《ぜいたく》をしようとスエレンは企《たくら》んだらしい。

しかし署名をするその時になって、お父さまの頭は正気に戻った。そしてサインするのを拒否したんだって。

そこでスエレンは感情を爆発させた。お父さまを停《と》めてあった荷馬車に乗せ、ずーっと脅し続けたのだ。あんたのおかげで、私はずっとボロを着て貧乏するのか、お母さまはお墓の中で泣いていると。やがてお父さまは荷馬車の中で泣きわめき始めた。まるで赤ん坊のように。町中の人たちがそれを見ていたわけだ。

そのうちスエレンは、どこからかブランデーを一本手に入れ、事務所に戻ってお父さまに飲ませた。酔っぱらってサインをさせようとした。信じられない！

もう何年もお酒なんか飲んでなかったお父さまは、へべれけに酔ってしまった。これ幸いとスエレンは、宣誓書を取り出した。お父さまが紙にペンをおろした瞬間、スエレンはまた馬鹿なことをした。

「これでもうスラッタリー家やマッキントッシュ家に威張られなくてすむわ」

これを聞いたとたん、お父さまは背筋を伸ばし肩をいからせた。

「スラッタリーや、マッキントッシュの連中もこういうものに署名したのか」

どぎまぎしてちゃんと返事をしないスエレンにお父さまは怒鳴った。

「お前らオハラ家の人間が、いまいましい貧乏白人の真似《まね》をしようとしているのか」

そうして書類を真っ二つに引き裂《さ》き、スエレンの顔に投げつけたんだ。

事務所を飛び出したお父さまは、たまたまつながれていた他人の馬にまたがり、走り去ってしまった。あっという間に。

そして馬とお父さまの姿が再び現れたのは、夕方のタラの牧草地だった。お父さまはお母さまの名を呼んだ。

「おーい、エレン、わしが飛ぶのを見ていてくれ」

だけど馬は柵《さく》の前で止まり飛ぼうとしなかった。お父さまは投げ出され、みなが駆けつけた時はもう息がなかった……。

お葬式が始まった。

昨夜ポークがお母さまのお墓のそばに穴を掘っていた。そこにこれからお父さまは埋められるのだ。

近所の男の人たちが、お父さまの棺《ひつぎ》を担いでくれた。棺は二枚の細長いオークの板に載せられゆっくりと進む。ポークは鋤の柄に顔を伏せて泣き出した。その髪に白いものが混じっている。私は悲しみのあまり目を伏せた。

ポークにとってはお父さまがすべてだった。少年の頃からずっと仕えていたんだもの。

私の大好きなお父さま。白髪を馬のたてがみのようになびかせ、陽気な大声で喋《しゃべ》り、ブーツでどかどかと歩きまわった。私をいつも前に乗せ、柵を馬で飛び越えた。

三人の娘の中で、私をいちばん可愛がってくれた。そう、確かにそうよ。

「お前がいちばんわしに似ている。困ったもんだ」

と嬉しそうに言ったっけ……。

昨夜、泣けるだけ泣いておいてよかった。おかげで今日は目をうるませることなくまっすぐに立っていられる。

私の後ろにスエレンが立っていて泣き声が聞こえてくる。お黙りと、妹の頬に平手うちをしたくなってくる。

お父さまの死の原因をつくったのはあんたなのよ。ウィルは許したって、私はあなたを絶対に許さないからね。

近所の人たちも私と同じだった。スエレンは父親を殺すよりも、もっと悪いことをしたのだ。父親を騙《だま》し南部を裏切らせようとしたのだから。

参列者たちは私の額に静かにキスをし、手を握ってくれた。キャリーンにやさしいお悔やみの言葉をかけてくれた。だけどスエレンに話しかけた人は誰もいなかった。みんな彼女がいないかのように振るまっていた。

参列者はみんなで五、六十人もいる。戦争の後で交通手段も限られているというのに、こんなに集まってくれたことに私は感動した。

お父さまは本当にみなに愛されていたんだ。

かつての大農園主たちはもちろん、川向こうの小さな農園の主人たちもいたし、森林地の貧乏白人、アライグマの革の帽子をかぶった沼地の男たちもいた。

怒りと悲しみとで、目が赤くなっている人たちが三人いた。お父さまの親友だったマクレーさん、グランマ・フォンテイン。それからタールトン夫人。馬好きのお父さまとは大の仲よしだった。

葬儀が始まる前、この三人はすごい見幕で、お父さまが眠っている客間に入ってきた。

「きっとスエレンのことで何か言うでしょうね。もうみなさん、戦闘態勢なんですから。あの人たちが何か言ったら、こちらとしても応じないわけにはいきません。近所の人たちと仲たがいすることになるかもしれませんが、仕方ないでしょう」

ウィルの言葉に、アシュレは深いため息をついた。近隣の人たちのことは、彼は誰よりも知っている。どれほど誇り高く熱い人たちかということを。

カトリック教の司祭が間に合わなかったので、アシュレが祈禱書《きとうしょ》を読み葬儀を執り行うことになっている。

「アシュレ、お願いがあります」

ウィルがゆっくりと言った。

「私は誰にもスエレンの悪口を言わせるつもりはないんです。ここは私に任せてください。朗読と祈禱が終わったら、『お別れの挨拶《あいさつ》をなさりたい方があれば』と、私をまっ先に見てください。そうすれば私がいちばんに話せます」

やがて棺を囲んで、アシュレは祈禱書を読み始めた。それが終わると、みんなで主の祈りを唱和した。

「今も臨終の時も祈りたまえ――アーメン」

アシュレはあたりを見渡した。

「お別れの挨拶をなさりたい方はいらっしゃいますか」

タールトン夫人がそわそわと体を動かし始めた。男まさりの夫人でも、いちばんに手を挙げるのをためらっている時、ウィルが進み出た。

「みなさん、私が最初の挨拶をするのはおこがましいことかもしれません。みなさんは二十年以上前、いや、ずっと前から故人を知っていらっしゃるのですから」

まるで祈っている時のような淡々とした口調だった。

「でもこれにはわけがあるんです。ミスター・オハラがあと一ヶ月生きていてくだされば、私はあの方を父と呼べたんです」

驚きが波のようにひろがった。みなはキャリーンの顔を見た。ウィルは彼女と結婚するものとみんな思っているから。

「アトランタから司祭がいらしたら、私はスエレンと結婚します。ですから最初の発言をお許しいただけるかと」

さっきとは違うざわめきが起こった。それは怒りと失望が混じっていた。それはそうよね。ウィルはずっと好きだったキャリーンじゃなく、今、郡いちばんの嫌われ者スエレンと結婚するなんて。

「私は若い時のミスター・オハラを知りません。でもこれだけは言える。オハラ氏は外国生まれでも、ここにいる誰よりもジョージア人でした。何ごとにも負けず、強く大らかで、この土地を何よりも愛していました。しかしこの何年かの不幸が、オハラ氏を変えてしまいました。奥さまが亡くなってからのオハラ氏は、もう昔のオハラ氏ではありません。心はとうにこの世界にはありませんでした。ミスター・オハラの肉体は、再び心とひとつになるために今、飛び立ったんです。だからみなさん、もうそんなに嘆かないでください。もし嘆くならそれは私たちの身勝手というものです。あの方を実の父のように愛していた私がこう言うのです。これ以上、嘆きや怒りを続けてはいけません」

私はわかった。ウィルはスエレンを守ろうとしているんだ。それからタラも。

スエレンにはウィルに愛される権利はこれっぽっちもない。だけどウィルは愛そうとしてくれている。

ありがとう……。私はその日初めて涙をこぼした。

40

会葬してくれた人みんなに別れの挨拶《あいさつ》をすませた。最後の車輪とひづめの音が遠ざかると私はお母さまの仕事部屋に入った。それから黄ばんだ書類の間から昨日隠しておいたものを取り出した。

「ポーク」

ポークを呼ぶ。ポークの顔は、まるで主人を失った迷子の猟犬のようだった。

私はうんと厳しい声で言った。

「お前がもういっぺん泣いたら、私も泣くわよ。だから泣くのはやめなさい」

「はい、スカーレットさま、私も努力はしているんですが、そのたびにジェラルドさまを思い出してしまって……」

「じゃあ、思い出さないようにしなさい。他の誰かが泣いても我慢出来るけど、お前が泣くのだけは我慢出来ないの」

鼻の奥がつうんとなる。

「お前が泣くのが嫌なのは、お前がどんなにお父さまを愛していたかを知っているからよ。鼻をかみなさい。ポーク、お前にあげるものがあるの」

私は金の懐中時計を差し出した。細かい細工が施されていて、飾りがたくさんついた鎖がぶらさがっている。

「それはいけません。それはジェラルドさまの時計だ」

ポークが叫んだ。

「そう、お父さまの時計よ。お前にあげるわ」

「そりゃダメです。それはジェラルドさまのもので、白人の旦那が使うもんです。受け取れません」

「絶対に受け取らなきゃダメ。お前がどこかの鶏小屋に盗みに入って撃たれた晩、私はお前に約束したわよね。いつか金時計をあげるって。ほら、これがそうよ」

「とんでもない」

ポークは後ずさりしたけど、私は彼の手をとり掌《てのひら》に時計をのせた。

「本当に私がいただいてもいいんですか？　スカーレットさま」

「もちろんよ」

ポークはぎゅっと時計を握りしめた。

「あの、スカーレットさま」

「なに？」

「黒人にしてくださる半分でも、白人の方々に親切になさったら、世間もスカーレットさまを見る目が変わると思うんですが」

「余計なお世話よ。そんなことよりアシュレをここに呼んできて頂戴《ちょうだい》」

そう、私はアシュレに大切な話があるんだ。世界中でいちばん親切にしたい人間にね。

アシュレは静かに部屋に入ってきて、デスクの前の椅子に腰をおろした。彼は私と目を合わせず、なぜかしげしげと自分の両手を見つめた。私の大好きなアシュレの手。重労働をしているのに、それはやっぱり農夫の手じゃなかった。ほっそりとしていて節くれ立ってない。ちゃんと手入れをしている手だ。

もう一度、この手が私に触れることがあるんだろうか。私の頰《ほお》をはさんでキスしてくれることが。でも今じゃない。だって私はスカートで隠しても、はっきりわかるほどお腹がふくらんでいる。

それにこのアシュレの態度は何なの。言葉を発さず、ぴんといからせた肩が私を拒絶していた。

「アシュレ」

私は呼びかけた。

「あなたがアトランタに来てくれないと困るの。今はどうしてもあなたの助けが必要なの。私は製材所を仕切れないのよ。だって――わかるでしょ、その――」

妊娠を切り札にしたくなかったけど仕方ない。

「仕事に戻れるのは、何ヶ月も先だと思うの。だから――」

「やめてくれよ。もうたくさんだ」

アシュレの声は怒りに満ちていた。そして立ち上がったかと思うと、私に背を向け、窓辺に立った。その背中がすべてを語っていた。

私は幸福感につつまれる。そうよ、アシュレはお腹の大きい私を見たくないんだわ。

「こんな見た目になっちゃって……」

「見た目が何なんだ」

アシュレはさっと振り返った。何て強い視線で私を見るの。そう、私のことを思っているんだわ。

「僕の目に映る君は、いつだって最高に美しい。君だってわかっているはずだ」

嬉しくて涙が出そう。

「私、とても恥ずかしかったの。こんな姿をあなたに見せるなんて」

「恥ずかしい？　何で君が恥ずかしがらなきゃいけないんだ。恥じるのは僕の方だ。僕が愚かな真似《まね》さえしなかったら、君はフランクと結婚しなかっただろう。去年の冬、君をタラから出すんじゃなかった。ああ、僕は本当に馬鹿だった。君が必死になっていたことに気づくべきだった」

これって告白よね。あの日、一緒にメキシコに逃げようっていう私の願いを断ったことを後悔してるんだわ。そう、こんなに悔いるってことは、まだ私のことを愛しているからでしょう。

「僕が家を出て、強盗でも殺人でもして税金を払うための金を手に入れるべきだったんだ。それが僕に出来るせめてものことだった。君は路頭に迷う寸前の僕たち家族を引き取ってくれたのに。ああ、それなのに僕はひどいことをしてしまった」

違うわ、私が聞きたいのはこんなことじゃない。

「どっちにしても私はアトランタに行っていたはずよ。あなたにそんなことはさせられないもの。それにどっちにしても、もう済んだことだわ」

冷たく言う私に、

「そうだ、済んだことだ」

アシュレは哀し気に頷《うなず》いた。

「君は僕を強盗にしないために、愛してもいない男に身を売った。そして子どもを身ごもった。そのおかげで僕と家族は飢《う》えずに済む。これが恥ずかしくなくて何だろう」

そう、アシュレは苦しんでるんだ。私のために。私のためよ。

アシュレに本当に聞きたい。今も私を愛しているんでしょうって。でもそれは出来なかった。アシュレにずっと傍《そば》にいてもらいたかったら、決定的なことを口にしちゃいけないんだってことは私にもわかるもの。

「スカーレット。僕は北部に行くことにしたんだ。戦争前、一緒に大旅行《グランドツアー》に行った古い友人が仕事を紹介してくれたんだ。彼の父親が経営する銀行で働かないかって。その方がいい。僕は君の役に立たない。製材業のことなんかわからないんだから」

「でも、私は――」

「もうそろそろ自力で何かをする時なんだ。もうこんなに長く居候させてもらったんだから」

「私はあなたに利益の半分を渡すわ。アシュレ、だったらあなたの力で経営したことになるわ」

「僕はニューヨークに行く。それがいちばんいい。スカーレット、これは僕の最後のチャンスなんだ。君のために働けば、僕は永久に失われてしまう」

失われる、って、それ、どういうこと。私にはわからないわ。

「スカーレット、これ以上この話はしない。ウィルとスエレンが結婚したら、僕はニューヨークへ行く」

私は負けたんだ。そのとたん、私の神経はぷつんと切れ思わず金切り声を出した。

「ああ、アシュレ」

私はボロいソファに身を投げ出し、わーわー泣きじゃくった。

「こんなひどいことってある⁉」

足音が近づいてくる。台所からホールをバタバタと走ってくる音。メラニーだわ。ドアを開けて、目を見開いたメラニーがとび込んできた。

「スカーレット、どうしたの⁉　まさか赤ちゃんに何かあったんじゃ」

「アシュレが、アシュレがひどいことを……」

メラニーはソファの床に身を置いて、私を抱きしめた。

「あなた、いったい何を言ったの。もし赤ちゃんに何かあったらどうするの？　よくもこんなひどいことが出来たものね」

「メラニー、聞いて頂戴」

しゃくり上げながら訴えた。

「私はアシュレに製材所の支配人になって、助けてもらおうと思ったの。そしたらアシュレが――」

「仕方ない。もうニューヨークに行く手はずを整えたんだ」

「私は何度も言ったの。あなたの力が必要だって。私にはお腹の子がいるし、どうしてもアシュレに助けてもらわなきゃならないの。それなのにアシュレは嫌だって言うの。だったら製材所は売りに出さなきゃいけないし、今度は私が飢え死にする運命かもしれない、でもそんなことアシュレにはどうでもいいのよ」

「アシュレ」

毅然《きぜん》としてメラニーは立ち上がった。

「アシュレ、どうして断ったり出来るの。スカーレットが私たちにしてくれたことを考えて。ボーが生まれた時、スカーレットが傍にいてくれなかったら、私たちは間違いなく死んでいたわ。それに、私たちを守るために、スカーレットは北軍兵《ヤンキー》を殺したの。人殺しをしたのよ。あなたとウィルがここに来るまでは、私たちを食べさせるために、奴隷みたいに働いてた。この人が畑を耕したり、綿花を摘んだりしたことを思い出すと、ああ……スカーレット」

メラニーは再び跪《ひざまず》き、私の髪にキスをした。

「アシュレ、断るなんて許さないわ。私たちの恩人が、初めての頼みごとをしているのよ」

アシュレはぼんやりと立ち、抑揚のない声で私に向かって言った。

「スカーレット、僕はアトランタへ行くよ。二人がかりで来られたんじゃとても敵わないよ」

「スカーレット、ありがとう」

メラニーは私にささやいた。

「私、アトランタに帰れるのね。私がどんなに故郷を恋しがっていたか、あなたは知っていたのね。スカーレット、私のためにこんな計画を。本当に、本当にありがとう！」

この人、いつも勘違いして私に感謝するんだ。そして私をシラけさせる。私はとっくに勝利感を失くしてしまった。

だけど、たった今見た、アシュレの死んだような目は何なの。

「君のために働けば、僕は永久に失われてしまう」

という言葉が私の中でリフレインする。


スエレンとウィルが結婚し、キャリーンがチャールストンの修道院に入ったあと、アシュレの一家がすぐにアトランタにやってきた。ディルシーは料理人兼子守りとして同行したけど、夫のポークと娘のプリシーはしばらくはタラに残ることになった。ウィルが畑仕事をする黒人を雇ってからこっちに来るんですって。

アシュレは家族のために煉瓦《れんが》造りの小さな家を借りた。それはピティ叔母さんの家と背中合わせになっていて、二坪の裏庭はつながっていた。間には伸び放題のイボタノキの生け垣があるだけだ。

その家はもともと二階建てだったけれど、北軍《ヤンキー》の砲撃で二階部分が壊れたままだ。残った一階も平たい屋根をつけただけ。こんなみっともない家は見たことがないわ。だけどメラニーの目には、かつてのウィルクス家の屋敷よりも立派に見えたみたい。なぜってようやく親子三人で暮らせる初めての家だから。

でもアシュレの妹のインディアが、メイコンから戻ってきた。あの性格の悪いインディア。だけどアシュレもメラニーも歓迎して、あの狭い家に置いてあげてるわけ。

下の妹のハニーは、幸いなことにあちらで結婚していた。インディアによれば、自分たちよりずっと身分が低くてメイコンに移住した、ミシシッピー出身の粗野な西部人ですって。だけどよく調べてみると、ハニーの夫はちゃんとした紳士でそこそこお金持ちみたい。ジョージア生まれで大農園の娘であるインディアからしてみれば、東部の海岸地方出身以外はみーんな田舎者なんだ。

ハニーは結婚出来たけど、インディアは今も独身。もう二十五歳になって、見た目も年相応ってとこ。おしゃれもあんまりしなくなってる。だけどスチュワート・タールトンが戦死しなければ、結婚しただろうことはみんな知っているので、

「結婚はしなかったけど求婚はされた女性」

として一応の敬意ははらわれていた。

アシュレの家族は、家具もろくにない、カーテンもついていないうちで暮らし始めた。メラニーが本当に幸福そうでびっくりだ。私なら茶碗《ちゃわん》もスプーンも持たずに暮らしていることをまわりに知られたら、恥ずかしくて死にそうになる。だけどメラニーはへっちゃら。宮殿の女主人のように堂々と楽し気にふるまっていた。

そうはいってもこの頃ますます痩《や》せて体調もよくない。ボーの出産直後、危険な逃避行をしたうえに、タラで重労働をした。そのことが体に響いてきたんだ。がりがりに痩せて、まるで少女のような体つき。小さな顔に大き過ぎる目。そして目の下にはくまが出来ていた。

ちっとも美人じゃない。なのにどうしてそんなに幸せそうな目をしていられるんだろう。私の方が肉づきがよくてずっと美人。でも私の目が、時に飢えた猫みたいに見えることは自分で

も知っていた。

メラニーの目は、いつも静かで穏やかだった。再び故郷に戻って、古い友人たちに囲まれている喜びでやわらかな光を放っている。

あのボロい家にはいつもお客が溢《あふ》れていた。メラニーはこの街で子どもの頃から人気者だったんだって。みんな彼女の帰郷を歓迎しようとこぞって押しかけた。贈り物を持って。ちょっとした小物、銀のスプーン一本、リネンのカバー、ナプキン、ラグマット。シャーマン軍から守り抜き、大事にしていたものをたったひとつでもメラニーにプレゼントしようとした。

メラニーは古きよきアトランタの上流社会のシンボルになったんだ。私に言わせるとすごくつまんないことだけどね。

メラニーはいつのまにかリーダーに祭り上げられていて、「南部英霊の墓美化協会」と「南部連合未亡人、孤児のための裁縫の会」とか、わけのわかんない会の会長になっていた。あのメリウェザー夫人やホワイティング夫人とかいううるさ方のおばさんたちは、メラニーが大のお気に入りで、メラニーを会長に推薦したんですって。

後のことになるけど、メラニーめあてに、南部きっての名士たちも訪れるようになった。欠けた茶碗で紅茶を飲む人の中に副大統領もいたし、ジョージアの英雄ジョン・B・ゴードン将軍もいた。お菓子もなくて、紅茶しか出さないというのに、そういう有名人がやってきて楽しそうに長居するんだ。

そう、メラニーの人徳っていうやつ。私にはよくわからないけど。

それにひきかえ、アシュレはまるで精彩がない。製材所を任せるようになって、毎月赤字が出るようになった。

　アシュレはすぐに仕事になじんで、すごい利益を出してくれると思っていたのにびっくりだ。あんなに頭がよくて、あんなにたくさんの本を読んできたっていうのに。これってどういうこと。

　アシュレのせいで、私の上顧客がどんどん別の製材所に替えていく。私はどうしたらいいの。決めた。子どもはもう二度と産まない。これが最後。他の女たちみたいに毎年産んでたまるもんですか。

　子どもを産んだら私は仕事に戻る。もうアシュレには任せておけない。私は初めて彼に失望していた。

41

生まれたのは女の子だった。

びっくりするぐらいフランクに似ていた。髪の毛が全然生えてなくて、ものすごく不器量な子。

まわりの人たちは、こちらが何も言わなくても、

「生まれてくる時にいまひとつの子ほど、だんだん可愛《かわい》くなってくるのよ。スカーレットの子なんだもの、きっと美人になるわよ」

と慰《なぐさ》めてくれる。

フランクだけが、

「こんな可愛い子を見たことがない」

と感動していた。あんな親バカ、初めて見た。

赤ん坊にはエラ・ロレーナと名前をつけた。ありきたりの名前だけど、女の子らしい響きだとフランクが決めたんだ。まあ、黒人の男の子につけるのが流行《はや》っている、エイブラハム・リンカーンなんて名前よりはずっとマシかも。

その黒人のことなんだけど、エラが生まれた週、アトランタはものすごい騒ぎだった。街中

がもう戦争前夜みたいになった。

白人女性をレイプした黒人が逮捕されたんだけど、裁判が始まると大変なことになると予想されていた。だって被害を受けた女性が、法廷に立たなくてはならなくなる。そうなる前に、彼女の父親か兄弟が、犯人を殺すのは当然のことだとみなは考えた。今回はそれをＫＫＫ《クー・クラックス・クラン》が代わってやったんだ。ＫＫＫ団は監獄を襲撃して、犯人をしばり首にしたわけ。

北軍《ヤンキー》は怒りくるった。アトランタの白人男性全員を投獄することになっても、絶対にＫＫＫ団を一掃してやると息まいているんですって。

いたるところで白人男性が逮捕され、黒人たちは黒人たちで、暴動を起こすだろうとみなが噂《うわさ》している。

アトランタの住民は窓の鎧戸《よろいど》をおろし、ドアに鍵をかけて家に閉じこもった。家の中に女と子どもだけを残して外出しないようにと、うちも忠告を受けた。

でも私はへっちゃら。産後でベッドに横たわっていても不安はなかった。だって私のまわりで、事を起こす男がいるわけない。

アシュレはあんなインテリで分別がある。フランクは年が年だし、体力もないし意気地もない。ＫＫＫ団に加わるなんて絶対にあり得ない。

私はだらだらベッドに寝そべり、メラニーが調達してきてくれたおいしいものを食べているうちに、あっという間に体力を取り戻した。

早く製材所に行きたい。アシュレも、彼とは別の店を任せていたヒューも、家族を心配するあまり仕事場に行っていない。だから事件の前に開業した二つめの製材所もずっと休業状態だ。

エラを産んで二週間後、私は宣言した。

「仕事に戻るわ。もう製材所を休ませているわけにはいかないもの」

そうしたら大変なことが起こった。

父親になってからというもの、やたら強気になったフランクが、しばらくの間外に出てはいけないと言い張るではないか。それもきっぱりと。

「危険な状態が続いている間は、絶対に外に出てはならない」

もちろん私は、そんなことを聞くまいと思っていたのに、フランクは馬と馬車を預かり所に持っていってしまった。しかも、しかもよ、私が産後寝込んでいる最中《さなか》、マミイが家捜しをして私のヘソクリを見つけたんだ。フランクがそれを、自分名義の口座に入れてしまったから、今は馬車を借りることも出来ない。

こんなことってある？　私が稼いだお金なのよ。それなのにフランクのものになって、私は一銭も使えないなんて⁉

私は夫とマミイを怒鳴りちらし、次に下手に出て必死でお願いをした。それでもダメだったので、赤ん坊のように泣きわめいた。

それなのにマミイったら、少しも私に同情してくれない。

「スカーレットさま、泣くのをやめないとお乳の出が悪くなりますから」

と平気な顔をしている。

誰も私の気持ちをわかってくれない。私は歩いてでも製材所に行ってやる。最低の夫。私を赤ん坊のように扱って何もさせてくれないなんて。

私はもう人を殺してるんだ。もし襲ってくる奴《やつ》がいたら、いくらでも撃ち殺してやるわ。そう、いくらでもね。

私は裏庭をつっ切り、メラニーの家に行くといろんな思いをぶちまけた。アホでわからず屋の夫のために、家を出ることが出来ないことを切々と訴えた。

「まあ、スカーレット、なんてことを言うのよ」

メラニーは自分のうちのポーチにも出られないぐらいおびえているので、私の話を聞いて身を震《ふる》わせた。

「フランクの言っているのはあたり前のことよ。ねえ、よく考えて。危ないことはやめて。あなたにもしも何かあったら、私は生きていけないわ」

「いいえ、行くわ、絶対。私、歩いて行ってやる」

メラニーは私をぎゅっと抱きしめ、そして首を横に振った。

「全部私が悪いのよ。私は臆病で怖がり屋だから、アシュレを家に引き止めているの。アシュレがちゃんと仕事に行かなくてはいけないのよ。ああ、私って本当に馬鹿よね。スカーレット、私、アシュレに言うわ。製材所に行ってって。私はもう怖くはない。あなたとピティ叔母さまのところにいさせてもらう。だから仕事に行ってって」

だけどアシュレが、一人で製材所をまわせるとはとても思えない。そうでなくても経営は赤字続きなのだ。

「あなたの心配をしながらなら、アシュレは仕事になりゃしない。ピーターじいやも、あそこに行くのは嫌がっている。いいわ、私一人で歩いていくから」

「ダメよ、そんなの、絶対にダメ！」

メラニーは恐怖のあまり手を離した。

「ディケーター街道沿いの貧民街《シャンティタウン》には、たちのよくない黒人がたくさん集まっているそうよ。製材所に行くには、その真ん中を通らなきゃならないんだから。そんな怖《おそ》ろしいことは絶対にやめて。スカーレット、約束して。私が何か手だてを考えるから、今日のところは何もしないって約束して。私がきっと何とかするから」


驚いたことに、メラニーはすぐさまこの約束を守ったんだ。

ずっと前からだけど、メラニーは地下室を行き場のない人たちに提供していた。アトランタをさまよっているみすぼらしい連中。元南部連合の兵士だけど、私の知っているような階層の出じゃない。たいていが粗野で字も読めない男たちだ。子どもたちを連れた貧しそうな女たちを見たこともある。戦争未亡人となって行き場がなく、遠い親族を訪ねていくのだ。

メラニーはそういう人たちに、何日間かベッドと食べ物を与え、次の場所へ行くまでめんどうをみている。

アーチーもその一人だ。最初彼を見た時は、かなり怯《おび》えてしまった。背が高く痩《や》せた老人で、木製の義足をつけていた。はげた頭は薄汚れててかてか光っている。眼が鋭いことといったらびっくりするぐらい。かなりの年なのに体はしゃんとしていて、ものすごい迫力がある。ズボンのベルトには、重そうなピストルがねじ込まれていた。

「ミセス・ウィルクスに言われてきた。あんたのところで働けってな」

しゃがれ声でものすごく不満そうに言った。

「あなたに頼む仕事なんてないけど……」

あまりにも不作法な態度にむっとしてしまった。こんな男を寄こすなんて、メラニーはどうかしている。

「男が女のめんどうをみようとしている時に、つべこべ言うもんじゃないぞ」

彼は私を睨《にら》んだけど、その敵意は私に向けられたものじゃないってわかった。この男は女全体が大嫌いなんだ。

「女の御者《ぎょしゃ》なんかしたくないが、あんなによくしてくれたミセス・ウィルクスに頼まれたんだから仕方がない」

ああ、そういうことだったのかって、私は目の前のアーチーという男を見た。こんなならず者みたいな外見は嫌だけど、それがかえって護衛にはぴったりかも。

「わかったわ。決まりよ。でも夫が許してくれないとね」

フランクはアーチーと二人きりで話した後、しぶしぶ同意し馬と馬車を返してくれた。これでやっと製材所に行ける。

こうして私は、へんな爺《じい》さんとコンビを組んで、私たちはたちまち街中の噂になった。本当におかしな取り合わせだったろう。汚い格好の偏屈そうな爺さんの横に、何かと目立つ私。お互いにふんと顔をそむけてほとんど口もきかない。それでもお互いの必要に迫られて一緒に馬車に乗っている。アーチーはお金のため。私は身の安全のため。

それでも前よりはましよと、街のうるさい奥さま連中は言っていたらしい。なぜっていつもレット・バトラーが一緒だったのよ、あの悪名高いバトラーとよ、と……。

そういえばレットはどこにいるんだろう。彼は三ヶ月ほど前に突然アトランタを出ていって、今はどこにいるか私でさえ知らなかった。

とりあえず、アーチーはレットの代わりに、今、私を守ってくれているわけ。

アーチーはお風呂に入っていないらしく、鼻が曲がりそうになるほど臭い時もある。汚らしくて無礼。だけどもう一挺ピストルを増やし、武装強化してくれた。私が荒っぽい労働者や黒人、北部人《ヤンキー》の間に交じる時はぴったり横についていてくれた。

私はアーチーが最高の用心棒だということがすぐにわかった。わかったのは私だけじゃない。今、アトランタの女性たちは外に出るのを怖がっていて、五、六人集まらないと買い物にも行けやしない。

やがてみんなそわそわし出し、アーチーを貸してくれと私に頼んできた。

「いいわよ、出かけない時にはいつでも」

それでみんな手間賃を払って、アーチーに御者を頼むようになったから、またたく間に彼はひっぱりだこ。

毎朝、伝言を持った子どもか使用人がうちに来る。

「今日の午後、予定がなければアーチーを貸してください。墓地にお花を供えにいきたいので」

「知り合いのお宅を訪問したいんだけど」

アーチーは私にしたように、みんなに軽蔑したような嫌な態度をとった。彼はメラニー以外の女性は大嫌いなんだ。みんなそれでショックを受けるんだけど、すぐに慣れる。この感じの悪いお爺さんのことを、無視すればいいんだってわかるんだ。

それでもアーチーの存在は、街の女性たちにつかの間の安堵《あんど》を与えてくれた。それが証拠に、男性たちがちょくちょく外に出るようになった。フランクは病気の友人の看病をしたり、民主党組織の集会に出かけている。それは毎週水曜日の夜に開かれていて、南部人の選挙権を取り戻すために頑張っているらしい。フランクはこの集会を楽しんでいて、水曜日は夜中まで帰ってこない。

アシュレもそう。同じように民主党の集会に顔を出している。そんな夜は、メラニーの家でみんな一緒に過ごした。ピティ叔母さん、ウェイド、エラ、メラニー、そして私。南部の女たちはお喋《しゃべ》りをする間は、ずっと縫い物や刺繍《ししゅう》をするのが決まり。口だけを動かしちゃいけないことになってるんだ。

もちろんアーチーもちゃんと護衛としてそこにいる。居間のソファに横になり、ぐーぐーいびきをかいて寝ていた。そのソファは、メラニーのうちの中でいちばんいい家具なんだけど、私たちは何も言えない。怒らせるとめんどうくさいから。

ここにたどりつくまで、アーチーっていったいどんな人生を送ったんだろうと考えずにはいられない。私が知っているのは、北側の山岳地の訛《なま》りがあること、戦争中は軍にいて片方の脚を失ったということぐらいだ。

だけどある日、彼の過去がわかった。すさまじい過去がね。

アーチーと一緒に製材所に行くと黒人たちの姿がなく、作業が止まっていた。急ぎの仕事があるのに、これってどういうこと。

「もう解放黒人を使うのはこれっきりにするわ。まるであてにならないんだから。これからは囚人を何人か借りることにしよう。ずっと効率がいいもの」

その時、アーチーの顔色がさっと変わった。

「あんたが囚人を使うなら、俺はその日のうちに辞めさせてもらう」

「何ですって、どうして」

「囚人貸し出しの話は聞いてる。俺なら〝囚人殺し〟って呼ぶけどな。ラバみたいに買ってきて、ラバよりひどい扱いをするんだろう。ぶちのめして、飢《う》えさせて殺すんだ。なあ、奥さん、俺は昔から女をよく思っちゃいなかったが、今ほど見下げはてたことはないよ」

「何なの、その言い方。私が囚人を使おうとあなたには関係ないでしょ！」

「あるさ」

アーチーはぶっきら棒に言った。

「俺は四十年近く牢《ろう》に入っていたからな」

私はあまりの衝撃に息が止まり、座っていた馬車のクッションに背を押しつけた。驚いたけどこれでやっと謎がとけたわ。彼が故郷や家族の話をまるでしないこと。人と話すのが苦手で、世の中に憎しみを抱いていることも。でも四十年……。四十年も牢屋に入っているって……。

思わず聞いてしまう。

「それは――人を殺したからなの？」

「そうだ」

彼は短く答え、手綱《たづな》を振りおろした。

「女房を」

恐怖で凍りついた。声も出ない。そんな私を見てアーチーはニヤッと笑う。

「あんたのことは殺さないから安心しな。男が女を殺す理由はたった一つしかないからな」

「奥さんを……殺したの……本当に？」

やっと声が出た。

「ああ、そうだ。俺の兄貴と寝てぃやがったからな。兄貴は逃げた。俺は女房を殺したことをこれっぽっちも後悔しちゃいない。ふしだらな女は殺されて当然なんだ。誰もが、法律だって俺を牢にぶちこむ権利はないと思うんだが、俺は四十年もぶちこまれちまった」

「でもどうやって出て来たの？　脱獄したの？　それとも恩赦とか」

恐怖はまだ消えてないけど、好奇心がむくむくと頭をもたげてくる。

「まあ、恩赦といっていいだろうなあ」

白髪まじりの太い眉をぐっと寄せた。

「一八六四年にシャーマン軍が攻めてきた時、俺はミレッジヴィルの監獄にいた。四十年ずっとそこにいたんだ。ある日、所長が終身刑以外の囚人全員を呼び集めて、北軍が来たと言った。家に火をつけて、人を殺してまわっていると。南軍は喉から手が出るほど兵を欲しがってる。お前たちも入れ。入隊して戦争が終われば自由の身になれるってな」

そういえば、その話を聞いたことがあるわ。最後の破れかぶれの手段として、ミレッジヴィルの囚人を解放したっていう話。

「俺は所長に言ってやった。俺は他の終身刑の連中とは違う。ただ女房を殺しただけだし、その女房は殺されても当然の女なんだってね。俺もここから出て、北軍と戦いたい、って言ったら所長も俺の言い分を認めてくれて、他の囚人たちと一緒にこっそり出してくれた。脱走した奴は一人も知らない。戦争が終わると、俺たちは晴れて放免されたってわけさ」

　まるで冒険談を語るような口調だ。

　でもメラニーは知っているのかしら。知ったら大変なことになるわ。ピティ叔母さんはショックで寝込むかも。知らなくてもメラニーはひどい。こんな罪人を街で拾ってきて、私に押しつけようとしたんだから。

　でもとにかくこの重い空気を何とかしなきゃ。

「あの――、アーチー、話してくれてありがとう。私は誰にも言わないわ。メラニーやみなが知ったら、とってもショックを受けるだろうから」

「ふん、ミセス・ウィルクスならとっくに知ってるよ」

「何ですって！」

「初めて地下室に泊めてもらった夜に話したよ。あんな親切なご婦人に何も知らせないまま、家に入り込むような真似《まね》を俺がすると思うか」

　信じられない！　この男が人殺しだってメラニーは知っていた。それなのに追い出さない。あの臆病なメラニーが、この男と二人きりで家にいることを怖がらないなんて。

「ミセス・ウィルクスは、女にしてはものをわきまえていて肝が据わってる。俺は大丈夫だと言ってくれた。嘘《うそ》つきや泥棒は一生直らないが、人が人を殺すのは一生で一度きりだろうと。

それに南部連合のために戦ったのなら、どんな悪事も水に流せるとおっしゃってくれた。まあ、俺は女房を殺したのが悪いことだとは思っちゃいないが……。とにかくそんなわけで、俺は四十年間囚人だった。もういっぺん言っとくが、あんたが囚人を借りたら俺はその日に辞めるぞ」

私は返事をしなかった。囚人どころか、人殺しの男だ。メラニーは全く何を考えているんだろう。あの人は本当におバカさん。人をたやすく信用してしまう。おお、嫌だ。女房殺しの男なんか、こっちもまっぴらだわ。

二つの製材所にそれぞれ五人ずつ、計十人の囚人を借りると、アーチーは例の脅し文句どおり、私にいっさい関わろうとはしなくなった。

メラニーが頼もうとも、私が手間賃を上げるといっても無駄。メラニーやピティ叔母さん、インディア、それから友人たちが街に出る時の御者やつき添いは進んでしたけど、私のことは拒否した。女性たちで出かける時も、私が一人交じっていると行かないと言う。

あんなクズみたいな爺さんに、そんな真似されるなんて本当に腹が立つ。もっと許せないのは、フランクやみんなが、それを当然と思っていることだ。

「スカーレット、囚人を使うなんて本当にやめなさい。人にどう思われるかわからないのか」

フランクはどうにかしてやめさせようとした。アシュレも同じ。私は涙を流しながら訴えた。

「解放黒人がみな逃げてしまって、どうやって仕事をしろっていうの。お願いよ、今の間だけなの。状況がよくなったら解放黒人を使うことにするから」

囚人の話は近所の人たちにも伝わって、フランクやメラニーは顔を上げて歩けなくなったと私に言う。

「何よ、みんな。奴隷はずーっと働かせてたくせに」

私は役立たずのヒュー・エルシングを製材所の管理者から外し、ジョニー・ギャラガーを雇い入れた。彼は頭が切れるアイルランド人。お父さまの故郷アイルランドの人間で、怠ける人間を見たことないもの。

「奥さん、囚人を好きなように使っていいんですか」

「好きにしていいわよ。製材所をうまくまわしてくれさえすれば。その代わり、囚人の食事と待遇には気をつけてやってね」

ジョニーのことをフランクやアシュレは嫌っているけど私は気にしない。お金儲《もう》けのことしか考えない奴って言うけど、そんなのあたり前じゃないの。

でもそのうちにジョニーは私に命じるようになった。

「囚人が働く場所にレディが来るもんじゃない。あんたが欲しがる分の材木はちゃんと届けているだろ。だったらうるさく口出しされたくないんだ。ミスター・ウィルクスみたいに扱われるのはごめんだぜ。あの人には口出しが必要だが、俺には必要ないんでね」

確かにそのとおりだった。彼はたった五人の囚人で、ヒューが十人の黒人を使っていた時以上の仕事をやってのけたのだ。

私にはアトランタに来て初めて、余裕というものが出来た。ジョニーが嫌がるのであまり製材所に行かなくても済む。

心配なのはアシュレだ。もう一つの製材所で囚人を使っているけれど、まるで成果が上がらない。それどころか、囚人を使うことを恥じて私とも口をきかなくなった。

アシュレはどんどん変わっていく。髪に白髪が混じるようになり、いつも疲れたように肩を落としている。笑うこともめったにない。

アシュレはいったい何にこんなに苦しんでいるの。私はわかっている。わかっているけど認めたくはない。だってそれを認めることは彼を失うことになるもの。アシュレはつらいかもしれないけど、私は彼を手放したくはなかった。絶対に。どうしても。

十二月にしては珍しく、とても暖かい日。

私は赤ん坊を抱いてポーチの椅子に座っていた。緑色のドレスにレースのハウスキャップ。どちらも新品でとても私に似合っていた。

ちょっと幸せな気分になる。ボロい服を何ヶ月も着ていたのは、ついこのあいだのことだ。それなのに今は綺麗《きれい》な新品のドレスを着て、陽《ひ》なたぼっこしている。赤ん坊は相変わらず不器量だったけど、生まれた時よりはずっとマシになっているし。

私はエラを揺すりながら、子守唄を歌っていた。赤ん坊は笑いもしないで、久しぶりに機嫌がいい私の顔をじっと眺めていた。

その時、脇道からひづめの音が聞こえてきた。レット・バトラーだった。門のところで馬を止め、ひらりと降りた。彼と会うのは何ヶ月ぶりだろう。会いたくもない相手だけど、新しいドレスの時でよかった。緑色は私の瞳と同じでとても似合う。彼もそれを認めるはずよ。だけど私は肝心なことを一瞬忘れていた。

彼は娘を見るなり言った。

「新しい赤ん坊か！　いや、スカーレット、こいつは驚いた」

レットは笑いながら、娘の小さな顔から毛布をとりのけた。

「おお、フランクそっくりの息子だな。ひげはないけど、まあ、そのうちに生えてくるよ」

「それは困るわ。女の子だから」

「女の子、そりゃますますいい」

まるっきりそう思ってないくせに、彼は大げさに頷《うなず》く。

「旅は楽しかった？　今度はどこに行ってたの」

「ああ、キューバ、ニューオリンズ、あちこちに行ったよ」

「いつもニューオリンズに行くのね」

私はへんな感情が入らないように、そっけなく言った。

レットはそれには答えず、すぐに辛辣《しんらつ》な口調になる。

「君の噂は聞いたよ。君が囚人を借り出して、あのならず者のギャラガーに監督させ、死ぬほどこき使っているってみんなが教えてくれたよ」

「そんなの嘘よ」

なんてひどいことを言うのよ。

「私がちゃんと気をつけているもの」

「君がかい。信じられないね、ミセス・ケネディ。君は冷酷な威張り屋というのを見たことがないだろう。それがジョニー・ギャラガーだ。あいつには気をつけた方がいい」

「人のことに余計な口出ししないで」

ああ、もう本当に腹が立つ。

「囚人の話はもうしたくないわ。そのことになるとみんなもう憎たらしいんだから。そんなことより、なんでそうしょっちゅうニューオリンズに行くのよ。みんな言ってるわよ」

こっちもドキリとさせる噂を言ってやろう。

「むこうに恋人がいるんだろうって。それで結婚するつもりなんじゃないかって。そうなの、レット」

彼の目が鋭くこちらを見た。

「君の物見高い友人たちにこう言ってくれ。俺が結婚するのは、その方法でしか欲しい女を手に入れられない時だと。それに今のところ、結婚したいほど女を求めたことは一度もない」

私はあの夜のことを思い出し、少しどぎまぎした。そう、アトランタ脱出の前、彼が来て、自分は結婚には向いていない男だ、でも愛人にならないかと言った時のこと。

私の表情をわかって、彼はいつもの意地の悪い笑いをうかべた。

「だが、君の下世話な好奇心は満足させてやろう。ニューオリンズに行くのは恋人がいるからじゃない。子どもがいるんだ。小さな男の子が」

「男の子ですって！」

「ああ、俺が法的にも養育しなきゃならない相手だ。だからめんどうをみる必要がある。今はニューオリンズの学校に通っているんだ」

「その子、ハンサムなの？」

「ああ、将来人生をあやまるんじゃないかと思うぐらいハンサムだ」

もうこの話はよそうとレットは言った。

「ところで製材所の話をしようじゃないか」

あ、きた、と私は思った。

「ここに来る前に、ミセス・ウィルクスにばったり会ったんだ。楽しくお喋りしたよ。こちらで何をしているんですかと尋ねたら、詳しく話してくれた。君は親切にもミスター・ウィルクスを製材所の共同経営者にしてくれたとね」

「それが何なの？」

ついに知ってしまったんだ。

「俺は製材所を買うための金を貸す時、ひとつ条件をつけた。君もそれに同意したはずだ。アシュレ・ウィルクスを養うために金は使わないとね」

「随分失礼なことを言ってくれるわね。お金ならもう返したし、製材所は私のものよ。どうしようと勝手でしょ」

「だったらひとつ聞こう。その借金を返すための金はどうやってつくった？」

「材木を売ったからに決まってるじゃない」

「つまり俺が開業資金として貸した金を使って稼いだってわけだよな。だったら俺の金はアシュレを養うために使われている」

レットがこんな風に嫉妬《しっと》をむき出しにするなんて、今まで一度もなかった。

「どうしてそんなにアシュレを憎むの、そんなに彼が妬ましいの？」

しまった、と思うけどもう遅い。レットは頭をのけぞらせて大笑いしている。私を馬鹿にしているんだ。

「恥さらしのうえにうぬぼれも強い、君っていう女は。きっと君はいつまでたっても、自分が世界で一番愛らしい娘で、出会った男はみんな自分の虜《とりこ》になると思っているんだろう」

「どっちも違うわ。あなたがアシュレを嫌う理由が本当にわからないの」

「それなら教えてやろう。俺があの男に嫉妬しているなんて妄想を抱かれちゃたまらんからな。俺はただあの男を憐《あわ》れんでいるだけだ。死ぬべきなのに死んでいないからだ。自分の世界が消え去った今、身の処し方がわからずにいるからだ。だから軽蔑している」

「ふん、あなたの言うとおりなら、南部のまともな男の人たちはみんな死んでしまうわ」

「君には何もわからないんだ。今、アシュレ・ウィルクスは幸せだと思うか」

「もちろん」

と言いかけてやめた。それは嘘になるから。

「彼は世界を失ったんだ。自分の生まれ育った世界を。アシュレは今のようにひっくり返った世の中で何の価値もない。真っ先に滅んでいく人間なんだ。当然だろう。戦おうとしない人間、戦い方を知らない人間は生き延びるに値しない。世界がひっくり返るのはこれが初めてじゃないし最後でもない。以前も起こったしいずれまた起こる。そうなった時、誰もがすべてを失い、何も持たずに再出発するんだ。しかしアシュレはそれが出来ない」

いいえ、違う。アシュレは北部の銀行に行こうとしていた。その計画を私が壊したんだ。

「アシュレに同情して。理解してあげて」

私は思わず大きな声をあげたが、レットは不敵に笑っただけだ。

42

馬車を走らせながら、私はレットの言葉を思い出していた。

静かに笑いながら彼はこう言ったんだ。

「君は本当に正直な悪党だよ、スカーレット」

それってどういうことなの？

私がつい口走った、

「金持ちで力のある人からお金を取るよりも、貧乏人から取る方がはるかに簡単で安全」

という言葉に彼が反応したからだった。

それは抵当貸しのことや、フランクの店に来るお客のことを言っているのに、あんなに軽蔑されるなんてあんまりだわ。

私は悪党なんかじゃない。お母さまみたいな貴婦人になりたかっただけ。

やわらかな衣《きぬ》ずれの音をさせながら歩いて、いつも私たち家族や人のために精を出す。皆から愛され、尊敬される南部の貴婦人に私はなりたかった。それが悪党ですって！

でも仕方ないじゃないの、戦争があったんだから。私にどんな方法があったっていうの。あの北軍《ヤンキー》の脱走兵がうちに来た時、私がやさしくしとやかな女だったらどうなったと思う？　みんなは無事だったかしら。

あのジョナスがタラを奪おうとした時、私がおとなしくすぐに諦《あきら》める人間だったらどうなったかしら。

私が世間を気にするひかえめな女なら、フランクの店はどうなっていたと思う？　他にどんな風にふるまえばよかったの。

まるで嵐のさ中、重い荷を積んだ船を漕《こ》いでいくような気分だった。だからあっさり捨てられるもの、重要じゃなかったもの、義理だとか礼儀、名誉とか美徳、やさしさとか、そういうものを捨てたんだわ。でもそれはいずれ回収するつもり。私が本当にお金に困らなくなった時に。

そして私はもう二度と誰にも悪党なんて言わせないんだ……。

私は馬に鞭《むち》を打つ。もっと早く走って。このあたりは無法地帯の貧民街《シャンテイタウン》で本当に怖いところなんだから。

囚人を工場で雇うようになってから、用心棒のアーチーも私から去っていった。だから製材所には、私一人で行かなきゃならなくなったんだ。

そうそう、レットは別れる時、娘のエラを眺めながら気になることを言ったっけ。

「フランクに伝えてくれ。赤ん坊のために計画を実現させたいなら、夜はもっと家にいた方がいい」

あれってどういうことなの？　確かにフランクはこの頃、家を出ることが多いけど、あれは民主党の集会なのよ。まさかフランクに女の人がいるわけないもの。

そのフランクから持たされたピストルは、今馬車のクッションの下にある。このところジョージアは、州議会が黒人の選挙権を拒絶してからというもの、反逆を目論《もくろ》む地域として戒厳令下におかれている。おかげで治安は悪くなるばかり。黒人は北軍が味方についているとわかって、ますますやりたい放題になっている。

ふん、いまいましい州議会。黒人の選挙権なんてどうだっていいじゃないの。安全に暮らせる方がずっと大事だわ。

街道の小道が近づいてきた。川沿いの貧民街《シャンテイタウン》に続く道。ここはアトランタの近郊で最も怖《おそ》れられている場所。札つきの黒人や黒人の娼婦《しょうふ》、最下層の白人が住みついているところ。発砲騒ぎや刃傷沙汰は日常茶飯事で誰も手が出せない。北軍も手をこまねいている。

南部のちゃんとした女性なら、護衛つきでも絶対にここは通らない。

フランクやメラニーたちは、必死になってここを通るのをやめさせようとしたけど、私は意地になって製材所通いを続けていた。だってやるしかないでしょ。私はまだ重い荷を詰め込んで船を漕いでいるんだから。

冷たい風が吹いて、薪《まき》の煙の匂い、焼き豚の匂い、ほったらかしの便所の悪臭がつうーんと鼻に迫ってきた。私は鼻をそむけて、馬の背中にぴしゃりと手綱《たづな》を打ちつけ大急ぎで街道のカーブを曲がった。

曲がり切る。ほっとして息を吸う。その時、恐怖で心臓が口から飛び出しそうになった。巨体の黒人が、オークの木の陰からぬっと現れたんだ。大丈夫、気はしっかりしている。私はすぐ馬車を止めピストルを握った。

「何の用なの？」

出来る限り厳しい声で叫んだ。その大きな黒人はひょいと木の陰に戻り、おびえた声で言った。

「ああ、スカーレットさま。ビッグ・サムを撃たないでください」

ビッグ・サム！　私はその名前の意味がとっさにわからなかった。ビッグ・サム。タラの黒人たちのリーダー。最後に会ったのは包囲戦が始まる前だった。もう南部の敗北がわかっていた。アシュレのお父さまのような老人と共に、農園を支えていたたくさんの黒人たちも戦地に向かっていた……。

「出てきて、ビッグ・サム！」

声を張り上げた。

「本当にビッグ・サムかどうか確かめさせて」

彼はしぶしぶ木の陰から出てきた。ぼろ着をまとって裸足《はだし》のままだ。デニムのズボンと連邦軍の青い上着は、巨体には小さ過ぎた。

「ああ、サム、会えて嬉しいわ」

彼は嬉しそうに目玉をまわし、白い歯をきらめかせて全速力で馬車に駆け寄ってきた。私の手を大きな黒い手でがっしりつかむ。

「私も本当に嬉しいです。でも、そんな、ピストルを向けて……。まるで別人のようです。いったい、どうしたんですか、スカーレットさま」

「最近はとても世の中が悪くなったからよ。それで仕方なく銃を持っているの。お前こそこんな怖い場所で、いったい何をしてるの。どうして今まで、私のところに訪ねてくれなかったの」

「ここには、ほんのちょっといるだけなんです。それにスカーレットさまが、アトランタにおいでとは知りませんでした。ずっとタラにいらっしゃるとばかり思っていました」

サムはこれまでのことを早口で喋《しゃべ》ってくれた。戦地では塹壕《ざんごう》を掘ったりしてものすごく働いたんだって。だけど隊長さんが戦死してしまい、命令してくれる人がいなくなったサムは、ずっと森の奥深く潜んでいたそうだ。そのうち北軍の大佐に仕えるようになったが、黒人とのつき合い方をまるで知らずうんざりしたみたい。

「私はエレンさまとタラが恋しくて、貨物列車に乗り込んでアトランタまで来たんです。スカーレットさま、タラまでの切符を買っていただけたら喜んでうちに帰ります。あそここそ私のうちなんです。ジェラルドさまにもエレンさまにも、一刻も早くお会いしたい。それが今の私の生き甲斐なんです」

「お父さまもお母さまも亡くなったわよ、サム」

そっけなく言った。そのとたんにサムはうなる。

「亡くなったですって！　スカーレットさま、私をからかわないでください」

「からかってなんかいないわ。お母さまはシャーマン軍がタラに来た時よ。お父さまは去年の六月……」

それ以上は話せない。なぜってサムが子どものようにわんわん泣き出したからだ。

「もう、この話はやめましょう。サム、お願いだから泣かないで。お前が泣くと私まで泣いてしまうわ……」

だけどサムは泣きやまない。彼は本当にお母さまのことを慕っていたんだもの。

「タラにはスエレンがいて、ちゃんと守ってくれているわ。あの子、結婚したのよ。とても立派な男とね。それから、キャリーンはチャールストンで暮らしているし、ポークとプリシーもタラで元気でやっているわ。さあ、サム、洟《はな》を拭《ふ》きなさいよ」

ハンカチを渡した。サムは顔をくしゃくしゃにして、

「でも、エレンさまがいないタラなんて想像もつきません。どうしたらいいのか」

「サム、だったら、私の御者《ぎょしゃ》になりなさい」

その時思いついたんだけど、こんなにいいことはないわ。この大男を見たら、どんな悪党だって近寄ってこないもの。

「スカーレットさま、さっきから言おうと思ってたんだが、こんなところを女一人で通るなんてとんでもないことですよ。ここにいる奴《やつ》らは最悪ですからね」

「だったらなおのこと私の御者になってよ、お給料ははずむわよ」

「ありがとうございます。でも私はやっぱりタラに帰った方がいいと思います」

さっきと言ってることがまるで違う。もじもじしている。何か私に隠していることがあるみたいだ。そして顔を上げる。目が不安そうにきょときょとしている。

「スカーレットさま、私はアトランタを出なきゃいけないんです。実は私は人を殺したんです」

「まあ……」

「そいつは酔っぱらっていて、とうてい我慢出来ないことを言ったんで、首根っこに一発お見舞いしたんです。もちろん、殺すつもりはなかったんです。でも気づいた時には死んでいました」

「それじゃ、今、お前は追われているの」

「はい、連中はもうここに捜しにきたんです。その時は黒人の娘が、森の奥のほら穴に隠してくれたんでなんとか助かりました」

私はがっかりしてしまった。サムが人を殺した、なんてことにはあまり興味がない。こんな世の中なんだから、もののはずみで、なんてことはいくらでもある。この私だって……。残念なのはこの大男のサムが、私の護衛兼御者になってくれる、っていう思いつきがかなわなかったこと。

でもサムは確かにわが家の一員なんだから、ちゃんと守ってあげなければならない。お母さまだったら、どんなことをしてもタラに戻してあげただろう。

「今夜、タラに送る手はずをするから」

サムに約束した。

「今はちょっとこの先の製材所まで行かなきゃならないんだけど、日が暮れる前には戻ってこられるはずよ。だから私が戻って来た時にここで待っていて」

それから私はサムに二十五セント硬貨を渡した。

「これで帽子を買いなさい。帽子で顔を隠せばいいわ」

製材所に着いた時、陽《ひ》はもう沈みかけていた。こんなに遅くなったことはない。

宿泊所にしている小屋の前には一本の丸木が置かれ、四人の囚人が座っていた。制服は汚れて汗くさく、とてもしんどそうに歩くたび、足枷《かせ》が音をたてていた。誰もが痩《や》せていて無気力に見える。ほんの少し前、ここに来た時はみんながっしりとした体をしていたのに。

私が馬車から降りても、誰も目を上げようとしない。責任者のジョニーがぞんざいに帽子をとりながら近づいてきた。私はレットの「冷酷な威張り屋」という彼の評を思い出した。

「作業員たちの顔色が気になるわ。あんまり元気じゃなさそうだわ。もう一人はどうしたの」

「具合が悪いそうだ。宿舎の中で寝てるよ」

「何の病気なの？」

「おおかた怠け病だろう」

「様子を見に行くわ」

「それは駄目だよ。たぶん裸だろう。俺がめんどうを見とくよ。明日は仕事に戻れるだろう」

どうしたらいいんだろう。囚人の一人が顔を上げ激しい憎悪をこめてジョニーを見つめたすぐに地面に目を落とした。その様子から私ははっと思いあたった。

「この人たちを鞭で打っているの⁉」

「おっと、ミセス・ケネディ。失礼だがこの製材所を管理しているのは誰だったっけ。あんたが俺を監督にして、ここを運営しろと言ったんだよな。俺の好きなやり方でやらしてもらうよ。まさか文句はないよな。ミスター・エルシングの時の二倍の仕事をこなしてるんだから」

「でもみんな痩せているじゃないの。食事はちゃんと与えているんでしょうね。食費は充分に渡してるわ。先月の小麦と豚肉の分だけでも三十ドルはかかってるわ。夕食には何を出すつもりなの」

私は調理室に近づいて中をのぞき込んだ。レベッカという太った混血の女が、錆びた古い料理用コンロにかがみ込んでいる。私を見ると軽くお辞儀をしたけど、ずっと手は黒目豆の鍋をかきまわしていた。レベッカは混血特有のすごい美人。ジョニーが彼女と一緒に暮らしているのは知っているけど、私は見て見ぬふりをしていた。

だけどこれは何なの？　黒目豆とトウモロコシのパン以外には何も用意されていない。

「他には何も出さないの？」

「はい」

「豆にベーコンは入れないの？」

「はい」

「黒目豆をベーコンと一緒に煮ないなんて。力がつかないわ。どうしてベーコンを入れないのよ」

「ミスター・ジョニーが、ベーコンは入れなくていいとおっしゃるんで」

「いいから入れなさい」

私はカッとなって怒鳴った。

「食材はどこにしまってあるの？」

彼女はおびえたように目を食料庫の方に向けた。私はドアを開けた。床の上に口の開いたコーンミールの樽《たる》がある。小麦粉の小さな袋一つ、一ポンドのコーヒーと、砂糖にモロコシシロップ、そしてハムが二つ。ハムの一つは調理されたばかりのようで少し切り取られている。

いったい何なのよ、これ！　私がお金を渡して買ったはずの食料はどこなの。私は振り返りジョニーを睨《にら》みつけた。怒りで胸が張り裂《さ》けそう。囚人たちのための食料は買わず、お金をごまかしていたんだ。だからみんなこんなに痩せて、暗い絶望しきった顔をしてたんだわ。

許せない。自分のために働いてくれる人を飢《う》えさせるなんていちばん恥ずべきことだって、私は教わってきた。

私の視線を受けたジョニーの目にも、冷たい怒りが燃えている。

「お金はたくさん送ったわ。一日に五食出したって一週間で使い切れる額じゃないわ。ごまかしたのね！　この泥棒！」

ジョニーを押しのけるようにして外に出た。そしていちばん端にいた男に声をかけた。

「あなた、ちょっとここに来て！」

ぎこちない足どりで近づいてきた。足枷がじゃらじゃら音を立てる。鉄の枷がすれるせいで、むき出しの足首は赤くすりむけていた。

「最後にハムを食べたのはいつ？」

男はうつむいて答えない。

「答えなさいよ！」

でも彼は黙りこくったまま。そして哀しげにこちらを見た。もうやめてくれと告げていた。

「怖くて話せないのね？　だったら食料庫からハムを持っていきなさい。みんなのところへ持っていって好きなだけ切って食べて。レベッカ、この人たちにビスケットを焼いて、コーヒーを淹れてあげなさい。モロコシシロップもたっぷりつけてね。さあ、食べて頂戴。今、私の目の前でね」

「あれはミスター・ジョニー専用の小麦粉とコーヒーなんです」

レベッカが怯《おび》えたようにつぶやいたので、私の怒りは頂点に達した。

「ミスター・ジョニー専用ですって！　馬鹿馬鹿しい。じゃあ、ハムもミスター・ジョニー専用なのね。さあ、さっさと料理しなさい。それからジョニー・ギャラガー、一緒に馬車まで来て」

歩きながら私は囚人たちの様子を見た。男たちはハムを次から次へとひきちぎり、どんどん口に押し込んでいく。またいつ食べられるかわからないと必死だ。

旺盛な食欲を見て、私は複雑な気持ちになる。この人たちがずっと飢えていたことを知らなかったんだから。

「あなたほどの悪党はいないわね、ジョニー・ギャラガー」

馬車の前で私は思いきり怒鳴った。

「食料代を返しなさい。これからは毎日自分で運んでくるわ。そうすればごまかしようがないでしょう」

「いや、これからは俺がここに来ないよ」

「ここを辞めるって言うのね」

なんて嫌な男なの。今、辞められれば私が困るってことを知っているんだ。今は大きな注文が入っているっていうのに。

「俺はやるべきことはちゃんとやっているんだから、文句を言われる筋合いはないんだ。俺はあんたを儲《もう》けさせてきた。それなのにあんたはいきなり乗り込んできてやりたい放題だ。俺はあいつらの前で面目をつぶされたんだぞ。あの連中は今のままで充分なんだ。あんたはあんたの仕事をして、俺には俺の仕事をさせる。それがダメだっていうなら俺は今夜にも辞めさせてもらうよ」

私は混乱し始めた。この男、大嫌いだけど今辞められたらどうしたらいいの？　一晩中ここにいて、囚人を見張るなんてとても出来ない……。

私の心はお見通しだったんだろう。彼は急に愛想よくなった。

「もう遅くなった。ミセス・ケネディ、そろそろ帰った方がいいぞ。こんなささいなことで仲たがいするのはよそう。俺の来月の給料から十ドル差し引いてそれでちゃら、ってことにしないか」

私はハムをむさぼり食べている男たちを見た。それから小屋で寝ている気の毒な男のことを考えた。ジョニー・ギャラガーみたいな男は追っぱらうべきなんだわ。残忍なうえに盗みまでする。だけど今、手放すわけにはいかない。彼がいなければ工場がまわらないんだもの。でも、でもよ、これからは囚人たちがきちんとご飯を食べられるように、私がちゃんとするわ。

「ミスター・ジョニー、来月のお給料から二十ドル引いておくわ」

出来るだけ冷静な声で言った。

「明日の朝また来るから、この件はそのときまた来てから考えましょう」

街道を戻りながら、ずっと哀れな囚人のことを考えていた。だって仕方ないじゃないの。私は出来る限りのことをしたんだもの。それにあの人たちは、もともと悪いことをした囚人なんだ。だからって、あんなひどい男に管理させていてもいいの？　ああ、わからなくなる。

「あの人たちのことは明日考えよう」

心に決めた。とにかく早くこの街道を抜けなきゃ。もうすっかり暗くなってきた。

貧民街《シャンティタウン》のすぐ上のカーブにさしかかる頃には、陽は完全に沈み、両脇の森は闇《やみ》に閉ざされていた。冷たい風が森を吹き抜け、枯れた葉や枝を揺らした。こんな遅い時間に外にいるのは初めてだった。でもサムと約束した。ここで待っているって。

馬を止めてあたりを見わたす。その時足音が聞こえた。

「サムね!?」

だけど現れたのは見知らぬ男二人だった。みすぼらしい身なりの大柄の白人と、ゴリラのような腕と肩の黒人。私はすばやく馬の背に手綱を振り下ろしピストルをつかんだ。

馬は走り出そうとしたけれど、大柄な白人に止められた。

「奥さん、金を恵んでくれよ。腹ぺこなんだよ」

「どいてちょうだい。お金は持っていないわ」

白人の男はさっと馬の鞍《くら》をつかみ、大声で黒人の男に命じた。

「女を押さえろ」

その後のことはよく覚えていない。ピストルを構えて撃った。だけどあたらず、ものすごい力でピストルをもぎとられた。

二人の男のものすごい体臭がしたかと思うと、喉を押さえつけられた。それから胴着が首から腰までひき裂かれた。
声をあげたのは憶《おぼ》えている。馬車からひきずり出され、胸をまさぐられたことも。声をあげ続けた。空いている手で思いきり男の顔をひっかいた。押さえつけている腕をガリリと噛《か》んでやった。

そして私を呼ぶ声を聞いたんだ。

「スカーレットさま！」

サムだった。彼は黒人に組みつき、白人の男を殴り倒した。ようやく正気に戻った私は、気がおかしくなったように馬に鞭をくれた。馬は跳ねるように走り出した。

後ろから誰かが追ってくる。あの男たちだ。今度襲われたら私は死んでやる。何かされる前に死んでやるから。

大声が聞こえた。

「スカーレットさま、待って」

サムだった。

わんわん泣きながら私は家に帰った。胴着は腰までひき裂かれ、ところどころ血が出ていた。それなのにフランクがものすごく冷静だったのにはびっくりだ。ただこう聞いただけ。

「ケガをしたのかい、それとも怖かったのかい」

あたり前じゃないの。恐怖と涙で私は答えることが出来ない。サムが代わりに答えてくれた。

「たいしたケガではありません。奴らが奥さまのドレスをひき裂いたところに私が駆けつけたんです」

「よくやってくれた、サム。この恩は決して忘れない。もし私に出来ることがあったら言ってくれ」

「はい、旦那さま。私をタラに送ってください。出来るだけ早く。北軍に追われているんです」

「わかった。ピーターじいやに、途中まで送らせよう。スカーレット、もう泣くのはやめなさい。ミス・ピティ、気つけ薬をいただけますか。マミイ、スカーレットにワインを一杯持ってきてやってくれ」

こんなのってある？

私がこんな目にあっても、フランクはまるっきりふつうなんだ。憤《いきどお》るでもないし、慰《なぐさ》めてくれるわけでもない。復讐《ふくしゅう》してやると誓ってくれるわけでもない。

「だからあれだけ言ったろう。製材所に一人で行くなと」

と怒ってくれた方がずっとよかった。

おまけに私はメラニーの家に預けられることに。何でも大切な政治集会に行くんですって。

こんなのってある？

夫なら、私を愛しているなら、一晩中私のそばにいるべきじゃないの。今夜フランクが集会から帰ってきたら、絶対にそう言ってやるわ。たかが小さな集会じゃないの。私よりそっちの方が大切なの？

メラニーの客間なんてちっとも楽しくない。アシュレとフランクが出かけた夜は、こうして女たちが集まり裁縫をすることになっている。暖炉の火で部屋はほの明るい。テーブルに置かれたランプの黄色い光の下、女たちは手を動かす。開けはなした隣りの部屋からは、ウェイド、エラ、ボーの静かな寝息が聞こえてくる。いつもと同じ穏やかな夜だけど、メラニーがなぜかずっと喋りまくっていた。彼女の所属する社交クラブのどうでもいいことを。

なんなのよ、これって。

私は極度の緊張で金切り声をあげたくなった。どうしてみんな、私の今日の体験を聞いてくれないの？　どうしてみんな知らん顔しているの。それなのに私が話そうとすると、メラニーが話を別の方に持っていってしまう。そしてみんなぴりぴりしていた。

アーチーが急に火の方に向き、煙草《タバコ》色に染まった唾を吐き出した。大きな音をたてて勢いよく。

「どうしてそんなに大きな音をたてる必要があるの！」

インディアが震《ふる》える声で叫んだ。びっくりだわ。いつもは自制心のカタマリみたいな人なのに。アーチーは冷たく答えた。

「あると思いますがね」

ピティ叔母さんだけがいつもの調子で口を開く。

「うちのお父さまがね、嚙み煙草が大嫌いだったのよ。そう、そう、昔ね……」

その時、メラニーがキッと叔母さんの方を向いた。

「黙っていて頂戴！　どうしてそんなに気がきかないのッ」

びっくりだ。メラニーがこんなきつい言葉を人に向けたことはなかったから。

やがて誰も言葉を発しなくなった。時折、アーチーとインディアは、私の方をちらっと見る。ものすごく冷たい視線で。

メラニーが不安をじっと押し殺しているのがわかった。馬のひづめの音が遠くに聞こえたり、枝が揺れるだけで顔を上げる。

何なのよ、これって何なのよ。

「いらいらしてわめきたくなるわ。フランクはどうしてるの。黒人とワルの白人から女性を守るって、口癖みたいに言ってるくせに、いざその時が来たらいったい何をしてるわけ？　口先だけの男たちと遊び歩いてさ」

そのとたん、インディアは怖ろしい形相で私を睨んだ。感じ悪いわ。私は皮肉たっぷりに言ってやった。

「まあ、インディア、ごめんどうじゃなかったら教えていただきたいわ。今夜ずっとそんな目で私を見るのはどうしてなのかしら」

「あんたって人は！」

メラニーがあわてて止めたが無駄だった。

「あんたって人は、あたり前の礼儀も作法も知らない。あんたっていう人は、きちんとした人たちに恥をかかすことばかりしているのよ。あんたは私たちの仲間じゃないし、今まで仲間だったこともないわ。だけど馬鹿な北部人《ヤンキー》はそれを知らない。いっしょくたにして、街中の女をそういう目で見たの。あんたが襲ってくださいと言わんばかりに森の中を馬で走ったり、黒人やクズ白人を誘惑したから。あんたのおかげで、街の育ちのいいきちんとした女性のすべてが危険にさらされてる。女性だけじゃない。街の男性も命があぶないのよ」

「インディア！　やめなさい」

私より先にメラニーが怒りの声をあげた。

「スカーレットは何も知らないの。だから黙っていて。約束したはずでしょう」

「何なのよ、私が何を知らないって言うの⁉」

黙れ！　とアーチーが立ち上がった。

「誰かが来るぞ」

彼はドアに向かっていった。訪問者がノックするより先に問うた。

「誰だ？」

「バトラー船長だ。入れてくれ」

メラニーがすばやく近づいていきドアを開けた。黒いつば広のソフトを目深にかぶりケープをはためかせているレットがいた。彼は他の人には目もくれず、メラニーに問うた。

「あの人たちはどこですか。早く教えてください。生きるか死ぬかの問題ですよ」

「教えちゃダメ」

インディアが金切り声をあげる。

「この男はスパイにきまってるわ」

メラニーは無視して、レットの胸に震える自分の手をかけた。まるで真実を確かめるように。

「何があったんですか。船長、どうしてあなたがご存知なの」

「何てことだ、ミセス・ウィルクス。みんな目をつけられていたんですよ。今夜は何かがあると彼らはわかっていて準備を始めています。どうしてそれを知っているかというと、さっき酔っぱらった北軍の大尉二人とポーカーをしていて、そいつらがぽろっともらしたんですよ。いいですか、みんな罠《わな》にはめられたんです」

あまりの衝撃にメラニーの体がふらっと揺れた。レットはすばやく支える。

「言っては駄目、メラニー。あなたを罠にはめようとしているわ」

インディアがまたわめく。

「教えてください。どこに行ったんですか」

「街道の貧民街《シャンテイタウン》の近くです。昔のサリヴァン農園の地下室です」

メラニーははっきりと答えた。

「ありがとう。急いで行きます。北軍がここに来たら口裏を合わせて、何も知らないと言うんですよ」

レットはたちまち夜の闇に消えた。

何なの、これっていったい何が起こってるの。

43

レットがすごい勢いで立ち去った後、ピティ叔母さんが叫んだ。

「北軍《ヤンキー》がここに来るの？」

それ以上何も言わず、へなへなとソファに倒れ込んだ。その言葉を引きとって私が大声を出す。

「いったいどういうことなの？　口裏を合わせろってどういう意味？　教えてよ。教えてくれないと頭がおかしくなってしまうわ」

私はメラニーの肩をつかみ、力まかせに揺さぶった。だけどメラニーは何も言わない。その代わり、インディアが答えた。

「意味ですって？　あなたのせいでアシュレやミスター・ケネディが死ぬかもしれないっていう意味よ」

「それ、どういうことなの⁉」

インディアじゃなく、メラニーをまた揺さぶる。インディアの言うことなんて、誰が信じるものですか。

「メラニーを揺さぶるのはやめなさいよ。気絶してしまうわ」

インディアが怒鳴った。メラニーは大丈夫、と首を横に振る。

「なんてことなの？　さっぱりわけがわからないわ。アシュレが殺されるってどういうことなの」

私の言葉をアーチーのしわがれ声が遮《さえぎ》った。

「座るんだ。縫い物をしろ。何ごともなかったように続けるんだ。たぶん北軍はずっとこの家を見張ってるからな。さあ、座れと言ってるだろ」

私たちはアーチーの言うまま椅子に座った。私も黙って震《ふる》えながら、彼の言うとおりにした。何か大変なことが起こっているのはわかる。私たちの動きを、窓の外で誰かが見ているらしい。私はつくろわなくてはならない息子のシャツを手にとったけれど、まるで身が入らない。メラニーにもう一度尋ねる。

「アシュレはどこなの？　あの人に何かあったの」

「あなたのご主人はどこかしらね。そちらは気にならないの？」

皮肉たっぷりのインディア。今はその口調にはっきりと、私への憎しみがつのっている。

「インディア、そんな言い方はやめなさい。もちろんスカーレットは、ご主人のことが心配でたまらないはずよ」

メラニーの顔は真青だった。それでもぽつりぽつりと語り出す。

「スカーレット、あなたに話しておくべきだったかもしれないけど……今日の午後、あんな、ひどいことがあったばかりだし……」

私が森の中で、白人と黒人の二人連れにレイプされそうになったことだ。

「私たちは……、特にフランクは思ったのよ。あなたに言わない方がいいだろうって。あなたはいつも大っぴらにＫ《クー・》Ｋ《クラックス・》Ｋ《クラン》に反対しているし……」

「ＫＫＫですって！」

悲鳴のような声が出た。

「アシュレはＫＫＫ団に入っていないわ。フランクだってそうよ。近づかないって私と約束したんですもの」

「あなたは何も知らないの」

インディアのかん高い声。

「もちろんミスター・ケネディはＫＫＫ団の一員よ。アシュレもね。私たちの知っているまわりの男の人たちはみんなそう。だって南部の男なのよ。今のありさまを見て戦うのはあたり前のことじゃないの。あなたはご主人を誇りに思うべきだった。それなのにあなたが反対するものだから、恥ずかしいことをしているみたいに、ミスター・ケネディはこっそり抜け出さなくてはならなかったのよ」

なんてことなの……。政治集会に行くと嘘《うそ》を言って、本当はＫＫＫの活動をしていたのね。黒人を痛めつけこの街から追い出す運動。ああ、なんてことなの。もし北軍にこのことが知れたら、製材所と店は取り上げられて、フランクは牢屋《ろうや》に入らなくてはならない。

今、アトランタで黒人に逆らったらおしまいなのよ。

「ねえ、レット・バトラーは集会のことを聞いてたわね。こうなったら、私もみんながいるところに行ってみるわ。そしてやめなさいって――」

「黙れ」

アーチーが私を睨《にら》んだ。なんて怖い目。

「俺が話してやろう。あんたにはちゃんと話さないとわからないからな。あんたは外をうろつき回って、今日自業自得の災難にあった。俺にしてみりゃ、いつかこんなことになるだろうと思っていたさ。だけどミスター・ウィルクスやミスター・ケネディたちは、今夜その黒人と白人をつかまえてぶっ殺し、貧民街《シャンテイタウン》を丸ごと焼き払うつもりで出かけたんだ。だけどあのバトラー船長とかいう男の言うことが本当なら、北軍は何か情報をつかんだのさ。部隊を出して待ち伏せしている。あんたの旦那たちは罠《わな》にはまったんだ。そしてバトラー船長の言ったことが嘘なら、あいつはスパイで北軍に密告するはずだから、どのみちみんな殺される。それもこれも全部あんたのせいさ。あんたは全くとんでもない疫病神《やくびょうがみ》だよ」

その時、メラニーがさっと立ち上がり私の肩に手をかけた。

「そんなことをあと一言でも口にしようものなら、この家から出ていってもらうわよ、アーチー」

いつもの彼女からは信じられないような態度と声だ。

「スカーレットのせいじゃないわ。この人はただ、自分がすべきだと思うことをしただけ。男の人たちだってそうよ。人はそれぞれ自分がするべきことをしなきゃならないのよ。みんなが自分と同じように考えるわけじゃない。同じように行動するわけじゃない。だから自分を基準に人を判断するのは間違っているわ。あなたもインディアも、どうしてそんなに残酷なことが言えるのかしら。スカーレットの旦那さんも、私の夫と同じように——」

「シッ」

アーチーが唇に指をあてた。

「座るんだ、奥さん。誰か来る」

メラニーはさっと座り、アシュレのシャツを手にとり、フリルを小さなリボン状に裂《さ》き始めた。無意識に恐怖と戦っているんだ。手が震えている。

何頭かの馬のひづめの音が家の前で止まった。一人が声を出して命令を下している。

足音が近づいてくる！　裏のポーチへと向かってくる。

私はさっきからの動揺がおさまっていない。

アシュレが殺されるかもしれないって本当なんだろうか。北軍はそのことを告げにきたわけじゃないわよね。

ああ、アシュレ。血に染まって倒れている姿を想像しただけで呼吸が止まりそう。どうしたらいいの？　フランクのことはまるで考えられないのに。

あわただしいノックの音。

「アーチー、ドアを開けて」

メラニーが命じた。戸口には青い軍服の一団がいた。大尉一人と分隊の兵士たち。

キャッとピティ叔母さんが小さな悲鳴をあげた。北軍がうちに来るなんて、誰だって最悪の事態を想像してしまう。

でも私は少しだけホッとした。士官はレットの友人の一人、トム・ジェフリー大尉だ。彼が自宅を建てる時に材木を売った。この人が紳士だってことを私は知っている。まさか私たちを牢屋に入れやしないわよね。それが証拠に、大尉は私を見て決まり悪そうに帽子をとって挨拶《あいさつ》した。

「こんばんは、ミセス・ケネディ。ミセス・ウィルクスはどちらかな」

「私ですわ」

メラニーが立ち上がる。さっきとは別人みたい。落ち着いていて威厳に溢《あふ》れている。

「こんな遅い時間にいらっしゃるなんて、どういうことなのかしら」

大尉はすばやく目を動かした。この部屋のどこかに男たちがいた気配を探っている。

「よろしかったら、ミスター・ウィルクスとミスター・ケネディとお話しさせていただきたいのですが」

「二人はここにおりませんわ」

やわらかいけどぴしゃりと言うメラニーの声。

「本当ですか」

「捜索したいなら、なさってもかまいませんよ。二人はミスター・ケネディのお店で、集会に参加しているはずですわ」

「店にはいないんですよ。今夜は集会なんかありませんでした」

大尉の表情が険しくなる。私の知らない軍人の顔。本気なんだ。

「お二人がお戻りになるまで外で待たせてもらいます」

大尉は外に出てドアを閉めた。命令をくだす声が今度ははっきりと聞こえる。

「家を取り囲め。すべての窓とドアに一人ずつつけ」

足音が響きわたったかと思うと、どの窓からもひげ面《づら》の男たちがのぞき込む姿が映る。私は大声をあげそうになるのを必死でこらえた。

メラニーは腰をおろし、もう震えてはいない手で、テーブルに置かれた本を手に取った。それはボロボロになった『レ・ミゼラブル』。南部連合の兵士たちに大人気だった本。

一本調子のはっきりした声で読み始めた。

「縫い物をしろ。冷静を装うんだ」

アーチーがしわがれた声でささやいた。

私は針を動かす。だけどどこをどう縫っているのかまるで考えていない。メラニーの朗読する声もまるっきり耳に入ってこなかった。

やっと少しずつフランクのことを考え始めた。覇気というものがまるでない、冴《さ》えない初老の男。店と娘のことしか眼中にないフランクが、過激な反黒人組織ＫＫＫに入っていたなんて、まず信じられない。まさか死んではいないわよね。もし生きていても、北軍につかまればいずれは絞首刑にされる。そしてアシュレも……。

そんなことになったら、私はどうしたらいいの。ああ、メラニーはどうして、あんなに落ち着いて本を読めるんだろう。

家は北軍に囲まれているのよ。フランクもアシュレも家に近づけない。だったらどうなるの。二人でテキサスをめざして逃げるしかないわ。今頃馬を飛ばしているのかもしれない。

ああ、私はどうしたらいいの。アーチーの言うとおり、すべては私のせいかもしれない。だけど二人がＫＫＫに入っているなんて知らなかったし、お金を稼がなきゃいけなかった。メラニーの言うとおり、すべきことをしただけなんだ。

メラニーの本を読む声がかすれてきた。つかえたり、とぎれたりして、どんどん小さくなっていく。そして突然声がやんだ。聞き耳をたてている。

馬の足音と歌声が聞こえてくる。かすかだけど確かに聞こえる。それはこの世でいちばんいまわしい、南部の人間だったら耳をふさぎたくなる歌。シャーマン軍の《ジョージア行進曲》。歌っているのはレット・バトラーだ。

最初の一節が終わるか終わらないかのうちに、二人の酔っぱらいの声がレットを激しく責めている。

「なんて歌、歌うんだ」

「黙れ、黙れ」

その声はアシュレと、ヒュー・エルシングだった。呂律《ろれつ》がまるでまわっていない。

玄関前の歩道まで来ると声はますます大きくなった。その合間に、大尉のぶっきら棒な質問が入る。

信じられないわ。アシュレがあんなに酔っぱらうなんて。彼はお酒を飲んでも、絶対に騒いだりしないのに。

「その二人を逮捕する」

大尉の声。アーチーの手がピストルにかかる。

「ダメよ」

メラニーがきっぱりと言った。

「ここは私に任せて」

あの時の顔と同じだわ。タラで私が撃ち殺した北軍の兵士を見た顔。死体を埋める前に、背嚢《はいのう》を調べましょうと言った顔。

メラニーは勢いよくドアを開けた。

「中に運びこんでくださいよ。バトラー船長」

よく通る声。恨みがましさと怒りが含まれている。それも陽性の。

「またあの人を酔わせたのね。とにかく中に運んで」

大尉が前に進んだ。

「あいにくですが、ミセス・ウィルクス。ご主人とミスター・エルシングは逮捕されたんです」

「逮捕？　何のためにかしら。アトランタでは酔っぱらった者は逮捕されるというのでしたら、おたくの駐屯隊《ちゆうとん》の全員が逮捕されるんじゃありません？　さ、あの人を運び込んで、バトラー船長。あなたが歩ければの話ですけどね」

どういうことなんだろう。アシュレとヒューがこんなに酔っぱらうはずないわ。それにいつも上品でおとなしいメラニーが、今はガミガミとよく喋《しやべ》る下町のおかみさんみたいだ。

少しの間、もみ合う気配があったけれど、三人の男はよろよろと家の中に入ってきた。アシュレは真青な顔をして、頭《こうべ》をがっくりと垂れている。長いマントを着ていて、ちゃんと歩けないんだろう、両脇をヒューとレットが支えていた。

三人の後ろから大尉もやってきた。疑っているのが半分、面白がっているのが半分、っていう顔。部下の兵士たちも興味津々《しんしん》で、大尉の肩ごしにのぞいている。

ぐったりとアシュレは椅子に座った。やっぱりおかしい。アシュレがこんなに酔っぱらうはずないわと叫びかけてやめた。突然わかったんだ。これは命がけのお芝居だって。

「バトラー船長、すぐにおひきとりいただくわ。この人をここまで酔わせて、よくうちに顔を出せたものね」

メラニーは別人だ。横柄で嫌な女になって腕組みしている。レットはよろめいた。

「全くたいしたお礼があったもんだな。警察につかまらないように、家まで送ってきたんだぞ。この男ときたら、わめくわ、ひっかくわで大変だったんだからな」

「アーチー、この人を部屋に連れていってベッドに寝かせて。ピティ叔母さん、ちょっと行ってベッドを整えてきてくださらない」

「ちょっと待った」

ライフル銃を持った軍曹が部屋の中に入ってきた。レットは大尉の腕に手をかけてふらつく体を支える。

「トム、なんだって逮捕するんだ。そいつはそんなに酔っちゃいないよ」

「バトラー船長、私は警察じゃない。その男とヒュー・エルシングが逮捕されるのは、今夜の貧民街襲撃に関係したからだ。ミスター・ウィルクスはその首謀者だ」

「今夜?」

レットは大きな声でげらげら笑い出した。

「今夜ってことはないさ。この二人は俺とずっと一緒だったんだ」

大尉はいびきをかいて眠り始めたアシュレと、しくしく泣き始めたメラニーをかわるがわる眺めた。

「じゃ、どこにいたんだ」

「言いたくない」

「言った方が身のためだ」

「だったらポーチに出よう。そしたら言う」

「今すぐ言うんだ」

「ご婦人方の前では言いたくない。もし席を外してもらえるなら」

「私は出ていきません」

メラニーはハンカチを目にあてた。

「妻として知る権利があります。夫はどこにいたんですか」

レットは目をそらして答えた。

「ベル・ワトリングの店だ……」

「ベル・ワトリングですって！」

メラニーの声がひっくり返った。私も声が出ない。悪名高きあの娼館《しょうかん》。まともな女なら、半キロ以内には近づかないはず。髪をおかしな色に染めた女主人ベルが街を歩けば女たちはさっと避ける。そこに行っていたなんて！

「ご主人もいたし、ヒューも、フランク・ケネディも、ミード先生も。実は街の男たちがこっそりパーティーをしていたんだよ。戦争からずっと楽しいことはない。息抜きをしようとこっそり集まっていたんだが、少しはめをはずしすぎたようだ」

メラニーはレットの言い分を最後まで聞いていなかった。

「ベル・ワトリングの店……」

そう言うと片方の手で胸をぎゅっとつかみ、後ろに倒れた。アーチーが支える間もなく失神してしまったんだ。

その後は大騒ぎになった。アーチーがメラニーを抱き起こし、インディアは水をとりに台所に走った。私はピティ叔母さんと顔をあおいだり、手首を叩《たた》いたりした。メラニーの顔は真青。本当に気を失ってしまっている。ヒューが呼びかけても答えない。

「よくもやってくれたな。これで満足だろ、トム。これで明日の朝、ご亭主に口をきくご婦人はアトランタには誰もいないな」

「レット、ま、まさか、こんなことに……」

大尉はうろたえて、後ずさりしている。

「おい、誓って言えるか……、みんなが本当に、その、あの、ベルの店にいたと……」

「もちろんだ。信じないならベルに聞いてみろ。さあ、ミスター・ウィルクスをこっちに寄こせ、アーチー、大丈夫だ。俺が運ぶよ」

大尉はこの場から一刻も早く立ち去ろうとしていた。よろよろと寝室に行くアシュレの背を見る。

「ミスター・ウィルクスに伝えてください。明日の朝、尋問のため出頭していただきたいと」

大尉と軍曹はそそくさと外に出ていき、インディアはぴしゃりとドアを閉めた。そしてすべての窓のシェードをおろした。

何が起こったのかよくわからない。私はただただ怖くて、膝《ひざ》ががくがく震えていた。そして体を支えようと椅子の背をつかんだ。その時、背もたれのクッションに、べったり血がついているのを見つけた。

「インディア、アシュレは怪我をしてる！」

「あんたってどこまで馬鹿なの！　アシュレが本当に酔っぱらってると思ってたの」

心臓がばくばくしてきた。インディアの後から寝室に入ると、ベッドに横たわるアシュレの姿が目にとびこんできた。その傍《そば》には、さっきまで失神していたメラニーがいて、てきぱきとアシュレのシャツを刺繍《ししゅう》ばさみで切り裂いていた。

「出血多量で気を失っている。弾は肩を貫通していたんだ」

そういうレットに、インディアが声を荒らげた。

「どうしてここに連れてきたのよ！　もし逮捕されたらどうするつもりだったの⁉」

「とても弱っていて、長い移動は無理だったんですよ。全員を救うためには、イチかバチかこの方法に賭《か》けるしかなかったんです。インディアさん、とにかく医者を連れてきてください。ただしミード先生は駄目です。あの人もこの件に関与しているし、今、北軍相手に申し開きしているでしょう。誰か他の先生を」

「わかったわ、ディーン先生を呼んでくるわ」

ケープをとって歩き出し、そして振り返った。

「ミスター・バトラー、スパイだの騙《だま》される、などと言って失礼しました。兄のためにしてくださったことに感謝します」

「お礼はいいから、さあ、急いで」

レットはちょっと微笑《ほほえ》んだ。そして私に向かって言った。

「そこにつっ立ってないで。ミセス・ウィルクスのためにランプをかかげてやれ」

私はランプを落とさないように、両手でしっかりと持った。アシュレの目は閉じられたまま。メラニーが傷口を押さえているけど、みるみる血で染まっていく。人間がこんなにたくさん血を流して、本当に死なないものなの？　アシュレ……、アシュレ……。私の大切な人。でも触れることは出来ない。メラニーが彼の体におおいかぶさっている。

そういえば……、私はふと思い出した。

「フランクはどこなの」

レットは黙っている。私の疑いは確信に変わった。でももう一度尋ねた。

「彼はどうして、ベル・ワトリングの店から帰ってこないの」

レットはそっけなく答えた。

「フランクは死んだ。逃げる途中で頭を撃ち抜かれたんだ。今頃アーチーが、ベルの店の近くの空き地に運んでいるだろう」

フランクを殺してしまった……。

私がこの手でひき金をひいて、彼の命を奪ったも同然なんだ。

私はフランクの遺体が運ばれてきてからずっと、彼に謝り続けていた。あれほど一人で出かけないでほしいと言われていたのに、耳を貸そうともしなかった。そう、すべて私のせい。はじめからそうだった。

フランクは、妹のスエレンを愛していて、二人は結婚を誓い合っていた。それなのに、私は彼を奪ったのだ。タラを守るために。目的のためには、どんな手段も正当化されるとあの時は思ってた。

私は計算ずくでフランクと結婚したんだ。そして彼を愛したことがあったろうか。たまに気まぐれでやさしくしたことはあったけれど、たいていはつんつん怒り、きつい言葉を投げつけていた。製材所をやめてくれと懇願され、そのたびに癇癪《かんしゃく》を起こしていた。

彼には何も楽しい思い出をつくってあげられなかった。たったひとつの救いは、娘を産んであげたことぐらい。でもそれが何になるの。娘の成長をみることもなく、彼は死んでしまったんだから。そもそも私は、彼の子どもなんか産みたくなかったんだ。

メラニーが教えてくれた。

あの日の夜、たくさんの男たちが焼き打ちのために集まっていたけれど、北軍はそれを知っていて待ち構えていた。それをレットは伝えに行ったんだ。みんないっせいに逃げたんだけど、フランクと足の不自由なトミー・ウェルバーンが撃たれてしまった。弾が当たってアシュレも大怪我をした。

レットはそれから必死の工作をしたという。男たちがベル・ワトリングの店で、秘密のパーティーを開いていたということにしたんだ。

そして……、そして……、フランクとトミーの遺体は、アーチーがベルの店の隣りの空き地に運んだ。ベルのところの女をめぐって、酔った二人が決闘をしたことにしたんだ……。

本当に北軍は大馬鹿ものだ。こんな嘘を最後は信じたんだから。ちょっとでも調べれば、フランクが娘を溺愛するおとなしい男だってことがわかったはず。女のために決闘するなんて、あるわけないじゃないの。可哀想なフランク……。そんな汚名を着せられたまま死んでいくなんて。

でもそういうことにしなければ、アトランタの南部連合の男たちは助からなかったんだ。フランク、お願いだから戻ってきて。もし生き返ってくれたら、私は絶対にいい妻になる。今までのことが帳消しになるぐらいに。

私は怖くて怖くて、フランクの遺体に近づくことが出来なかった。彼の遺体は数時間前まで一階の応接間に置かれていた。私は二階の寝室で泣いていた。

みんな、私を独りぼっちにしておいた方がいいと思っているんだ。メラニーがここにいて、慰《なぐさ》めてくれればいいんだけど、ずっとアシュレの看病につきっきりだ。

アシュレ……、アシュレ……彼は私のことをどう思っているんだろうか。私は彼の命も危険にさらしてしまったんだ。自分の強がりと軽率さで、夫の命を奪った女。最低だと考えているんじゃないかしら。ああ、アシュレの胸に顔を埋《うず》め、思う存分泣くことが出来たら……。

そしてこんな時まで、アシュレのことを考えている自分を思い、心からぞっとした。夫が死んでしまったんだ。それも私のせいで。

私はきっと地獄に落ちる。そう、地獄へと。

よろよろと箪笥《たんす》に向かった。そして下着入れの中に隠しておいたボトルを取り出した。これは「ピティ叔母さんの気つけ薬」と呼んでいるブランデー。朝から、これをもう半分飲んでしまったんだわ。

瓶ごとごくごくと飲む。ブランデーが心地よく喉を熱くしていく。酔っぱらいたい。そうすれば、今夜はぐっすり眠れるはず。あの悲し気なフランクの顔を忘れることが出来るだろう。もう一杯飲む。ふん、女にブランデーなんてとんでもない、ちびちびとワインを飲んでいればいい、なんて誰が決めたの。

もう一度ブランデーを口に含む。

みんなみんな大嫌いだ。街中の人たちが真実を知っている。だからみんな葬儀の時に非難の目を向けた。

私は最低の女だ。いつか地獄に落ちる嫌われ女……。

その時、家の扉をノックする音が家中に響きわたった。いったい誰なの、こんな時間に。ピティ叔母さんが玄関ホールを横切り、扉を開ける音がする。何か話している。

いったい誰なの、こんな時間に。近所の誰かがお悔やみにきたのかしら……。

そして私は心臓をぎゅっとつかまれた。明るくよくとおる男の声。レットだった。私の中に喜びと安堵《あんど》。そう、私はレットを待っていたんだ。

「私になら会ってくれると思いますが」

「でもバトラー船長、誰にも会いたがらないと思いますよ。可哀想にスカーレットは、すっかりまいっているんです」

「いいえ、私になら会ってくれるはずです」

きっぱりとした声が耳に届く。

「明日出発して、しばらく戻らないんです。大切な用事があるものですから」

気がついたら、私は廊下に飛び出していた。二階の手すりから大きく手をふる。

「すぐ行くわ、レット」

叫んでいた。ピティ叔母さんは驚きのあまり目を見開いたまま。

急いで髪をなでつけた。鏡を見ると喪服姿の青ざめた女がいる。でも仕方ない。夫の葬儀の後に、いきいきと綺麗《きれい》な妻がいるわけはないもの。

オーデコロンの瓶を手に取り、口いっぱいに含んだ。ゴロゴロとうがいをする。それを壺に吐き出した。

階段を降りていくと、二人はまだ玄関ホールに立っていた。叔母さんは私がすることにショックを受け、ぽかんとしたままなのだ。レットは上等な黒いスーツに身を包み、糊のきいたリネンのシャツを着ていた。完璧な服装で、とてもベル・ワトリングの店の陰のオーナーには見えない。

「こんな時間に押しかけて申しわけありません。ミセス・ケネディ」

彼の馬鹿丁寧さはその裏に何か深い意味がある時だ。

「どうしても今夜中に相談したいことがあったものですからね」

レットはフランクがいた応接間に行こうとしたのだが、私はそれだけはやめてと言った。彼がさっきまで眠っていた部屋でいったい何を話すの。

結局書斎を使うことにした。叔母さんは二階に行ったんだけど、何度もこちらを振り返っていた。そりゃそうだ。ものすごく非常識なことをしているんだもの、私たちは。

「無駄だよ、スカーレット」

二人きりになるなり彼は言った。

「何が」

「オーデコロンだよ」

「何のことかしら」

「結構な深酒をしたようだな」

「だから何なの？　あなたに何の関係があるのよ」

「酒は一人で飲んではいけないよ。いったい何があったんだ、スカーレット」

もう一度彼は尋ねた。

「いったい何があったんだ」

こんなやさしい問いかけを聞いたのは初めてだった。すべてを知っているのに、彼は私に尋ねている。さあ、すべてを吐き出してしまえと。

「レット、私は怖いの」

叫んでいた。

「本当に怖いの。なぜって私は地獄に落ちるから」

44

「スカーレット、君は何も怖《おそ》れたことがない人間じゃないか」

「でも、私は死んだら地獄に落ちるわ！」

口走ってレットの顔を見た。だけど彼は笑ってはいなかった。

「地獄なんてものは存在しないさ」

「いいえ、ちゃんとあるわよ」

「死んだら何もないさ。それにどうして君が地獄に落ちるんだ」

「だって私は、フランクと結婚したから」

口にしたとたん、涙が溢《あふ》れ出した。

「フランクと結婚しちゃいけなかったのよ。彼はスエレンの恋人で、二人は愛し合ってた。それなのに私は嘘《うそ》をついて別れさせた。タラの税金を払うためよ」

私はレットに、いいえ他人に初めて事の顚末《てんまつ》を話した。

「なるほどそういうことだったのか。君がミスター・ケネディと突然結婚したのを、ずっと不思議に思ってたんだが」

レットの唇が、ふっと笑ったのを私は見逃さなかった。でも私の涙と言葉はほとばしり出る。

「結婚してからだって、ずっと嫌な思いをさせたわ。製材所を始めたり、囚人を雇ったり。彼はね、私のために街の人たちからあれこれ言われてたのよ。そして私は、彼がＫＫＫ《クー・クラックス・クラン》の一員である、っていうことさえ知らなかった。私が彼を殺したようなものなのよ」

涙で顔がぐしゃぐしゃになってる。でも構わない。今、レットに全部ぶちまけずにはいられない。

「私はお母さまみたいになりたかったの。みんなから尊敬される女の人に。でももう無理よね。私だって人に親切にしようとした。フランクにやさしく尽くそうとした。でもしょっちゅう悪夢のことを思い出す。そう、しょっちゅう見る夢のこと。そのたびに私は怖くてたまらなくなるの。外に飛び出してどんなあくどいやり方でも、お金を稼がずにはいられないの」

爪が食い込むまで、レットの腕を必死でつかんだ。彼は意外にもやさしくささやいた。

「どんな悪夢なんだい。話してごらん」

「あのね、タラの夢なのよ……」

鼻をすすりながら、とぎれとぎれに話す。

「夜、ベッドに入ると、お母さまが亡くなってすぐのタラの様子が夢に出るの。北軍《ヤンキー》の襲撃にあって何もかもなくなったタラ。見渡す限りのものが灰になっていて、食べるものが何もないの。そして夢の中でも、私はひもじくてひもじくてたまらないのよ……。そして、そして」

しゃくりあげた。もう話せないかも。

「続けて、スカーレット」

レットの言葉に励まされる。

「お父さまも妹たちも、マミイもポークも、みんな飢《う》えていて、お腹が空いた、ひもじい、って私に訴えるの。私のお腹も空っぽ。このまま飢え死にするかと思うと怖くて怖くて、私は心の中でつぶやいてる。いつかこれを乗り切ったら、絶対に飢えたりしないって……。それから……」

「それから？」

「場面が変わって、私は灰色の霧の中を走っているの。心臓が破れるぐらいに必死に。何かが私を追いかけてくるの。私は息も出来ない。目を覚ますと、恐怖で体が固まってるわ。そしてまたひもじい思いをしないかって考えてしまう。ああ、フランクには悪いことをしたわ。もう少したって、本当にお金に困らなくなって、もう二度とお腹が空くことがなくなったら、私はフランクにやさしくするつもりだった。迷惑をかけた埋め合わせをきっとしようと思ってた。でももう手遅れなの。ああ、もう一度やり直すことが出来たら、ああ、私がいけなかった。私が間違えてたのよ！」

「落ち着いて、スカーレット。さあ、これで涙を拭《ふ》くんだ」

真白いハンカチを差し出してくれた。

「そんなに顔がぐちゃぐちゃになるまで泣くことはない」

私は涙をぬぐい、ついでにちんと鼻をかんだ。深呼吸をする。

「少しは落ち着いたかい」

「ええ」

「ところで、君はやり直すことが出来たらって言ってるけど、自分のことがまるでわかってないな」

「何ですって」

「もしミスター・ケネディが死んでいなかったら、君は相変わらず同じことをしてるよ。君はフランクの死を招いたことを本気で後悔しているわけじゃない。ただ自分が地獄に落ちるのが怖くて後悔しているだけだ。そうだろう」

「何てひどいこと言うの！」

「まあ、そう気取るなって。君は盗みを働いたことは悔いちゃいないが、刑務所に入ることになったのはひどく後悔している盗みの現行犯さ」

「言わせておけば、何てひどい！」

怒鳴っているうちに、さっきのブランデーがきいてきた。頭がぐるぐるまわり始めた。

「君はそもそも、おとなしい人間をいじめるように出来ている。君に鞭《むち》をふるわなかったフランクが何もかも悪いのさ。それにしても驚いたね。君のような人間にも良心があって、地獄を怖がっているとは」

「レット！　私をからかっているのね。今日来たのは、私を慰《なぐさ》めるためと思ったのに。ひどいわ……ひどいわ……」

涙がまた噴き出してきた。わーっと声を出してみる。

「スカーレット、君は泣き上戸っていうやつなんだね。お悔やみも伝え終わったし、ここらで話題を変えよう。面白いニュースで元気づけるよ。実のところ、今日はそれを話そうとここに来たんだ。もうじき出発することになってね」

「何ですって」

「英国だ。数ヶ月は帰ってこないつもりだよ」

自分でもびっくりするほどショックだった。レットとそんなに長い間会えないなんて。

「それでニュースって何なの」

もう一度彼のハンカチで鼻をかみ、手で髪を後ろに撫《な》でつけた。どうせたいした話じゃないわよね。

「俺のニュースというのはこうさ」

白い歯を見せてニヤリと笑った。

「俺は今、本気で君を自分のものにしたいと思っている。フランクもいなくなったし、そろそろ俺の番がまわってきたかと思うんだが」

この男って気がおかしいわ！　怒りでどうにかなりそう。

「あ、あなたほど不作法な男は、世界中どこを探したっていやしないわよ！　フランクの体が冷たくならないうちから、そんなこと言うなんて。あなたに礼儀ってものがひとかけらでも残ってたら、この家から出ていって！　今すぐよ」

「静かに。ピティさんが降りてくるじゃないか」

レットは私の両の手を握った。

「スカーレット、俺は君に結婚を申し込んでるんだ。跪《ひざまず》いて申し込めば信じてくれるのかな」

まるで意味がわからない。レットが私にプロポーズ？　まさかね。まるで天気の話でもするみたいに落ち着きはらってるけど。私は言った。

「レット・バトラーさん、これはいつものあなたの悪いジョークなのかしら」

「いや、いや。確かにこのタイミングは、あまり趣味がいいとは思えないね。しかし俺はしばらく留守にする。君のことだから、その間に、小金持ちと結婚するかもしれない。もう、君の夫と次の夫との隙間《すきま》を待つのは疲れたから、今のうちに申し込みをしようと思ってね」

嘘でしょ！　信じられない。あのレットが私にプロポーズしているなんて。からかっているの？　いいえ、彼の顔は穏やかで、なんかこう、厳粛なものがある。ということは本気みたい……。

何度も私は考えたことがある。もしレットが私にプロポーズをしたら、さんざんいたぶってやろうって。お生憎さま、とてもそんな気持ちにはなれないって言おうって。

それなのにどう？　私は驚きのあまり、言葉が出ない。顔が火照《ほて》ってきた。驚きと一緒にくっついているのは、うんと昂《たか》ぶった心。そう、喜びといってもいいものなんだ。

でも……でも……こんなにたやすくレットに屈伏していいんだろうか。

「でもレット、私はあなたを愛していないわ」

「それが障害になるのかい」

彼はすべてお見通し、という風にまた笑った。

「君の過去二回の結婚においても、愛がそう重要とも思えないがね」

「まあ、よくそんなことを言えるわね。私はフランクが好きだったわ。本当よ」

愛してる、じゃなくて、つい好きだったと私は口にしている。レットの魔術にかかったように、本当のことを言ってしまった。

「まあ、それはそれとして、俺が帰ってくるまでプロポーズの答えを考えておいてくれないかな」

このからかうような調子に、また腹が立ってきた。この男にそう何もかも、リードされてたまるもんですか。私はやっと冷静さを取り戻した。

「レット、私は物事を引きのばすのが好きじゃないのよ。だから今、はっきり言っておくわ。もう将来のことをちゃんと考えているの。インディアにこの家に来てもらって、ピティ叔母さんのめんどうをみてもらうつもりよ。そして私はしばらくタラに帰ろうと思っているの。私はもう結婚なんてこりごりなの」

「君は一度も結婚なんてしたことないじゃないか、お嬢ちゃん」

彼は高らかに言った。

「君は運がなかったんだな。一度めは腹いせの結婚で、二度めは金めあて。どうだい、三回めは純粋に結婚を楽しんでみないかい」

「楽しむですって。結婚が楽しいわけないでしょ。人妻だっていうだけで、地味なドレスを着てうちにいなきゃいけない。外に出て仕事をするなんてとんでもないこと。あとは毎年生まれる赤ん坊のめんどうをみさせられるだけよ」

そのとたん、レットは大声で笑い出した。

「やめて、マミイが聞いたらどうするの。あなたはお悔やみにきたんでしょう。そんなに笑わないでよ。不謹慎でしょ。しっ……！　だって本当のことでしょう。結婚が楽しくないっていうのは」

「スカーレット、よくお聞き。君は運がなかったんだよ。最初はお子ちゃまと結婚し、二回めは年寄りと結婚した。結婚式の日、君はお母さんから言われたんだろう。結婚したからには、ベッドの上でのあれに耐えなきゃいけない。我慢しなさいって。君のお母さんには悪いが、それは大間違いだ。あれこそが結婚の最大の喜びなんだからな」

「やめてよ、やめて！」

思わず叫んだ。

「なんて下品なの。自惚《うぬぼ》れてるわ。ちゃんとしたレディ相手に、そんなこと言うなんて信じられない」

「そうしかめ面《つら》するもんじゃない」

静かな声になった。

「俺のプロポーズを受けてくれ、スカーレット。君にも世間体というものがあるだろう。ちゃんと間を置こうじゃないか。ところでこの〝間〟には、どのくらい必要かな」

私はつんと肩をそびやかした。

「私はまだあなたと結婚するなんて言ってないわ。フランクが亡くなったばかりなの。こんな時期に結婚話なんて、とんでもないことだわ」

「今、なぜこの話をしてるか、はじめに言ったろう」

いきなり大きな声をあげたので、私はびくっとした。

「俺は明日出発する。俺は熱烈な求婚者さ。もはや一日たりとも情熱を抑えることが出来ない。さっきは確かにやや性急で失礼だった。じゃ、今度は正式にやってみよう」

ソファからすべり降りて、床の上に跪いた。両手を私の方に向けてさしのべる。そして歌うようにすらすらと言った。

「この抑えがたき思いゆえに、あなたを驚かせてしまったとしたら、どうかお許しください。スカーレット、もとい、愛するケネディ夫人。あなたもお気づきになっていたはずです。あなたへの友情が、いつしかこの胸の中で熟し、より深く、より美しく、より純粋で神聖なものに変化していったことを。そう、愛なのです。ケネディ夫人、愛がこれほど私を大胆にしているんです……」

「もうやめてよ、お願い。バカみたい。マミイが入ってきて、こんな姿見られたらどうするの」

私は近づいていって、彼を立たせようとした。その時、腕をぐいとつかまれたんだ。

「さあ、スカーレット、イエスと言え」

ものすごい力で抱かれた。昔、タラに向かう途中、死がちらちらと見えていたあの夜、こんな風に激しく抱かれたっけ。体中から力が抜けていく。

レットは私を後ろにそらせ、長い長いキスをした。あの時のキスと同じ。彼の唇が私の唇を探して、中をこじあける。今まで持ったことがないような感覚が私の中に走る。体が揺れている。遠くにいきそうで必死にとどまる。気づいたら私の方からレットにキスを求めていた。

彼が体勢を整えたので、やっと息が出来た。今まで一度も見たことがない、ギラギラした男の目がすぐそこにあった。

「気絶しろ、スカーレット。俺がこれから何度でも君を気絶させてやる。君は長いことこれを待っていたんだ。君の知るバカな男たちは、一度だってこんなキスをしてはくれなかっただろう。チャールズもフランクも、君の間抜けなアシュレも」

「アシュレのことはやめて」

「いや、言ってやろう。高潔なる紳士は、君の何を知っている？　俺は君を知っている」

そしてもう一度長いキス。私はもうもがくことはなかった。たやすくそれに屈している。もう自分が自分じゃないみたい。この後、彼は私をどうするつもりなの。早くやめて。そうでなければ私は気絶してしまいそう……。やめて……。でも、やめないで……。

「俺と結婚すると言え」

耳たぶに熱い息を吹きかけながら命じた。

「イエスと言うんだ。言わないと――」

やめるっていうの？　私はその瞬間、

「イエス」

と口に出していた。


イエスと言ったとたん、静寂が訪れた。気づくと私はソファで、レットの肩にもたれて座っていた。彼の腕はしっかり私を抱きしめている。だけどもうぎらついたものはない。レットは私を見つめるために少し体を離した。そのまなざしが優し過ぎて、私はどぎまぎしてしまった。とても穏やかな声で彼は尋ねた。

「スカーレット、撤回しなくていいんだね」

「ええ、しないわ」

もう覚悟は決めたもの。

「俺に押しきられたってわけじゃないだろうね……。俺が、その……、あまりにも強引だったから」

答えることが出来ない。自分でもわからないんだもの。なぜか、この男と結婚してもいいと思った。キスをされたとたんに。こんなキスは初めてだったから、イエスと言うしかなかった。

でも私はいくらか落ち着きを取り戻した。いくら何でも、この男に勝手にされるのは嫌。にっこりと微笑《ほほえ》んで、唇の端を上げる。そう、たいていの男がたちまちイチコロになる私の得意の顔。

ほら、レットだってとろけそうな顔になった。それをごまかそうと威丈高《いたけだか》になる。

「スカーレット、俺の目を見ろ。俺の金がめあてなのか」

「それは……」

正直に言うしかない。

「そうね。それもあるわ」

〝それも〟とつけ加えたせいか、レットは怒らなかった。そう、こういうことは、最初に正直に言うしかないわ。

「お金はあるに越したことはないでしょう。フランクが残してくれたものなんて、ほんのちょっぴりですもの。でも何て言うのかしら、私たちうまが合うでしょう。私が今、こんなに本当のこと言っても、あなたは怒ったりしない。これってとても大切なことよね。あなたの前なら、私は嘘ついたり、頭が空っぽの女のふりしなくてもいいもの。それに……」

ひと息に言う。

「あなたのこと、嫌いじゃないし」

「嫌いじゃない？」

「ええ。だって愛してる、って言ったらそれは嘘になるし、あなたにもすぐにばれるわ」

「スカーレット」

静かな声だった。

「時々思うが、君の正直さはいささか度を越している。こんな時にはたとえ嘘でも、あなたを愛している、って言うもんじゃないのか」

びっくりした。どうしてこんなに怒った風に言うの。レットは本気で私を愛してるってこと？ 私にはそうは思えない。プロポーズしたのは、私のことをすごく面白がっていて、他の男に渡したくないからだと思ってるんだけど。それに彼は、私がアシュレをずっと愛しているのを知っているはずだし。

「だってあなただってそうじゃない。私たちの間でどうして、そんな綺麗事の嘘事を言わなきゃいけないの。あなた、前に言ってたじゃないの。私を愛してはいないけど、似た者同士のならず者だって。だから気が合うって」

「なるほど。自分の仕掛けた罠《わな》に、自分がはまるとはな」

彼のつぶやきはよく聞こえなかったし、意味もわからなかった。

レットは微笑む。いつもどおりのあの皮肉な笑い。

「英国土産は何がいい？　指輪かな。婚約指輪になるんだからな」

　私はもっと怒るべきなんだ、レディが、いきなり娼婦《しょうふ》みたいに扱われたんだから。だけど私は、これから始まる新しい贅沢《ぜいたく》な生活にわくわくしてしまった。かなり迷って、いや、すぐに私はこう返事をしてしまったんだ。

「指輪はダイヤよ。うんと大きなものを買ってきて頂戴《ちょうだい》」

「まわりの貧乏な友だちに、見せびらかすんだろう。私のつかまえた獲物を見てごらん、ってね。いいだろう、どでかいのを買ってきてやる。君の哀れな友人たちが、あんな悪趣味なものを身につけるぐらいなら、貧乏なままでいいって、慰めになるようなどでかいものをね」

　そうして彼は部屋を横切ってドアに向かった。私もあとに続いた。何だかそうせずにはいられなかった。

「レット、どうしたの。どこへ行くの？」

「戻って荷づくりの続きをする」

「ああ、でも……」

　プロポーズしてくれた日ぐらい、ずっと一緒にいられると思ってた。

「でも何だい」

「いいえ、別に。気をつけていってらっしゃい」

「ありがとう」

　私たちは玄関ホールに出た。彼はコートをまとい、手袋と帽子をつけた。これってとてもあっけないお別れよね。気が抜けてしまう。さっきまでのことが嘘みたい。あんなことまでしたくせに。

「ねえ……」

「何だい」

「おやすみのキスもしてくれないの」

彼はにやりと笑った。

「さっき、たっぷり一晩分のキスをしたと思うがね。慎み深い良家のお嬢さまが、自分からキスのおねだりかい……。だから言ったろう。俺といるときっと楽しいって。やっぱりかなりのキスだったろう」

頭にカッと血がのぼった。

「あなたって本当にあり得ない。あなたなんて、永久に帰ってこなくても構わないわ」

くるりと背を向けて階段を駆け上がった。彼の強い手が私をひき止めてくれるとばかり思っていた。でも彼はただ玄関のドアを開けただけ。冷たい風がさっと吹き込んできた。

そしてレットのやけに明るい声が。

「お生憎さま。必ず帰ってくるさ」


レットが英国で買ってきた指輪は、本当に大きかった。はめるのが恥ずかしいぐらいに。四カラットのダイヤの周囲を、いくつものエメラルドが囲んでいる。あまりにも大き過ぎて、手が垂れさがっているように見えるほどに。

そして私への悪評は、そのダイヤと同じぐらい大きかった。

私はレットとのことをずうっと黙っていたんだけど、時間を少しおいて、いざ婚約を発表した時の騒ぎといったらない。そりゃそうだ、レットと私は、北部人《ヤンキー》と利権屋を別にすれば、アトランタで最も嫌われている。その二人がくっついたんだから。ほとんどの人が、フランクの死の真相を知っている。私のせいで、フランクとトミーが死に、十三人の男たちは生命の危険にさらされたと皆思っていた。

あの時、大芝居をうって十三人の男たちを救ったのはレットのはずなのに、特に女性たちはよく言わない。戦争中に投機で荒稼ぎをしていたし、北部人とも仲がいい。私に言わせるとレットは、街の嫌われ者になるのを楽しんでいる。

だから街の女たちは、夫の命を救ってくれても、彼にまるっきり感謝してない。なぜなら命の代わりに、あのベル・ワトリングの娼館で遊んでいたという汚名を着せられたから。そのことについて、ずっと北部人に嘲笑されたから。

でも馬鹿みたいだと思わない？　どんな噂《うわさ》を流されても、命がいちばん大切じゃないの。それなのにアトランタの古くからの人たちは、まず第一に名誉を考える。そのためにはいろんなことを二の次にしてもいいと考えているみたいだ。特に女性はね。

彼女たちにとって重要なことは、南部連合への敬意、古くからのしきたりを守ること。貧しい中でも誇りを持つこと。そして北部人を生涯憎むこと。私たち二人はこの掟《おきて》にすべて逆らっているというわけ。

私たちの婚約のニュースは、すごい衝撃をあの人たちにもたらした。ある名流夫人がこう言ったんですって。

「夫の死からまだ一年もたっていないじゃありませんか。それなのに再婚だなんて。揃《そろ》いも揃って下品でけがらわしい。街から出ていくべきですよ」

まあ時期も悪かったんだ。私たちが婚約を発表した一週間前に、ジョージア州の知事選挙が行われた。そして南部人の敬愛する民主党候補じゃなく、いかがわしい共和党員が勝利した。北部人が列車いっぱいに黒人を詰め込んで投票所に送り込んだからだ。これによって、利権屋や北部人、黒人に州議会は占拠されることになり、南部人は怒りに燃えた。

そして困ったことに、レットはこの新知事と友人なんだ。それで私たちはアトランタの人たちを敵にまわすことになったんだ。

メリウェザー夫人が、教会の仲間にせっつかれてうちにやってきた。そう、忠告をしにね。

「あなたのお母さまは亡くなっているし、ミス・ピティは独身だから、この私がちゃんと言わなければならないと思ってここに来たの。スカーレット、バトラー船長は良家の娘が結婚するような相手ではありません。あの男がペテン師だということは、あなたもよく知っているでしょう。昔からそうだったし、そして今は口にするのもおぞましいわ」

「あらおかしいですわね、メリウェザー夫人」

私は彼女の記憶をよび起こそうとした。

「彼は戦争中はおたくの応接間によく招かれていたと。それからおたくのメイベルに、サテンのウェディングドレス用の布地をプレゼントしたはずですわ」

当時メイベルと夫人は、驚きと喜びで涙ぐんでたわ。それを忘れちゃったの？

「戦争中の非常時には、良識ある人間とそうでない人間とが交わらざるを得ないんですよ。軍隊にも入らず、戦地で戦っている者を馬鹿にしていたような男と、あなたは本気で結婚しようと思ってるの?」

「彼だってちゃんと入隊しました。八ヶ月在籍して、フランクリンで戦ってました」

「まあ、初耳だわ」

と言った後で、

「でも名誉の負傷はしてないわね」

だって。私は夫人に向かってこう言った。

「はっきり言っておきます。メリウェザー夫人、どうかおせっかいな友人にもお伝えください。たとえ彼が北部人でも、私はバトラー船長と結婚するんです」

夫人がかんかんに怒って出ていった瞬間、私は街中の人を敵にまわしたと実感した。

でも平気。何を言われても、何をされようとも傷つくことはない。ピティ叔母さんが卒倒しても、メラニーが心配そうに「もっと時間をおいて」と忠告してきても、アシュレが暗い顔で「おめでとう」と言った時も心を強く持っていられた。

でもたった一人、私を怒らせた人がいる。それはマミイだった。

45

私がレットと結婚したことについて、街中の人たちが怒り驚き、悪口を言っているのは知っていた。だけど面と向かって、はっきりと口にしたのはマミイだけだ。

「今までも私は、お嬢さまのなさることをびっくりして見てきました。エレンさまがご覧になったら、どんなにお嘆きになるだろうということばかりやってきましたからね、お嬢さまは。でも今回ばかりはいけません。ええ、私が許しませんとも。人間のクズと結婚するなんて。えっ、家柄がいいって？　お嬢さま、クズは上の方からも、下の方からも出るんです。そしてあの男は間違いなくクズなんです。私はあなたさまを、クズと結婚させるわけにはいきません」

ものすごく傷ついた私は、冷ややかに言う。

「私が誰と結婚しようと勝手でしょう。そんなひどいことを言って、お前は自分の立場を忘れてるみたいね」

家族同然のマミイにこんなことを言うなんて。でもマミイが悪い。私を怒らせるようなことばかりがなりたてる。

「お嬢さま、この私が言わなくて誰が言うんですか。あの男はクズ、正真正銘のクズなんですよ」

「もういいわよ！」

私は癇癪《かんしゃく》を起こした。

「もうタラに帰りなさいよ。お金ならあげるわ」

「お嬢さま」

マミイの不敵な笑い。

「私は自由の身です。たとえお嬢さまでも、本人が望まないところに行かせることは出来ません。私の居場所はここです。ここにいます」

「お前をここにおいて、彼に失礼な仕打ちをさせるわけにはいかないの。私は本当に彼と結婚するつもりなんだから」

「いえ、いえ、スカーレットさま、よくお聞きください。あの男は馬の装具をつけたラバです。いくら毛並みを整え、じゃらじゃら真鍮《しんちゅう》飾りをつけても、所詮《しょせん》ラバはラバ、人の目はごまかせません。お嬢さまだって同じですよ。絹のドレスを着て、製材所で大金を稼いでも、あなたさまはラバだと見抜かれているんですよ。あのバトラー船長も同じですよ。あなたさまと同じ、馬と同じように着飾ったラバなんです」

怒りに震《ふる》える私にマミイは言いはなった。

「いいですか、これだけは憶《おぼ》えておいてくださいよ。マミイは何があってもここを離れません。すべてを見届けますからね」

ひどいと思わない？　ラバ、ラバですって。馬になれない貧乏くさい生きもの。私とレットはそうだって。

私はニューオリンズに新婚旅行に出かけた夜、レットにこの話をした。一緒に怒ってくれると思ったのだ。それなのに彼は声をあげて笑い出した。

「マミイは本当に賢い。尊敬と好意を得たいと願う数少ない一人だね。だが、ラバの俺にはかなわぬ夢かもしれないな。結婚式の後、幸せに浮かれた俺が、十ドル金貨を渡そうとした時も、頑として受け取らなかった。まっすぐ俺の目を見て礼を言い、自分は解放黒人じゃない、自分の意思で自由になった身だから金はいらないと、はっきりと言ったんだ。人は現金を目の前にすると、すぐにへらへらするもんだがマミイはそうじゃない。いやー、たいした人間さ」

「じゃあ、どうして私の結婚に、こんなに反対するのかしら。誰と何度結婚しようと、そんなの本人の自由でしょう。私はいつだって、自分のことだけ考えて暮らしている。それでいいじゃないの。どうしてみんなもそうしないの？」

レットはまた笑った。

「世間ってやつは、他のことは許せても、自分のことばかり考えて生きている人間は、どうしても許せないのさ。世間なんてどうだっていいじゃないか。でも君は違う。そもそも今回」

〝今回〟とわざとらしくイントネーションをつけた。

「結婚した理由は、大金を手に入れたいからだろう。今まで自分につらい仕打ちをしてきた連中に、ざまあみろ、地獄に落ちろ、って言ってみたいんだろう。スカーレット、今、君にやっとそのチャンスがめぐってきたよ」

「でも私が、この世でいちばん、地獄に落ちろ、って思ったのは、レット、あなたなんだけど」

またレットは大きな声を出して笑い、そして私を抱きしめた。

「もうアトランタのあの時のことは忘れるんだ。俺は地獄に落ちずにここにいる。君を楽しませるためにね。せっかくニューオリンズに連れてきたんだ。さあ、面白くやろうじゃないか」

ニューオリンズは本当に楽しかった。こんな楽しい思いをするのは、戦争前の春以来かも。ここは陽気な街で、女の人たちはみんな綺麗《きれい》で素敵なドレスを着ている。男の人たちは、みんなレットと同じような仕事をしているらしい。お金持ちで私をちやほやしてくれる。

「こんな美しい奥さんを手に入れて、なんて幸せ者なんだ」

ってね。でもみんな昔のことは話さない。どんな風にしてこんなにお金持ちになったのか、どうしてニューオリンズに集まったのか。

男性だけの会話を断片的に聞くことがあったけど、銃器の密輸入がどうだったかとか、戦争中のゲリラ部隊の話とか。こういうのをいかがわしい人たち、っていうんだわ。でも私にはとても親切だから知ったことじゃないけど。

アトランタの意地悪な人たちとは大違いで、私たち夫婦を立派な馬車で遠出に誘ってくれたり、パーティーを開いてくれたりするんだもの、私はすぐに彼らが大好きになった。だけどレットったら、

「みんな二流の成り上がりの連中だよ」

って悪口を言う。

「だけど、みんなすごくいい人たちだわ」

「ニューオリンズの、本当にいい人たちは、みんな腹を空かせてあばら家でお上品に暮らしている。俺が挨拶《あいさつ》に行こうにも、門前払いをくらうだろう。俺は戦争中、ここでかなり怪しいビジネスをしていたからね。スカーレット、全く君といると飽きないよ。毎回毎回見事に間違った人間と物を選んでくれるからね」

「何てこと言うの！　あの人たち、あなたの友だちでしょう」

「全く君は、人間を嗅ぎわける能力に徹底的に欠けてるよ。おそらく君が付き合った中で、本当に偉大な淑女というのは、君のお母さんと、ミセス・ウィルクスだけだと思うよ」

「ふん、メラニーなんて、不器量でいつも野暮ったい服着てる女よ。偉大な淑女なんてはずがないじゃないの」

「どうやら素晴らしい二人の女性も、君になんら影響を与えることがなかったらしい。影響を受けなかった君もすごいが」

「見てなさいよ、レット。私はもうすぐ、あなたが見たこともないような、すごい淑女になってみせるから」

「楽しみに待たせてもらうよ」

私はまずドレスをいっぱいつくった。

ドレスをつくるのって、パーティーよりもわくわくする。

おしゃれなレットは、私のために色を選び、素材とデザインにあれこれ注文を出した。張り骨でスカートをふくらませるのはもう時代遅れになっていて、新しいスタイルはスカートの生地を後ろから持ってきて、腰のところで襞《ひだ》をつくるんだって。その上に造花やリボン、ふんだんにレース飾りを付ける。

ボンネットも、もう以前のものとはまるで違うって知ってた？　可愛らしく小さな形になっている。羽根飾りやひらひらのリボンがついているものは、レットに燃やされてしまった。

それからレットは、下着類もたくさん買ってくれた。どれも修道院でつくられた繊細このうえないもの。上等なリネンに、繊細な刺繍《ししゅう》がほどこされたシュミーズやネグリジェ、ペティコート。こんな贅沢《ぜいたく》で美しいものを見たこともない！　戦争中、ずっと同じ下着で過ごした私にとっては、まるで宝石みたい。

私は遠く離れた修道院に入った妹のキャリーンのことを思い出した。シスターたちが、男の人たちを喜ばせる、たぶん喜ぶ、こういう下着をつくっているなんて、なんだか不思議なことだと思わない？

そして近くの店で、レットはサテンのミュールも買ってくれたんだ。ヒールが三インチ（七・六センチ）もあって、キラキラ光る鉛のバックルがついている。サテンのミュールなんて初めて見た。

絹の靴下だって今は十二足持ってる。ごわごわした綿じゃなくて絹！　手ざわりがまるで違っていた。

レットが甘やかしてくれるので、私は手あたり次第に買い物をした。次に家族へのお土産を買った。

前から犬を飼いたがっていたウェイドには、可愛《かわい》いセントバーナードの仔犬《こいぬ》。

娘のエラには珊瑚のブレスレット。

メラニーとアシュレ夫婦にはシェイクスピア全集。

その息子のボーにはペルシャ猫の仔猫。

ピティ叔母さんにはムーンストーンの首飾り。

ピーターじいやには飾りつきの御者《ぎょしゃ》帽子と執事《しつじ》の制服。

ディルシーと料理女《クッキー》には、ドレス一着分の布地。

「それでマミイには何を買ったんだ」

「買っていくもんですか。私たちはラバ呼ばわりされているのよ」

本気で怒っているんだもの。

「スカーレット、真実を言われてどうしてそんなに腹を立てるんだ。マミイだけお土産がなければどんなに傷つくか」

「いやよ、絶対にイヤ」

「じゃあ、君の代わりに俺が買おう。俺のばあやはいつも言ってたもんだ。いつか天国に行く時は、最高級のペティコートが欲しいって。床に立つぐらいぶ厚くて、神さまが天使の羽根でつくったと思うぐらい、さらさらと衣《きぬ》ずれの音がするものが欲しいと。よし、マミイに真赤な生地を買って、うんと贅沢なペティコートを仕立ててやろう」

「ふん、あなたからのお土産なんて受け取るもんですか。そんなペティコートを身につけるぐらいなら、死んだ方がマシ、って思うに決まってるわ」

「だろうね。だけど俺はプレゼントするつもりさ」

マミイのことでちょっと争ったけど、あとはものすごく仲良く新婚旅行を過ごした。最初のうちはね。

ニューオリンズは何でも揃《そろ》っていて、流行のドレスも帽子も山のように買った。もちろん食べることに関してもここは天国。

レットは街の高級レストランに毎晩連れていってくれた。私はそれまで自家製のいちご酒やすっぱい葡萄酒《ぶどう》、それから気つけ薬代わりのブランデーしか知らなかった。だけど初めて味わうシャンパンや、リキュール、ちゃんとしたワインのおいしいことといったらない。

レットはシャンパンと一緒に、豪華な料理を次々と頼んでくれた。

ガンボスープ、エビのクレオール風、鴨肉のワイン煮、濃厚なソースがたっぷりかかった牡蠣《かき》のパイ包み、七面鳥のレバー、ライムと一緒に油紙で焼く新鮮なお魚……。このあいだまで、毎日干しえんどう豆とサツマイモを食べていたのに、今はお皿がいくらでも運ばれてくる。私がお行儀も忘れて、がつがつと食べるものだから、レットも呆れていた。

「君は毎回、最後の晩餐みたいに食べるんだな」

「だっておいしいんですもの」

「だけどスプーンで皿をこそげるのはやめなさい。もっと食べたかったら、給仕長を呼べばいいんだ。だがいい加減にしておかないと、キューバの女みたいに太って、俺から離婚を言いわたされるぞ」

「それでもいいもん」

私はベーッと舌を出して給仕長を呼んだ。もう一回デザートを頼むために。今度はチョコレートたっぷりのメレンゲパイ。

私はこの夜、すごく酔っぱらって、幌《ほろ》のない馬車の上で、《ボニー・ブルー・フラッグ》、南軍の愛唱歌を大声で歌って帰ってきたんだって。だって、っていうのはほとんど憶えてないから。

レディが酔っぱらって歌ったりしたら、アトランタでは大変な騒ぎになるに違いない。だけどレットは、私が何をやっても面白がって笑うだけ。

レットが笑うと、白い歯がこぼれてとても素敵。結婚してわかったことがある。彼がものすごくハンサムだということ。今までそれについてあまり考えたことがなかった。なぜって最初の出会いがひどかったし、会っても互いに憎まれ口を叩《たた》き合っていたから。アトランタでは、レットは嫌われ者だし、誰一人彼の外見を誉《ほ》めたりはしなかった。

でもニューオリンズではっきりとわかった。レットってものすごくハンサムで魅力的だって。女の人たちはいつも目で彼の姿を追い、彼が手にキスするとさっと赤くなる。そして次に、私に嫉妬《しっと》の目を向けるんだ。

本当に自分でもびっくりしたんだけど、私はレットの奥さんでいることに満足して、誇りまで持つようになった。誰しもが言うことだけど、私たちは美男美女のカップル。着ているものも最高におしゃれで、どこにいても目立つ二人。こんなことは初めて。最初の夫、チャールズは恥ずかしがり屋の若い男の子で、あっという間に死んでしまった。そして二番めのフランクは冴《さ》えないおじさんだったから、一緒にいてそんなに楽しいわけじゃなかった。

だけど今の私って、すごく満ち足りていて毎日が刺激的。レットを愛しているわけじゃないけど、一緒にいてこんなにわくわくする人はいなかった。

私を猫みたいに可愛がってくれるかと思うと、私を怒らせ癇癪《かんしゃく》玉に火をつけることもある。甘い声で淫《みだ》らなことをささやいたすぐ後で、他人に対してものすごく冷たいものを感じた。父親に愛されなかったせい？　私にはよくわからない。いずれにしても愛してるわけじゃないんだもの。夫として、ハンサムで大金持ちなら別に文句はないわ。妻がいくら買い物に夢中になっても、文句ひとつ言わない夫なんて、世の中にそういるもんじゃないし。何よりもレットは私のことをすごく認めてくれている。

「スカーレット、君は正直なだけが取り柄なんだから、なんでも思ったことを口にすればいいんだよ」

彼は言った。いくら生意気でも大胆でもいいんだって。レットは私に辛辣《しんらつ》な言葉と、皮肉な言いまわしを教えてくれた。ずばり口にするよりも、こっちの方が洗練されているんだって。でも私は彼みたいな会話が出来ない。いくらやっても、冷笑をうかべながら皮肉を言うってやつをね。優越感をもって他人を見下すことも。私は単純に人を嫌うだけ。別に自分より劣っているとは考えない。そう、メラニーを別にすればね。

とにかく、私はこの結婚にかなり満足していたんだけど、レットのあの目だけはイヤ。こっちが気づいていないと思って、密かに観察する目。さっと振り返ると、ものすごく真剣な目にぶつかる。

「どうしてそんな目で私を見るの？」

いらついて尋ねたことがある。

「まるでネズミの巣穴を狙う猫じゃないの」

だけどレットは声を出して笑い、私はすぐそのことを忘れてしまった。彼にはわからないところがいっぱいあるけど、こんな快適な暮らしを与えてくれたんだから、もう深く考えるのはよそう。

でも夜、踊り疲れたり、シャンパンを飲みすぎて頭がくらくらする時、私はアシュレのことを考えた。

本当はいけないことだけど、夜、ベッドの上でレットに抱かれながら、私はアシュレのことを思う。こんな風に私の髪に顔を埋《うず》めている人がアシュレだったら、私は幸福のあまり泣いてしまうかも。この強い腕がアシュレのものだったら……。

その時、レットの低い声がした。

「お前のその魂なんか、地獄に落ちてしまえばいい」

えっ、どういうこと？　と起きあがる私を残して、レットは部屋から出ていった。いったいどういうこと？　私はその最中《さなか》、アシュレの名を呼んだわけでもない。そりゃ心の中では思ってたけど、そんなの外から見えるわけじゃないでしょう。いったいどうなっているのと、本気で心配していたら、次の朝、お酒のにおいをぷんぷんさせて帰ってきた。おわびの言葉もなく、外泊の弁解もしなかった。

気まずいまま二人無言で夕食を食べた。私は悪いことを何もしていない。いや、してるのかもしれないけど、口にも出していないことを、どうしてこんなに責められなきゃいけないの。

私は大好物のロブスターを一尾たいらげ、シャンパンをがぶがぶ飲んだ。そしてその晩久しぶりに悪夢を見た。タラの霧が漂う荒野を何かを探して私はさまよっている。どこの屋敷も焼きはらわれ廃墟《はいきょ》となっている。ひもじくてとても寒い。何か怖《おそ》ろしいものが追いかけてきて、私は必死で走った。でも走っても走っても、その怖ろしいものは霧ごと私を追いかけてくる。怖くて怖くて、私は泣きじゃくっていた。濃い霧の中、私はひとりぼっちで逃げている。

自分の泣き声で目を開けると、レットがのぞき込んでいた。そして何も言わず私を赤ん坊のように抱き上げて、ひしと腕の中に抱え込んだ。痛いぐらいのたくましい筋肉が、もう怖いことは何もないと言っていた。だからすごく安心して、私はいつまでもすすり泣いた。

「ああ、レット、すごく寒くて、お腹が空いてて、くたくたなのに、何も見つからないの。怖いものに追われて、霧の中を走っているのに、どこまでもどこまでも道は続いているの」

「何が見つからないんだい。何が怖いんだい」

「わからないの。それがわかったらどんなにいいか……」

彼は私に頬《ほお》ずりしてくれる。髭《ひげ》がざらざらしている。なんて強く頼もしいんだろう。

彼は私をベッドにおろしたけど、私はもっと抱いたままでいてほしかった。

「もっとぎゅって抱いて、レット」

レットは私を抱き上げ膝《ひざ》の上にのせた。椅子に座る。ずっと頬ずりをしながら、髪を撫《な》でてくれる。私は子どもに戻ったような気がしてきた。もう怖いものは何もないんだってわかる。甘えた声が出る。

「ああ、レット、飢《う》えることほど怖ろしいものはないわ」

「だろうね、君のロブスターの食い方を見ているとわかるよ」

馬鹿にしてる。でもちっともイヤじゃない。もうひもじい思いを、二度としなくてもいいってわかってるから。私にはレットがいるから。

「スカーレット、君は安全で、暖かで、ふんだんに食べものがある場所にいる。そのことを認めれば、もう二度と怖い夢を見ることはないよ。スカーレット、俺が君を守るよ。君を二度と飢えさせたりしない」

「レット、あなたってやさしいのね」

私は腕をレットの首にからめた。この時はもう、私はアシュレのことを考えなかったはず。

予感していたことだけど、レットはピティ叔母さんの家に住む気はさらさらなかった。

「俺はフランクとは違う。君の言うままにはならないよ」

新しい家を建てると宣言したレットは、新婚旅行に行く前に、ピーチツリー通りの大きな土地を契約してきたんだって。もちろん私も大賛成。戦争で残ったぼろっちい家は、隙間《すきま》風がぴゅうぴゅう入ってくるんだもの。

みんながびっくりするような大きな家が欲しい、気位が高くてあばら家に住んでいるあの人たちが、嫉妬のあまり卒倒するような大きな家が欲しいのと私は言った。

「ここにきて、ついに二人の意見が一致したわけだね」

相変わらず憎たらしいことを言う。だけどここから先はまるっきり一致しなかった。

「このあたりにある、クレオールの屋敷みたいな、漆喰《しっくい》の家はどうだい」

「ダメよ、レット。ニューオリンズのお屋敷みたいな古くさいのはダメ。『ハーパーズマガジン』に載ってたみたいな、最新流行の家がいいの。スイスにあるみたいな」

私は説明した。

「すごく素敵なんだから。高い屋根があって、窓には赤や青のガラスがはめこまれているの」

「ポーチの欄干の模様が切り抜かれている……」

「あなた、見たことあるのね」

「いや、スイスで見たわけではないが。スカーレット、君はどうしてクレオール風の家や、昔ながらの円柱のある家がイヤなんだい」

「言っておくけど、私は時代遅れの古い家なんて絶対にイヤなの。赤い壁紙を貼って、カーテンも赤いビロードよ。高級なクルミ材の家具を置いて、ふかふかの絨毯《じゅうたん》を敷くの。ああ、レット、みんなが私たちの家を見たら、嫉妬のあまり青ざめるわよね」

「そこまでみんなを羨《うらや》ましがらせたいのかい、あまりいい趣味とはいえないね」

「いいのよ、私に意地悪していた人たちに思い知らせてやるんだから。新しい家で、毎月盛大なパーティーを開くんだもの」

そしてそのとおりに、家は出来上がっていった。

ピーチツリー通りの、どの家よりも大きな家。知事公邸よりもずっと立派。大きな舞踏会が出来るように、三階は全部舞踏室《ボールルーム》にした。屋敷全体をぐるりと囲むようにベランダがあって、四方にそこに行く優雅な階段があった。庭は広くて、ベンチはもちろん〝ガゼボ〟と呼ばれているゴシック様式のあずま屋が建っていた。

家の中には、私が望んだとおりぶ厚い赤い絨毯が敷き詰められ、ピンクのカーテンがかかっていた。磨き込まれた新品のクルミ材の家具は、一インチの隙間もないほど彫刻がほどこされている。ニューヨークから取り寄せた、八フィートもある銅版のエッチングは私のいちばんのお気に入り。

誰もが息を呑《の》む豪華さだった。

「悪趣味でいいねえ」

とレット。

「俺たちのことを何も知らない他人が見ても、不正に稼いだ金で建てたとわかる。悪徳商人の家を絵に描いたみたいだな」

大声で笑うから腹が立つ。

やがて家が完成して、私たちは仮住まいのホテルのスイートルームから引越しをした。

戦争前の日々を取り戻そうと、私はしょっちゅう友人を家に招いた。もちろんアトランタの旧い知人たちではなく、新しく知り合った人たち。それについては、レットと激しくやり合った。彼は私の友人たちについて、とても詳しく、いつも情報を与えてくれる。それがとても不愉快なわけ。

いかがわしい人たちが何なの？

昔からの知り合いは、私を応接間に入れてくれないんだから仕方ないじゃないの。

新しい友人たちはみんな陽気でやさしくて、私のことをあがめてくれる。

何よりもあなたは、私なんかよりももっと得体の知れない連中とつき合っているじゃないの。

というようなことをいつもやり合っていたわけ。

うちの中でも悩みごとはいっぱい。

マミイがレットに対して、ずっとつんけんしているんだ。いつも他人行儀に「レット船長」と呼び、「レットさま」とは呼ばなかった。

彼がニューオリンズのお土産に買ってきた例のペティコートを渡す時も、頭ひとつ下げず、決して身につけようとはしなかった。ラバからいただくわけにはいきませんからっていうこと？　本当に憎たらしいんだから。

それだけじゃない。マミイは私の子どもたち、ウェイドとエラをレットから遠ざけようとしている。ウェイドは彼のことを「レットおじさん」って慕っているのに、本当にひどい。

それなのに不思議なことには、レットはマミイにとても気を遣っている。それはびっくりするぐらい。使用人としてぞんざいに扱うことは決してなく、それどころか丁重な態度をとっている。私に対するよりもずっとマミイにはきちんと敬意をはらっているんだから驚いてしまう。

たとえばウェイドを乗馬に連れていく時には必ずマミイにおうかがいをたて、エラに人形を買う前には相談をするんだから。

「マミイ、この年齢の女の子に、抱き人形はまだ早いだろうか」

と真面目くさって聞いている姿を見るたび、私は彼に何か下心があるんだろうって疑ってしまう。だけどレットはこう私に言った。

「ここの家の本当の家長は、なんといってもマミイだからね」

それからもうじき、君は可哀想な立場になるだろうから、俺が慰《なぐさ》めてやらなくてはと。

共和党の代わりに、民主党がこのジョージア州の政権を握る。そうしたら私と仲のいい共和党の人たちはいなくなって、私はひとり取り残されるんだって。

「民主党が力を盛り返すなんて無理に決まってるわ。あの人たちのすることといったら、せいぜい大口を叩いて、夜の闇《やみ》に紛れてＫＫＫ《クー・クラックス・クラン》として暴れまわるぐらいよ」

こんなことをもし、他の人に聞かれたら、私はアトランタから追い出されるに違いない。そう、あの夜のＫＫＫの騒動は、私が原因っていうことになっていたし、夫のフランクはそのために死んだんだもの。

だけどレットはことさら私の言葉を咎《とが》めずに続けた。

「俺は南部人を知っている。ジョージア人を知っている。彼らは必ずやり返すだろう。タフでとんでもない頑固者たちだ。政権を奪い返すために、もう一度戦わなければならないならきっともう一度、戦争だってやりかねない」

「レット、そんなに興奮しないでよ」

ちょっとびっくりだ。

「私がまるで民主党の復活を望んでいないみたいじゃないの。そうじゃないことは、あなただってわかっているでしょう。私だってジョージア人よ。民主党が北部《ヤンキー》をやっつけるのを見たいわ。でもそんなことはありえないわ。それにあったとしても、私の友人たちは関係ないはず。あの人たちはお金を持っているんですもの」

「稼いだ金をちゃんと貯めていたらの話だ。あのムダ使いぶりじゃ五年ともたないだろう。俺の金が君の身につかないのと同じだ。所詮《しょせん》君を馬に変えることは出来なかったからね。ねえ、そうだろう。俺の可愛いラバちゃん」

これがきっかけで大喧嘩《げんか》が始まり、私は四日間口をきかなかった。でもアトランタに戻ってからは、私は出来る限り我慢をした。「新婚旅行から帰ってきた幸せなカップル」というイメージを壊したくなかったし、新居での初めてのパーティーを計画していたからだ。この豪華な屋敷での大晩餐会。アトランタ中の人を招待するつもりよ。

46

新築パーティーは絶対に豪華にする。

戦争後はもちろん、戦争前でも誰も見なかったような盛大なものに。

レットは、

「この家を見れば、誰だって不正な金で建てたと思うだろうな」

と嫌味を言ったけれど、それぐらい私たちの屋敷はすごかった。大きさ、装飾の美しさも、知事公邸の上をいっている。家具だって最高級のものをとり揃《そろ》えた。

その頃私とレットのまわりには、たくさんの〝友だち〟がいた。何をやっているかよくわからないし、過去も絶対に語らない。ただお金をやたら持っていて陽気だった。女の人たちはいつも素敵なドレスを着ていて、トランプが大好き。私には才能があって、トランプではいつも勝つようになった。

こういう人たちとだけつき合うのは気楽でいいのだけれど、やっぱり私は古くからの人たちが気になって仕方ない。そう、メリウェザー夫人やエルシング夫人を中心とする、アトランタの〝保守派〟。今は貧乏だけど、昔は上流に属していた人たち。

あの人たちが、私のことが大嫌いで悪口ばっかり言っているのは知っている。いやでも耳に入ってくる。それに対して、メラニーが怒ったのも気にくわない。

スカーレットを悪く言うのなら、もうあなたたちとはつき合いませんって、あのおばさまたちに向かって抗議したっていうからびっくりだ。

でもそれって少しも嬉しくない。どうして私がメラニーに助けてもらわなきゃいけないんだろう。あの愚図で何の取り柄もない平凡な女。それなのにみんなはメラニーを尊敬して愛している。あのアシュレさえも。それが私には本当にわからない。わからないから、いつも彼女と会うといらいらしてしまう。だけど私にとって、メラニーは絶対にいてくれなくては困る存在なのだ。

うまく言えないけど、メラニーが私を慕ってくれている限り、私は自分がかつてきちんとした階級の娘だったということを確認出来る。そしてメラニーの言葉に慰《なぐさ》められることもある。まあ、たまに、たまにだけどね。

今度のパーティーにしても、メラニーは一生懸命だったみたい。絶対に行かなくてはいけないって、みんなを説得してくれたんだ。

「あの夜、私たちの夫の命を救ってくれたのは、いったい誰だったか思い出しましょうよ。レット船長には返しきれない恩義があるんですよ」

でもあの人たちは言ったらしい。

「そもそも、あの事件の発端はスカーレットでしょう」

そりゃそうかもしれない。私が森の中で黒人と白人の二人連れに襲われた。その復讐《ふくしゅう》として
K K K《クー・クラックス・クラン》の男性たちは焼き打ちをしに行ったんだ。

でもね、人には言ったことはないけれど、KKKの男性たちは、ずうっと何かしたくてたまらなかった。今やジョージア州は共和党に乗っとられて、わけのわからない成金の天下だ。解放された黒人たちも、この先のことをちゃんと見てやる者がいないから、街のはずれに無法地帯をつくっている。

〝保守派〟の男の人たちは、みんな怒りをためていて、それがあの時に爆発したわけ。すべてこちらのせいにしないでほしい、というのが本音なんだけど、そんなことを言ったら、私はこの街から叩《たた》き出されてしまう。

でもそんな私の鬱屈《うっくつ》した気分が帳消しになるような今度のパーティー。

計画するのは本当に楽しかった。だってお金はいくらでも使っていいよ、ってレットは言ってくれたんだもの。

その夜のパーティーは、長いことアトランタの語りぐさになった。

屋敷の中も天幕を張ったベランダにも、お客さんがいっぱい。シャンパンパンチにワインもたっぷり用意した。ご馳走《ちそう》もいっぱい。パイや牡蠣《かき》のクリーム添えなんか何度も試食したから自信がある。

もちろん楽団だって用意した。ヤシの木をゴムの垣根で上手に目隠ししてね。来た人はみんな楽しそうに踊って飲んだ。

だけどレットが〝保守派〟と呼んでいる人たちの中で出席したのは、ほんのわずかな人たちだった。アシュレとメラニー夫妻、ピティ叔母さんとヘンリー叔父さん、ミード先生夫妻、そしてメリウェザー家のおじさまだけ。

他のたくさんの人たちだって、みんなしぶしぶながら来るつもりだったんだ。だけどブロック知事が招待されたっていうことがアトランタ中に広まった。そうしたらどうなったと思う？　みんな招待状を送り返してきたんだ。そのうえ、アシュレ夫妻や、来てくれたほんのわずかな人たちも、知事の到着と同時に帰っていった。

こんな大人気ないことをされるとは思ってもみなかった。

私の大切なパーティー。ものすごくお金をかけて、計画は練りに練った。お花やグラスひとつにも心を配った。それなのに、いちばん見てほしかった〝保守派〟の人たちは、ほとんど来なかったんだ。

私はあの人たちに、今の私の豪奢な生活を見せたかった。あなたたちの大嫌いな、軽蔑しきっているスカーレットが、今、こんなに満ち足りている、っていうことを見せたかった。それなのに、このありさまだ。

最後の招待客を送り出した後は、へなへなと床の上に座り込みたい気分だった。いいえ大声で泣きわめきたい。

「何なのよ、これ！　あの人たちを口惜《くや》しがらせたかった。ねたましくてたまらなくさせたかったのに！」

だけどぐっと我慢した。だってレットが、

「それ見たことか」

って大声で笑うのがわかっていたからだ。彼は私が夢中でパーティーの準備をするのを冷笑をうかべながら見ていた。君の魂胆はわかっているよ、と言わんばかりにね。

ああ、腹が立つ。どうしようもないぐらいに。この怒りをぶつけるのはやっぱりメラニーなんだ。だって仕方ない。他に誰もいないんだもの。

翌日、私はメラニーの家に行った。

「あなたは私を侮辱《ぶじょく》したのよ。メラニー・ウィルクス」

思いきり睨《にら》みつけた。

「そしてアシュレや他の人にも、私を侮辱させたんだわ。あなたがみんなを引きずるようにして、早く帰ったんじゃないの。私は見たのよ、ブロック知事をあなたに紹介しようとしたとたん、あなたがウサギみたいに跳んで逃げていくのをね」

「だって、嘘《うそ》だと思っていたんですもの。まさかブロック知事が本当に来るなんて……」

「じゃ、聞くけど、知事が来ることがはじめからわかっていたら、あなたもやっぱり来なかったっていうの？」

「ええ……」

小さな声。

「行くことはなかったと思うわ……」

「よくも言ったわね」

感情のありったけをぶっつける。

「あなたまで一緒になって、私の顔に泥を塗ろうとしたわけね！」

「許してスカーレット！」

今にも泣きそうな声だ。

「あなたを傷つけるつもりじゃなかったの。あなたは私の大事な義姉で、私の大事な兄、チャーリーが愛した人だし……」

メラニーはおろおろして、私の腕に手を置いたけど思いきりふりはらってやった。そうよ、もっと大きな声で、この女をこらしめてやりたい。メラニーはいつも逃げないから、とことん追いつめるしかないのだ。

「あなたを傷つけたのなら謝るわ。でも私はブロック知事や共和党員、北部《ヤンキー》へ寝返った人たちと会うことは出来ない。たとえそこがあなたの家でもね」

「メラニー、私の友人たちを侮辱するの？」

「違うわ、ただ彼らはあなたの友人であって、私の友人ではないっていうこと」

メラニーは青ざめた顔のまま、突然饒舌《じょうぜつ》になった。びっくりするぐらいに。

「スカーレット、あなたがすることにはいつも正しい理由がある。私はあなたを愛しているし信頼してるわ。だから誰にも、あなたを批判させたりはしない」

メラニーの目はきらきらと光っている。まるで何かが乗り移ったかのように言葉が止まらない。

「でもあなたは忘れられるの？　あの人たちが私たちにどんなことをしたか。あなたの夫のチャーリーの命を奪ったのよ。それからアシュレを長いこと捕虜にして健康を奪った。オークス屋敷に火を放ったのは誰？　スカーレット、あなただって忘れてはいないはずよ。タラにシャーマン軍が押し寄せてきて、何もかも、私たちの下着さえ根こそぎ奪っていったのよ。そして私たちを苦しめ飢《う》えさせた。まさにその人たちなのよ。黒人の奴隷たちを、どうしようもないぐらいのさばらせて、今もなお私たちの財産を奪い続けてるのよ。そして男性たちからは選挙権を取り上げて、この州を自分たちの好き放題操《あやつ》ろうとしている。私は彼らのしてきたことを絶対に忘れないし、忘れようとも思わない。息子にだって忘れさせないし、ずっとあの人たちを憎むように教えるわ。私の孫にだってね。それなのに、スカーレット、あなたはどうして忘れられるの」

あまりのことに口をぽかんと開けてメラニーを見つめていた。彼女の怒りの凄《すご》さに自分の怒りも忘れていた。

「あなた、私を馬鹿だと思っているの？」

やっとのことで声が出た。

「もちろん私だって忘れていないわ。でもすべて終わったことなのよ。メラニー、その気になればちゃんと立ち上がることが出来る。時代に乗り遅れることはないの。ブロック知事は使える。あと何人かの良心的な共和党員は、扱い方さえ間違えなければ私たちの味方になってくれるのよ」

「良心的な共和党員なんていないわ」

メラニーの静かな低い声。

「それに私はあの人たちに助けてもらいたくなんてない。北部人《ヤンキー》を味方にしようなんて思わない」

「ちょっと、メラニー、なんでそんなにむきになるのよ」

本当に驚いた。今日は私が怒るためにやってきたんじゃないの。どうして私がこんなに怒られなきゃならないの。

「いやだわ、私ったら勝手なことをぺらぺら喋《しやべ》って」

やっと少しいつものメラニーになった。

「あなたを傷つけるつもりじゃなかったの。批判するつもりもないわ。考え方は人それぞれで、誰もが自分の意見を持つ権利があるわ。スカーレット、私はあなたを愛しているし、あなたが何をしても変わりはないわ。あなただってそうでしょう。このことで私たちの間に溝が出来たりはしないわよね。そうなったら私は耐えられないわ。ずっと一緒に生きてきたんですものね。ねえ、お願い。このくらい何でもないって言って」

「バカバカしい。あなたはいつも大げさなんだから」

なんだか本当にそんな気がしてきた。

「よかった、これで元通りね。でもあなたの家に誰が来るのか、これからは前もって教えてね。そうしたらうちにいるから」

「あら、私はあなたが来てくれなくてもちっとも構わないわ」

私はまたちょっとむかついて、ぷりぷりしながら帰ってきた。これでまたメラニーに、〝貸し〟をつくられたような気がする。メラニーは正々堂々としていて、私を許す、と言っているようなもんじゃないかしらと、後から思った。だからあの人、苦手なんだ。

アトランタで戦後最大のパーティーを開いてからというもの、私は社交界の女王となった。

もちろん〝保守派〟の人たちからは総スカンという感じで、メラニーたちを除いては誰もうちを訪ねてこない。小さなパーティーにも招《よ》んでくれなくなった。

みんな心が狭いと思う。あまりにも心がかたくなだ。私だってブロック知事は大嫌い。ただ仲よくしていた方がいいからゴマをすっているだけじゃないの。みんなで共和党に近づけば、それだけ早くジョージアは苦境から脱け出せるのにね。

まあ、あの人たちはプライドが異様に高いから、何を言ってもわからないと思う。あの人たちは私を「北部へ寝返った者」、スキャラワグって呼んでいるらしい。

そのうち私は気にしなくなった。別にあの人たちの機嫌をとらなくたって、私には近づいてくる人たちが山のようにいる。メリウェザー夫人や、エルシング夫人みたいな、年寄りのめんどりたちなんかどうだっていい。何もわかっていないくせに、人を批判してしかめっ面《つら》ばかりしている婆《ばあ》さんたちが牛耳っている、古い貧乏な社交界なんてお笑いぐさだ。ボロをまとっているくせに。

私の新しい友人たちは、みんな愉快で身なりもずっといい。レットに言わせると、他の州にいられなくなったいかがわしい連中だそうだ。州の公共事業にうまく食い込んだり、ありもしない鉄道の建設計画によって大金を稼いだりしていた人たち。大富豪の夫妻は、実は北部の大都市で最大の売春宿を経営していたらしい。らしい、というのは、私も詳しいことを知らないからだ。そういう悪口を吹き込むレットだって、彼らと組んでいろいろなことをしているくせに。

それでもたまに、ちゃんと教養と品を身につけた北部の名門の人たちが、うちのパーティーにやってくることもあったけれど、すぐに姿を消した。他のメンバーがひどかったからだそう。

とりあえず彼らは、じゃんじゃんお金を使いまくった。紳士や淑女でもなく、けばけばしく見栄っぱりな人たちだったけど、私とはすごくウマがあった。愉快でつき合うと本当に面白い。毎晩のようにダンスをして、トランプで遊び、お酒を飲んで騒いだ。豪華な食事に、ヨーロッパから取り寄せた高価なワインをじゃんじゃん飲む生活。教会に通い、シェイクスピアを読むような〝保守派〟の人たちは、私にとってまるで遠い世界になっている。

それなのに、どうしてアシュレのことだけはこんなに思い続けているんだろう。彼だって相変わらず貧乏ったらしい格好をして、つましい生活をしている。製材所の経営のことでたまに会うだけで、私の心はときめく。アシュレだけは別格。〝保守派〟にもどこにも属さずひとりで完結しているように私には思えた。かつての南部の美点をすべてかね備えた男の人。かつてのアトランタの人々を、これほどバカにしているくせに、アシュレには憧れと尊敬を持ち続ける私は矛盾してるだろうか……。

とにかく私は、アトランタにいる成金の人たちに、いちばんちやほやされる存在になった。それは私が若くて美人で、レットの財力を背負っているからだけじゃない。私がかつて大農園の娘で、南部の上流社会にいたから。お母さまが誰でも知る名門の出だったから。レットの家柄も悪くない。そう、彼らにとって私は「富と優雅さ」の象徴なんだ。成金の人、特に女性にとって、〝保守派〟の社交界に仲間入りすることは見果てぬ夢。どんなにお金を積んでもかなわないこと。

私だってとっくにあちらの社会からはつまはじきにされているんだけど、みんなわかっていない。街ですれ違っても、冷ややかに会釈されるだけの、あの古い家柄の人たちの中に入っていきたい。家のパーティーに招かれたい。私はそうした願望の突破口だった。いいえ、私こそあの古い社交界そのものなんだ。だからみんな、私の傲慢《ごうまん》さにも意地悪にも耐えているわけ。私が女王さまぶればぶるほどみんな喜ぶ。これってタラの娘時代そのものじゃないの。

私が憎まれ口を叩けば叩くほど、男の人たちは喜んでいたけれど、今はそれに女の人たちが混じる。

もっとも男の人たちは、かつて私をとり囲んだ紳士とはまるで違っていたけど。うちに来ると決まってみんな深酒をするか、卑猥な話をするかのどちらか。いくら目につくところにあちこち痰壺《たんつぼ》を置いても、翌朝には決まって煙草《タバコ》で茶色くなった唾を吐いた跡が絨毯《じゅうたん》に出来ている。レットはといえば、私よりずっと意地悪で辛辣《しんらつ》だったかも。私と違って、彼らの過去をすべて知っていたからだ。みなが礼儀として黙っていることを、平気で口にした。

シャンパンのグラスを手にして、予想も出来ない言葉を浴びせる。

「ビル、新しい馬を買ったようだね。また幽霊鉄道の株を売って、何千ドルか儲《もう》けたのかい。全くすごいもんだよ」

「おめでとう、アモス。また公共事業を落札したって？　袖の下が高くついたのが残念だった」

おかげでレットは、成金の人たちにも嫌われるようになった。

彼は相変わらずわが道を行き、周囲に何を言われようと、ただ面白がり、バカにして聞き流し、時には無礼なほど慇懃《いんぎん》な態度をとった。

私にとってレットは未だに謎。何を考えているか本当にわからない。だけどもうその謎について深く考えないようにしている。だって彼という人間を満足させたものなんか、未だかつて一つもないし、これからも存在しないに違いない。

きっと何かたまらなく欲しいものはあるんだろう。それが何か私にはわからないけど、もう気にしないことに決めた。

私が何をしても彼は笑っている。

もっと贅沢《ぜいたく》をしろ、傲慢になれとけしかけ……そして、黙って、勘定を払ってくれた。

一度尋ねたことがある。

「どうして私と結婚したの?」

「君をペットとして飼うためさ、僕の可愛《かわい》い人」

これには頭にきたけど、彼は男性がふつうに結婚する理由で、私としたんじゃない。ただ私が欲しくて、他に手に入れる方法がないから、結婚という形をとっただけなんだ。プロポーズの時にはっきりとそう言ったもの。そう、ベル・ワトリングを欲しかったようにね。

不愉快だけど、彼と私は契約をかわしたんだから仕方ない。そして私はこの契約におおむね満足している。彼も満足してほしいと思うけど、してないといったら、それはそれで構わないかもね。

私たちの結婚生活は、時々喧嘩《けんか》はするけどまあうまくいっていた。私の経営する製材所や酒場について、とてもいいアドバイスをくれたし、私の好きなダンスやパーティーにもよくつき合ってくれた。二人の子どもたちもよく可愛がってくれる。二人きりの時はブランデーとコーヒーを飲みながら、きわどく嫌らしい話で私を笑わせる。それから、寝室に入ってからもとても楽しかった。楽しいことは楽しいんだけど、その先にはあれが待っていることを私は忘れていたんだ。

ずっと体調が悪く、吐き気が続いていた。ミード先生に診察してもらったら、なんと妊娠していた。

子どもなんて大嫌い。出来た子どもは、仕方ないからめんどうはみるけど、これ以上は絶対に欲しくない。

私は夕方、レットにそのことを告げた。

「私は子どもが欲しい、なんて思ったことは一度もないわ。毎回毎回、これからって時に子どもを産むはめになるのよ。本当にイヤになっちゃう。レット、あなただって欲しくないでしょう。ああ、最悪の事態」

彼の顔は緊張していた。そして、

「だったら、メラニーにやったらどうだ。もう一人欲しがっていただろう」

「あなたなんて殺してやりたいわ！」

妊娠の間ずっとお腹は大きくなり、仕事もダンスも出来やしない。それにお産の時のつらさといったら。

「私は産まないわ。絶対に産むもんですか」

「産まない、それはどういうことなんだ？」

「あら、方法ならいくらでもあるのよ。私はもう無知な小娘じゃないんだから。望まないものを無理に産まなくてもいいことを知っているんだから。世の中にはちゃんと――」

いきなり腕をつかまれた。彼の目は激しいもののためにつり上がっている。それは恐怖だった。本当に怖がっている。

「スカーレット、本当のことを言え！　まだ何もしていないんだろうな⁉」

「ええ、まだよ。ようやくウエストサイズが戻ったっていうのに、また一からやり直しだなんて。ようやく楽しい生活が始まったっていうのに……」

「君はいったい、どこで誰に入れ知恵されたんだ？　誰がそんな余計なことを言ったんだ⁉」

恐怖が去ると、怒りがこみあげてきたみたい。腕が折られるかと思うほど強くつかまれる。

「メイミー・バートよ」

最近仲のいい、北部から来た大金持ちのバート夫妻。彼女には妊娠のことを打ち明けていた。

「なるほど、売春宿の女主人なら、その手のことをよく承知しているというわけだ。あの女にはもうこの家の敷居はまたがせない。いいな、この家の家長は俺だ。この家は俺のものだ。もうあの女と話をするんじゃない」

「私は私の好きにするわ。手を離して頂戴《ちょうだい》」

彼の見幕にびっくりしている。

「君が一人産もうと二十人産もうと勝手だが、君が命を落とすとなると話は別だ」

「命を落とす？　私が」

「ああ、そうだ。どうせ売春宿の女主人は、そういう処置に伴う危険については、何も言わなかったんだろう?」

「ええ……、まあ。それをすれば万事うまくいくって……」

「なんて女だ! 俺が殺してやる!」

今度は私が恐怖を感じる番。レットの見幕のすごさに涙が出た。が、そのことで彼の心は少しやわらいだらしい。私を抱き上げて椅子に座らせた。

「いいかい、ベイビー。俺は君の命を危険にさらすようなことはご免だ。ああ、そうだよ。俺だって子どもなんか欲しくない。だが養うことは出来る。これ以上、馬鹿な話はやめようじゃないか……。スカーレット、俺は昔、それで死んだ娘を見たことがある……。彼女は……気立てのよい娘だった。俺は……それを見た……」

あまりにも悲痛な声だった。

「それ、誰なの……」

「ニューオリンズで……。遠い昔さ。俺がまだ若い時の話だ」

きっと彼の恋人だったんだろう。彼から聞く初めての恋の話。レットは私に近づき髪ごと抱いてそしてキスをした。

「産んでくれ、スカーレット。俺はこれから九ヶ月間、手錠で君の手と俺の手をつなぐ」

彼なら本当にやりかねないわ。まじまじと顔を見上げた。まるで別人のように、彼の顔から苦悩や悲しみが消えている。唇の片端が上がっている。いつもの皮肉な笑顔。

「私はあなたにとって、そんなに大事な存在なのね……」

「そりゃそうだ。君にはかなりの投資をしている。失うのは惜しいよ」

俺だって子どもなんか欲しくない、というのは大嘘だった。

娘が生まれた時の、彼の喜びようといったら……タガがはずれていた。

メラニーに導かれ、こわごわと部屋に入ってきた。そして生まれたての娘の顔を覗き込み、

「こんな美しい赤ん坊は見たことがない……」

とつぶやいたのだ。

マミイが娘を沐浴させながら、冗談半分にレットに尋ねた。

「男のお子さんじゃなくて、がっかりされたんじゃないですか」

レットは怒鳴るように答えた。

「馬鹿言え、マミイ。誰が男を欲しいと言った？　男なんてつまらん。手間がかかるだけだ。女の子の方がずっといい。俺は一ダースの男の子に、もう一人の男の子をつけられても絶対にこの子を選ぶ」

そう言ったかと思うと、生まれたての赤ん坊を抱こうとしたので、マミイにぴしゃりと手を叩かれた。

「まあ、お待ちなさい、レットさま。いつか男の子が出来て、あなたさまが喜び叫んだ時には、私が大声で笑ってやりますよ」

「マミイ、お前は何もわかっていないな。男なんて何の役にも立ちやしない。この俺が何よりの証拠だろう」

二人は大きな声をあげて笑った。

「レットさま、今日は本当に幸せな日です。三代にわたって、ロビヤール家のお嬢さま方の初めてのおしめをしてさし上げることが出来ましたから」

マミイが、レットさまと呼んでいることに気づいた。今まではずっとそっけなく「レット船長」だったのに。

よく見るとマミイは、日曜日にだけ着るよそいきの黒のドレスに着替えていた。エプロンも頭のターバンも真新しい。歩くたびに妙に腰を揺らしていて、そのたびにスカートからさらさらと衣《きぬ》ずれの音がする。

「マミイ、今日はおめかししているんだね」

レットは誰かをからかわずにはいられないらしい。

「お誕生のお祝いです。着替えてきました。レットさま」

「どうだ。この子は美しい赤ん坊だろう」

「そりゃあ、もう」

「この子より可愛い赤ん坊を見たことがあるか？」

「さあ、スカーレットさまも、それは可愛い赤ちゃんでしたが、このお嬢さまほどは」

「マミイ、君は最高だ。ところでさっきからそのさらさらいう音は何なんだ？」

「まあ、何でもありませんせん、レットさま」

マミイはくっくっと笑って、さらに大きな体を揺すった。

「これはただの、私の赤いペティコートです」

「ただのペティコートだって！　信じられん」

レットが大げさに声をあげた。

「枝葉をこすり合わせたみたいな音がするぞ。どれ、見せてごらん、スカートを上げて」

「まあ、レットさま、お人が悪い。そんなことを命じるなんて」

マミイはかん高い笑い声をあげて後ろに下がり、つつましやかにドレスの裾《すそ》をほんの数センチだけ持ち上げた。すると赤い絹のペティコートのひだが見えた。それはニューオリンズへ新婚旅行に行った時の、レットからのお土産だった。だけどマミイは、全く有難がらず、いっさい身につけようとしなかったのだ。

「随分寝かせたものだな」

レットは不満気に言ったけど、目は笑っている。

「ええ、少々寝かせ過ぎました」

それから彼は尋ねた。

「俺は馬の装具をつけたラバからは昇格かな」

「まあ、スカーレットさま、そんなことまでレットさまにお話しになったんですか！」

「ただ聞いてみたかっただけだ。さあ、マミイ、今から下に降りて二人で一杯だけ乾杯をしよう。マミイはワインよりもラム酒だったな」

二人が騒々しく部屋から出ていって、私は心の底からホッとした。

レットが常軌を逸して喜んでいる様子は、なぜか私を不安にさせる。そして寝入っている娘を見た。この子が生まれたことで、私たち夫婦の関係が大きく変わるだろう。そのことがとてもめんどうくさかったんだ。

47

私は二十五歳になった。

自分でもそんな年になったなんて信じられない。そして三人の子持ち。

私があれほどなりたくなかった、おばさんそのものになったんだ。

だけど私は綺麗《きれい》で若いまま。鏡を見ていても、我ながらびっくりする時がある。

「なんて美人なの……」

肌は十代の時よりも艶々《つやつや》している。化粧品はフランスから直輸入の高いものを使っているからだ。それよりもドレス。おそらく私は、アトランタでいちばん豪華で流行の最先端のものを着ているはず。私がどんなボンネットをかぶっているかは、街中の女性の格好の話題だ。

戦争前はこうじゃなかった。十七歳だろうと十八歳だろうと、母親になった女は髪をひっつめ、地味な服を着ることになっていた。パーティーでも、若い女たちとは別グループ、お婆《ばあ》さんとか未亡人と一緒にいなきゃいけなかったんだ。

だけど戦争がそんな風習を変えてしまった。私が誰よりも目立つ帽子とドレスを着ているからといって、そう咎《とが》められることはない。咎められるというよりも、私たち夫婦はアトランタの古い人たちからはつまはじきにされていたのだ。

でも私は綺麗。本当に綺麗だ。街を歩く女たちは、私に会うとそっけなく挨拶《あいさつ》を返す。

「ご機嫌よう、スカーレット」

でも私に目が釘づけになっているのがわかる。スカーレットって、なんて美しいの……、なんて素敵なドレスなの。

私のことが羨《うらや》ましくて仕方ないんだ。だったらもっと嫉妬《しっと》させてやりたくなる。

私は苛立《いらだ》っていた。三人めの子どもを産んだことに。これでもう完全にバトラー夫人で、母親になってしまうことに。これほど若くて綺麗なのに。そしてずっと、アシュレのことを愛しているのに。

毎日、新しく雇った小間使いのルーに、出来るだけきつくコルセットの紐《ひも》を締めさせた。そして巻尺でウエストのサイズをはかった。二十インチ（五十一センチ）ですって！　こんな太いウエストになっていたなんて。これじゃピティ叔母さんやマミイと変わりないじゃないの。

「もっと引っ張って、ルー。十八・五インチ（四十七センチ）まで締めてくれないと、手持ちのドレスが一着も入らないわ」

かつて郡でいちばん細いといわれた私のウエストが、こんなことになるなんて。だから子どもなんて産みたくはなかったんだ。

娘は可愛《かわい》いし、レットもすごく喜んでいる。口では女の子は最高だ、などと言っているけれど、来年あたりは男の子が欲しいと言うに違いない。

でも私はイヤ。四人の子持ちになるなんて。レットには女の子を産んであげた。もうお役御免にしてほしい。

やっとルーがコルセットを締め終わり、ドレスの縫い目を丁寧にとじ直してくれた。上等のリネンのドレスを、私は仕事着にしている。仕事着といっても、アシュレと会う時のものだけれど。

馬車を呼んで製材所に出発した。あの事件以来、一人で馬車を走らせることはない。大男の黒人の御者《ぎょしゃ》がついてきてくれる。

私は新しい麦わら帽子をかぶった。造花と青いサテンの紐がとてもしゃれている。

風を顔に感じながら走っていると、どうしようもないほど心が昂《たか》ぶってくるのがわかる。

アシュレと会うのは何ヶ月ぶりだろう。腹ぼての私なんか絶対に見せたくなかったから、子どもが生まれるまでずっと我慢していたのだ。

アシュレに会える。

アシュレの声が聞ける。

私は久しぶりに会う彼を失望させたくなかった。だから昨日は、蜂蜜で顔をパックし、さっきもぎりぎりまでコルセットを締め上げた。娘時代と変わりない、細い細いウエストと、盛り上がった胸を彼は見るはず。子どもを産むと、胸はかなり大きくなるけれど、下品に見えないようにこちらもちゃんと押さえている。

アシュレは、私をどんな目で見つめるんだろうか。

運がよければ二人きりになれるかもしれない。ちょっと前までは、まわりに人がいても毎日のように会っていたのに。製材所のオーナーと責任者として、彼とは会う必要があったのだ。

レットと結婚してからは、もう働く必要はない。製材所を売り払い、何かに投資すればいいのだ。しかしそうなれば、パーティー以外で、アシュレと会うチャンスはほとんどなくなってしまう。それは絶対にイヤ。材木がうずたかく積まれている様子や、商談のさまを眺めながら、事務所でアシュレと会うのは私の何よりの喜びなのだ。

馬車が着くやいなや、アシュレが走り寄ってきた。

「スカーレット、元気だったかい！」

私と会えた喜びで目が輝いている。本当だ。そしてうやうやしく私の手をとって、馬車から降ろしてくれた。

胸がドキドキする。アシュレの目が言っている。

——スカーレット、君はなんて綺麗なんだろう——

だけどアシュレは前に私を拒絶した。一緒に逃げることはしなかった。でも仕方ない。彼にはメラニーと息子がいたんだもの。

私たちはいつも目で語り合っている。

——アシュレ、あのことを後悔している？——

——ずっと後悔しながら生きることになるだろうね——

わざと事務的に帳簿を開く。私の幸福な気分もそこまで。アシュレが責任者のこの製材所は赤字なのだ。もう一つのジョニー・ギャラガーに任せている製材所は、すごい利益をあげているというのに。

「すまない、スカーレット」

アシュレは私の目を見ないで言った。

「ただ一つ言わせてもらえるなら、これから囚人を使うことをやめてほしい。その代わりに解放黒人を使うことを許してほしいんだが……」

「解放黒人ですって！」

つい大きな声が出た。

「彼らの賃金だけで破産してしまうわ。囚人なら二束三文で済むじゃないの。ジョニーは囚人を使って、ものすごく利益をあげているのよ」

囚人の食事や待遇には、ちゃんと気をつけてあげる。その方が彼らにとってもいいのよ。でも私の言葉を彼は最後まで言わせなかった。

「僕はジョニーのように、囚人を使うことはできない。彼らを酷使するのはご免だ」

「馬鹿言わないでよ。アシュレ、あなたは優し過ぎるのよ。ジョニーの話では、怠け者が仮病を申し出るたびに、あなたは一日休みを与えているというじゃないの。とんでもない話だわ。アシュレ、そんなことではお金を稼げないのよ。たいていの病気は何発か殴ればそれで吹きとぶわ」

どうしてこんなことを口にしたんだろう。アシュレがあまりにも気弱な態度なんで、つい強い言葉を発してしまったんだわ。

「スカーレット、スカーレット、やめてくれよ」

アシュレは叫んだ。私も黙ってしまう。とてもまずいことを口走ってしまった。

「君の口からそんなことを聞くなんて耐えられない。彼らだって人間なんだ。病気を持つ者もいれば、栄養失調の者もいる。ああ、スカーレット、やつが君をこんな残酷なことを言う人間にしたんだね。あんなに優しかった君を……」

「やつって……」

わかっている。それはレットのこと。でも私は今、アシュレの口から言わせたいの。もっと夫のことを罵《ののし》ってほしい。

「言わずにはいられない。そんな権利は僕にはないが、それでも言わずにいられないんだ。君の……、君のレット・バトラーさ。やつはその手に触るものすべてに毒を吹きかける。君も毒にやられてしまったんだ。あんなに親切で心の広かった君を、勇気があって優しかった君を、やつは変えてしまった。やつの手は君に触れ、君を残酷な人間にしてしまったんだ」

「まあ……」

驚きのあまり声が出ない。アシュレは完全に嫉妬しているんだもの。私が変わったのは、すべてレットのせいだと思っている。

「もしこれが他の男だったら、ここまでは耐えがたくなかっただろう。あの男は君にどんなことをしてきたか、僕はこの目で見てきた。君自身、気づかない間に、君のまっすぐな心を、自分と同じ曲がった方向に向けてしまったんだ。僕にこんなことを言う権利はないし、やつには世話になった。それでも僕は許せないんだ」

アシュレの嫉妬が怒りに変わった。どうしてこんなに早い展開に。たった今まで帳簿を見ていたのに。私の細いウエストと新しいドレスのせいだ。アシュレは今さらながら、私の魅力にまいってしまっている。

「アシュレ、あなたにはその権利があるわ。あるに決まっているじゃないの。他の誰にもなくてもあなただけにはあるのよ」

「どうしても耐えられないんだ。君の清らかさがやつによって汚されていくのを見るのは」

こんな時に思い出してしまった。レットの口癖。

「俺たちは似た者同士。本当によく似ている悪党だ」

だけどアシュレの中では、私はいつまでも十六歳のタラのスカーレットなんだ。

「君の美しさが、君の魅力が今、あんな男のものだと思うと……あの男の手が君に触れると思うと、僕は耐えられない……」

アシュレの顔が近づいてくる。キスをされるんだ。心臓が大きな音をたてる。終戦直後、タラの畑での激しいキス。あの時の私は未亡人だった。だけど今は人妻で三人の子どもの母親。でも関係ない。アシュレが私を求めている。私を抱きしめようとしているんだもの……。

私は自然に顎《あご》を上げた。アシュレに、運命に身をまかせようとした時、彼が突然身を引いた。後ずさりしたんだ。

「申しわけない、スカーレット。君のご主人に無礼なことを言ってしまった……。その、まるでご主人が紳士じゃないような。そんなことを言う僕の方が紳士じゃない。人の夫のことを批判する権利なんて誰にもないんだ。弁解の余地はないよ。あるとすれば……」

あるとすれば何なの。私にだけ聞かせてほしい。それなのにアシュレは、

「いや、何もないんだ。ありはしないんだ」

ってつぶやくだけ。

でも私にはわかる。その後、彼が何を言いたかったかということを。レットに対して失礼な

ことを口にした。弁解の余地があるとすれば、それは私を愛しているからっていうこと。嫉妬のあまりつい暴言を吐いてしまったと彼は言いたかったんだ。

取り乱す、なんてことは今まで決してなかったアシュレが、何ヶ月ぶりかに会った私に動揺してしまったんだ。このことは私に強い勝利感をもたらす。あまりの嬉しさに、帰りの馬車の中ではぼんやりしてしまった。

アシュレは、私がレットの妻であることが本当につらいんだ。レットとの夫婦関係が私を汚していると思っているんだ。

私は知っている。メラニーの体が妊娠に耐えられないから、この何年か二人は兄妹みたいな間柄になっているということを。

わかったわ。私ももうレットとそういうことをしない。喜んで夫との関係をやめるわ。互いに別の相手と結婚していながら、互いに操を立て続ける。私はアシュレを、アシュレは私を、最愛の人だと密かに誓う。ああ、なんてロマンティックなんだろう……。

そもそも私は、子どもをつくりたくないんだもの。

家に帰って私は子ども部屋のドアを開けた。レットはエラを膝《ひざ》に乗せて、ボニーのゆりかごの隣りに座っていた。ウェイドがポケットの中のものを、一生懸命レットに見せている。

レットがこんなに子ども好きだなんて、いったい誰が想像しただろう。世の中には継子につらくあたる男がいるというのに、レットはいい父親だった。これから子どもが増えたら、もっといい父親になるだろう。でもそれとこれとは話が別。

私はもう子どもは欲しくない。

そしてアシュレのために、もう彼に抱かれたくない。

その夜、寝室で私は話を切り出した。

「私、決めたの。もうこれ以上、子どもは欲しくないの」

レットはゆっくりと椅子に腰をしずめ、背もたれに深くもたれかかった。

「ボニーが生まれる前にも言ったと思うが、君が子どもを一人産もうが、二十人産もうが俺はいっこうに構わないよ」

「私は三人でもう充分だと思っているの。毎年一人ずつ増やしていくつもりはないわ」

「なるほど。確かに三はいい数字だ」

いつもの皮肉な調子。私は勇気を振りしぼった。こんなことを女の方から言い出すなんて本当に恥ずかしい。

「わかっているでしょう……。私が何を言おうとしているのか」

「ああ、君こそわかっているのか」

こちらに向けた目は、怒りで光っていた。

「俺が夫としての権利を拒絶されたことを。俺はこれを理由に君と離婚出来るんだぞ」

「あなたって下劣ね。いきなり離婚だなんて」

私はそんなつもりはない。ただアシュレと二人、こっそり操を立てたいだけ。

「確か、君は今日の午後、製材所に行っていたんだな」

「そうよ」

冷静さをとりつくろうのに苦労した。

「それとこれと何か関係があるの」

レットはすばやく立ち上がり、私の顎に手を伸ばした。そしてぐいと持ち上げる。

「君はなんて子どもなんだ、三人の夫を持ったというのに。スカーレット、よく聞け。もし君と君とのベッドが、俺にとってまだ少しでも魅力があるものならば、君はそれを拒絶することが出来ない。鍵をかけようと、懇願しようと俺を遠ざけることは出来ない。俺はドアを蹴破《けやぶ》る。そのことを恥だと思わない。何しろ俺は君と契約を結んでいるんだからな」

「そんな言い方って……」

私はもっと友好的に事を運ぼうとしているのに、この見幕は何なの。

「今日の今日まで、俺はこれを守ってきたが、君はそれを破ろうとしている。昼間アシュレ君と会ったとたんに、契約はご破算かい」

「何てことを言うの。アシュレは全く関係ないわ」

「いいさ、どうか、純潔を守ってくれたまえ。スカーレット、俺は別に痛くもかゆくもないさ」

レットは肩をすくめ、ニヤリと笑った。

「幸い、世の中にはベッドはいくらでもある。たいていのベッドには女が待っている」

「まさか、本気でそんなことを考えているわけじゃないわよね」

本気で怖くなった。レットならやりそうだ。どうしてそのことを考えなかったんだろう。自分の操のことで頭がいっぱいだった。レットは笑い声をたてる。

「愛すべき世間知らずの娘、今までおとなしくしてたことが不思議なくらいだよ」

そして吐き捨てるように言った。

「俺は貞操を美徳だなんて思っちゃいないのさ」

「なんてひどいこと言うの。私はこれから寝室に鍵をかけて眠るわ」

「どうしてそんな必要がある。本気で君を欲しいと思えば鍵ぐらいぶち壊すさ」

音をたててドアを閉め、レットは出ていった。

私はへなへなと椅子に座り込んだ。私の願いがかないそうなのに少しも嬉しくなかった。暗闇《くらやみ》の中で光るレットの葉巻を見つめながら、ベッドの上でずっとお喋《しゃべ》りしたこと、悪夢にうなされてた時に、ずっと抱きしめてくれたことを思い出した。もうあんなことが出来ない。それよりも口惜《くや》しかったのは、もうレットとベッドを共にしないことを、アシュレに伝えるすべがないということ。

取り返しがつかないことをしてしまったような気分だ。だけどもうどうしようもない。


レットと寝室を別にするようになり、一年近くがたとうとしていた。ボニーの一歳の誕生日があったから、その日にちはすぐにわかる。

そしてレットは、ボニーに対してタガがはずれたと思えるほどの情熱を持つようになった。きっかけはウェイドだった。ウェイドは八歳になるんだけれど、その年にしては小さくとても内気だった。

ある日ウェイドがつぶやいた。

「僕だけラウール・ピカールの誕生日パーティーに招《よ》ばれていないんだ」

レットの顔色がさっと変わった。

「これまで考えたこともなかったよ、ウェイドがこの街でどんな待遇を受けているか」

「馬鹿馬鹿しい。ウェイドは他の子どものパーティーには招ばれているのよ。バート家やゲラート家、それにハンドン家の子どもたちのパーティーに」

「見事に親がクズの奴《やつ》らばかりだ」

「レット、ラウールはあのメリウェザー夫人の孫だってことを忘れないで。メリウェザー夫人があの神聖なる応接間に、私たちの息子を入れるわけないでしょう」

「スカーレット、これまで考えたことがなかった。ウェイドにこんなつらい思いをさせていたとは。ボニーにはそんなことを絶対にさせない」

「たかが子どものパーティーじゃないの！」

「その子どものパーティーが、いずれ若い娘の社交界デビューにつながるんだ。君はボニーが、アトランタのあらゆる良質なものから遠ざけられたまま、成長するのをよしとするのか。この俺が許すと思うか。俺はこの子を北部《ヤンキー》の学校にやるなんてごめんだ。この子が北部人《ヤンキー》や外国人と結婚するなんて耐えられない。母親が愚かで評判が悪いから、父親がならず者だからといって、この子が由緒正しき南部の家に相手にされないなんて、そんなことがあってたまるか」

本当にびっくりした。

あらゆる価値を否定して生きてきて、ずっとはみ出し者だったレットが、こんなに古い南部に固執していたなんて。私はメリウェザーやエルシングのお婆さんたちに頭を下げるくらいなら、ずっとこのままでもいいと思っていた。

お金もないくせに、プライドだけは高い人たちがつき合ってくれなくても結構。それなのにレットったら、ボニーの社交界デビューのことまで考えていたなんて。

私たちの話を興味津々《しんしん》で聞いていたウェイドが言った。

「レットおじさん。ボニーはボーと結婚すればいいんだよ」

「なるほど、そのとおりだ」

レットの顔から怒りが消え、真剣な表情になった。子どもと話す時はいつもそう。ちゃんと話を聞いてやる。私と話す時よりもずっと誠実に。

「ウェイドの言うとおり、ボニーはボー・ウィルクスと結婚すればいい」

子どもの馬鹿馬鹿しい言葉にも、ちゃんとつき合ってやる。

「だが、ウェイドは誰と結婚するんだい」

「僕は誰とも結婚しないよ」

ウェイドも嬉しそうに答える。

「僕はお父さんみたいにハーバード大学に行って弁護士になるんだ。それからお父さんみたいに勇敢な兵士になる」

チャールズは戦う前に、戦地であっという間に肺炎になって死んでしまった。私は苛ついてきた。

「ウェイド、あなたはハーバード大学に行きません。あそこは北部の学校なのよ。ママはあなたをあんなところに行かせるつもりはないわ。あなたはジョージア大学に行って、お母さんの代わりに店を経営するの。だいたい、お父さんが勇敢な兵士だったなんて――」

「黙れ」

レットが怒鳴った。

「ウェイド、大きくなったらきっとお父さんのような勇敢な兵士になれ。わかりもしないやつに余計なことを言わせるな。君のお父さんは、このお母さんを花嫁にした。それこそがお父さんが立派な英雄だった証拠だ。お前がハーバード大学へ行って弁護士になれるように、この俺がちゃんと見届けてやるから安心しろ。さあ、ポークに言って、街に遊びに連れていってもらえ」

ウェイドは目を輝かせて部屋を出ていった。

「お礼を申しあげるわ。いつもいい教育をしてくれて」

皮肉を言うと、レットは鋭い目でこちらを見た。

「君は母親失格だ。ウェイドとエラに与えられたチャンスをことごとくふいにした。あの子たちは可哀想に、南部の上流社会に迎え入れてはもらえない。どこへ行っても歓迎される女の子にな。全く冗談じゃない。ボニーは小さなプリンセスになるんだ。どこへ行っても歓迎される女の子にな。全く冗談じゃないか。誰がこの家にいりびたるクズ白人どもと、この子を交わらせるか」

「あら、あなたのお友だちじゃないの。あなたにはもったいないくらいのね」

「ああ、そして、君にももったいないくらいの連中だ。金儲《もう》けしか頭にないアイルランド人や北部人、渡り者の成金たち。だけど俺のボニーは、バトラー家とロビヤール家の血を引いているんだ」

「オハラ家の血だって」

「オハラ家だって」

レットがふんと鼻で笑ったのを、確かに私は見た。

「君のお父さんは、ちょっと目端がきいたアイルランド移民に過ぎないんだ。君はそれにちょっと毛のはえたようなもの。俺も君と同じ出来そこないだがな。今まで俺がやりたい放題にやって、皆に嫌われていたのは、何もかもどうでもよかったからだ。だが、今の俺にはボニーがいる。ああ、俺は何て愚かだったんだ。たとえ俺の母親や、君のお母さんの実家の、名家の伯母さんたちが口利きしてくれたところで、ボニーはチャールストンの社交界には受け入れられない。それどころかこの街でもつまはじきになるのはわかっている。早急に手をうたなくては――」

「レット、あなたはどうかしてるわ。私たちには充分お金があるし、何だって出来るわよ」

「何が金だ。全財産かき集めたって、ボニーに与えてやりたいものは手に入らないってことがわからないのか。スカーレット、君は本当に愚かな母親だった。君は金をつくることに夢中で、人をいたぶるのが大好きだった。子どもたちの居場所をつくることを忘れていたんだからな」

「レット、あなた、少しオーバーなんじゃないの」

「いや、唯一の救いはメラニー・ウィルクス夫人だ。彼女こそ、このアトランタのすべての者のお手本であり中心だからだ。彼女がいてくれて本当に有難い。よし、俺はやるぞ」

「やるって何をやるの」

「見ててくれ、この街のトラディッショナルなデブ猫どもを、一匹残らず飼い馴らすのさ。メリウェザー夫人、ホワイティング夫人、ミード夫人には良いエサをやろう。冷たくあしらわれても、じっと我慢する。くだらない慈善事業にもたっぷり寄付をして、教会とやらにも通おう。バトラー夫人、君は俺の努力が無にならないよう、ちゃんとおとなしくしていてくれよ。いいな、わかったな」

「まあ、賭博師《とばく》であざとい投機家のあなたがついに真人間になるわけね。まずはベル・ワトリングの店を売り払ったらいかがかしら」

彼がベルの店のオーナーだってことを私は知ってるんだから。だけど彼はそのことを否定も肯定もせずに、不意に笑い出した。

「バトラー夫人、ご提案、感謝するよ」


だけどレットのイメージが、そんなに簡単に変わるわけではない。

その頃、ジョージア州の状況は最低のところまで落ち込んでいた。共和党員とスキャラワグと呼ばれる北部への寝返り者がやりたい放題。利権屋たちによる政治の腐敗は深刻だった。ブロック知事の下で、黒人に選挙権が与えられて、彼らはみんな共和党に入った。そして彼らに投票させて、クズ白人やスキャラワグを議会に送り込んだんだ。信じられない話だけれど、議員に選ばれた者の中には、数人の元奴隷の黒人さえいた。このあいだまで綿花畑やサトウキビ畑で働いていた彼らは、読み書きも出来ず、議会でむしゃむしゃ落花生を食べるだけ。その隙《すき》に共和党員たちが、どんどん税額や予算を決めていく。自分たちの友だちの事業のための予算を。

彼らにとってジョージア州はやりたい放題の、濡《ぬ》れ手で粟《あわ》をつかめるところだった。アトランタの人たちは、ブロック知事と寝返り者共和党員を心の底から嫌い、呪《のろ》っていた。レットは彼らのお仲間だと思われていたんだから、好かれるわけがない。

それなのにレットは、諦《あきら》めなかった。娘のために、じわじわと巧妙に作戦を進めたんだ。まずは昔なじみのいかがわしい連中を遠ざけた。賭《か》けトランプはやめ、酒量も少なくした。ベル・ワトリングの店に行くことがあっても、夜、人目をしのんで行くようになったらしい。前は昼間、堂々と馬を店の前につないでいたのに。

民主党の集会に出席し、みんなにそれとわかるように民主党の候補者に票を入れた。それどころか教会にも行くようになったんだ。彼がある日、ウェイドの手を引いて礼拝に遅れてそっと入っていくと、プロテスタント監督教会の人たちはみな驚いて、長椅子からずり落ちそうになったそうだ。

私はカトリックを信仰していたけれど、お母さまが亡くなってからもうそんなものはどうでもよくなっていた。それなのにウェイドが教会に行ったので、みんなびっくりしたわけだ。母親がおろそかにしている宗教教育を、継父のレットがちゃんとやっているということで、彼の株が上がった。そこがプロテスタントの教会だとしても。

レットはプロテスタント監督教会の修繕のために多額な寄付をした。「南部英霊の墓美化協会」にも、たっぷりと、しかし嫌味でない程度に。

しかも彼の狡猾《こうかつ》なところは、エルシング夫人にもじもじと申し出て、こう言ったことだ。

「どうか私の名前は伏せてください。私だと知ったら、きっと気分を害される方がいるでしょうから」

協会は資金難にあえいでいたが、エルシング夫人は〝投機屋の金〟など受け取りたくない、と冷たく言いはなった。

「どういった風の吹きまわしかしら」

レットはここで夫人に狙いを定めた。厳粛な表情で、かつて共に戦い、自分の腕の中で死んでいった同志の顔が忘れられないのだと。

「じゃあ、あなたも軍隊に？　どこの中隊に？」

「砲兵隊です。私が士官学校の出身者だとわかると配属を命じられました。州兵なら皆さまに顔を憶《おぼ》えていただけたのですが、正規軍の砲兵隊でした。ですからアトランタ出身者には一人も会わなかったんです」

涙まで浮かべたので、エルシング夫人は仰天した。そしてレットを臆病者呼ばわりしたことを反省したのだ。

こうしてレットは、街のうるさ方一人一人の心をつかんでいった。

48

ボニーは二歳になり、ますます可愛《かわい》くなった。くるくるとした巻き毛に、青い大きな瞳。私はレットみたいに極度の親バカではなかったけれど、冷静に見ても確かに愛くるしい子だと思った。

レットの作戦は続いていて、エルシング夫人やメリウェザー夫人という、街のボスたちを味方にしようと必死だ。

エルシング夫人の方がずっと人がいいから、レットの寄付に、かなり心を動かされてしまった。

「南部連合軍に確かに入っていたっていうのよ」

とメリウェザー夫人に言ったらしいんだけれど、こちらはエルシング夫人よりもはるかに頑なだ。

「誰が信じるものですか」

と言い続けていたらしい。それでも気が咎《とが》めたらしく親戚の大佐に手紙を書いた。レットがいたという隊を率いていた軍人だ。そして返事が来た。私も信じられないのだけれど、そこにはレットへの賛辞がちりばめられていたんだって。

「砲兵隊員になるべくして生まれてきた男」

「非のうちどころがない将校」

本当だろうか。

しかしこの一通の手紙によって、街の人たちのレットの評価は、かなり変わったといってもいい。その分、私が悪者になった。

スカーレットが、あんな白人のクズたちとつき合っていることを、レットはとても恥ずかしく、つらいことだと考えている、とみんなは思うようになったのだ。

だけどメリウェザー夫人だけは、まだ「フン」という感じ。戦争のどさくさで大儲《もう》けした、あんな投機屋を誰が信用するものか、とまわりの人にも言っていたみたいだ。

そこでレットはすごい手をうった。今、彼は街の銀行にデスクを持っている。銀行員でもないのに、仕事に便利だからという理由で、時間があるとずっとそこに座っていた。大株主の特権でね。

どうやらちゃんとした職業に就《つ》いているところを、世間の人に見せたかったんだ。

ここにメリウェザー夫人がやってきた。戦後すべてを失った夫人は、息子と共にパイ屋を始めていた。あの誇り高い夫人が、生活のためにそこまでするのかと、街の人たちは尊敬している。

私だって食べるために、必死で製材所をやっているのに、こちらの方は非難ごうごう、本当に不思議だ。女性が働くのに、お菓子づくりはよくても、男と同じ仕事をするというのはダメらしい。

それはともかく、夫人のつくるパイはとても評判がよく、お店を拡張することになった。夫人はその資金を借りに銀行に来たんだけれど、既に家は担保になっていて二つのローンが組まれていた。銀行側は融資を断り、夫人はむっとして席を立ったらしい。

帰ろうとする夫人を、レットが必死で止めた。

「メリウェザー夫人、銀行はとんでもない間違いをしています。他の方ならともかく、あなたのような方が、担保のご心配をする必要はありません」

そしてすぐに銀行側にかけ合って、二千ドルのお金を用意したんだ。

もちろん単純に喜ぶような、メリウェザー夫人じゃない。屈辱で声も出なかっただろう。だって心から軽蔑して、大嫌いな男に恩を売られたことになるんだもの。

でもここからがレットのずる賢いところだ。

レットは夫人を外まで丁重に送りながらこう言った。

「メリウェザー夫人、あなたの幅広い知識とお人柄には、常々感服しておりました。それで一つ教えていただきたいことがあるんですがよろしいでしょうか」

「何かしら」

夫人は身構えた。

「うちのボニーが親指をしゃぶるんです。どうしてもやめてくれません」

「すぐにでもやめさせないと」

夫人は力を込めて言った。

「口の形が悪くなりますよ」

「そうなんです。それを心配しているんです。あんなに美しい口元なのに」

「私は娘の親指に、苦いキニーネを塗りつけましたよ。解熱剤ですからなめても心配はいりません。それでいっぺんに直りました」

「なるほど。キニーネとは思いつきませんでした。何とお礼を申し上げていいのか。ずっと気がかりだったものですから」

レットは得意のとびっきりの笑顔を見せ、うっかりメリウェザー夫人も微笑《ほほえ》んでしまった。

これで一人陥落。

やがて街の女たちは言うようになった。

スカーレットが娘をほっておくから、レットが一人で悪戦苦闘しているんだわ。哀れでお気の毒。レット船長は本当はやさしくていい人なのよ。それにひきかえスカーレットときたら……。

私はこのレットのやり方に、かなりシラけてしまった。娘思いの父親を演出するために、彼はかなり気恥ずかしいことまでやってのける。

ボニーが歩けるようになったら、レットはやたら外に連れ出した。よちよち歩きの娘の手をひいて、ピーチツリー通りを散歩するんだ。

ボニーは可愛いうえに、愛敬たっぷりの子だったから、ポーチにいる人や通りすがりの人は必ず声をかけた。

「ボニー、元気?」

「こんばんは、ボニー」

南部の人たちは疑り深く執念深い。すぐにレットや私に心を許そうとはしなかった。それでもボニーのおかげで、じわじわと強固な壁に割れ目は出来ていったのだ。

ボニーはどんどん大きくなり、本当にひと目をひく子になった。

「お嬢さまより美人になります」

マミイは断言し、こんなことも。

「ご性格はジェラルドさまの血が流れていますね」

お父さまにそっくりということ。思いやられる。確かに何でも自分の思いどおりにしようとし、それがかなわないと、癇癪《かんしゃく》を起こして泣き叫んだ。だけどそれはめったに起こらない。ボニーが怒る前に、レットが何でも与えるから。レットがボニーを甘やかすことといったらふつうじゃない。

ボニーは暗闇《くらやみ》をすごく怖がった。夜中に目を覚ましてランプがついていないと、ものすごい声で泣き叫んだ。

「こんなの慣れよ。一回や二回、怖い思いをさせればすむことじゃないの。子どもはみんな暗闇を怖がるけど、いつかは克服させなくてはいけないのよ」

「この大馬鹿女!」

殴られるかもしれないと本気で思ったぐらい。

「君ぐらい馬鹿で冷酷な女を見たことがない」

「私はね、あの子を臆病で神経質な子にしたくないのよ」

「臆病だって? 冗談じゃない。あの子に臆病なところなどこれっぽっちもない。君には想像力というものがないから、それを持っている人間の苦しみなんてわかるわけがない。とりわけ子どもの苦しみなんてね」

私はさっきボニーが、暗闇の中でどんな怪物が来たか、たどたどしく父親に説明しているのを思い出した。私には決して教えないその怪物。その正体をしっかりと聞いているレット。あまりにも彼が真剣なので私はいらいらしてしまう。たかが子どものたわごとなのだ。私の表情を悟ったのか、彼が嫌な笑いをうかべた。

「君だって夜中に起きて、ひいひい泣くのを俺は何度も見ている。ただ霧の中を走る、欲しいものが見あたらないって夢のためにね。君が夢で泣くのを見たのは、そう遠い昔じゃない」

動揺した。そう新婚の頃、よくその夢で夜中に起きた。そして泣きじゃくっていたのを、レットに抱きしめられ、ずっと慰《なぐさ》めてもらったんだ。今のボニーみたいに。とても恥ずかしい。あんな日があったたなんて。今は寝室を別にしている私たち。だからもうあんな夜もこない……。

こういう時、すぐに攻撃をしかけるのが私の癖だ。

「あなたなんて、ただこの子にいい顔したいだけじゃない。だから調子を合わせてるのよ」

「ああ、これからも合わせ続ける。この子はいずれ恐怖を克服して、怖がっていたことさえ忘れるさ」

レットは子ども部屋からボニーを連れ出し、自分の部屋で寝かせるようにした。それで彼が留守の時は、家中の者、私さえもしょっちゅう二階にあがって、ランプの火が消えていないか確かめるようになった。

おかげで私たちの寝室が別だってことは、街のみんなが知ることとなったけれど。

驚いたことに、レットはお酒もやめた。ボニーが「お酒くさいからキスしない」と言ったから。夕食後に赤ワインをグラスに一杯飲むだけ。そしてボニーはグラスに残った最後の数滴をなめる。酒に強い女になれば、酔って男に何かされることはない、というのがレットの持論だった。

やがて酒太りで弛んでいたレットの顔は、みるみるうちにシャープになり、目の下のくまもなくなった。メラニーは、

「戦争前の、若くハンサムなレット船長にもどったわね」

と言うけどそうかしら。

この頃、レットはボニーと一緒に馬に乗るようになった。そうすると本当に絵になる父子だった。ハンサムな父と、本当に可愛い女の子。

街の人たちも立ち止まって彼と話をするようになり、あのうるさい二人の老婦人も、レットの育児相談を楽しみにするようになった。

そんな時にあの事件は起こったんだ。

その日はアシュレの誕生日で、メラニーは夕食後サプライズパーティーをすることになっていた。

アシュレを除いて、みんながこのことを知っていた。

すごい顔ぶれになりそう。

アシュレとメラニーは、この街の人たちの尊敬を勝ちえていたから、ゴードン将軍とその家

族も来ることになっていた。元アメリカ連合国副大統領のアレクサンダー・スティーヴンズも出席するらしい。

私は午前中いっぱい、メラニーやインディア、ピティ叔母さんと一緒に、ウィルクス家の小さな家の中を駆けまわった。黒人の召使いに指示して、窓に洗いたてのカーテンをかけ、銀器と床を磨きたてた。夕飯の後だから軽食しか出さないけれど、それでもいく皿かの料理は出す。エルシング夫人と娘のファニーが、この日のために包み紙を張り、絵を描いてランタンをつくった。後で庭に飾るんだけれど、アシュレに見られないように、地下に隠しておくことになった。

メラニーがこんなに興奮した姿も、幸せそうだった姿も見たことがない。

「だって、ほら、アシュレはもう何年も誕生日パーティーをしていないのよ。憶《おぼ》えている？彼の屋敷でバーベキューパーティーを開いた日。あの日が彼のちゃんとした誕生日の最後なのよ」

はっきりと思い出すことが出来る。

リンカーン大統領が義勇兵を招集したという知らせが届いた日。男の人たちは興奮して、

「戦争だ、戦争だ」

と叫んでたっけ。

そしてアシュレはメラニーとの婚約を発表した。あの日から私の人生はまるっきり違う方にいってしまった。そう、めまぐるしい一日。図書室でレットにすべてを聞かれ、チャールズのプロポーズを受け入れた日だ……。

だけどメラニーは、そんな昔のことはすべて忘れているみたい。

「毎日、アシュレは疲れきって帰ってくるの、だから今日は自分の誕生日だってことを忘れてるわ。夕食の後で、みんながぞろぞろやってきたら、きっとびっくりするわよね」

時々私は彼女の強さにびっくりする。いつも前を向いて、ものごとをいいようにとらえる。過去を思い出してはいじいじするのは、実は私の方なんだ。

「さあ、私はそろそろ仕事に戻るわ。材木置き場に行って、みんなにお給料を渡さなきゃいけないわ」

「あら、材木置き場に行くの？」

皿を並べていたメラニーが顔を上げた。

「アシュレも午後遅くに、ヒューに会いに材木置き場に行くって言ってたわ。それならば五時まで彼を引き止めておいてもらえないかしら。それより早く帰ってこられると、ケーキの仕上げを見られてしまうわ」

「いいわよ、私が引き止めておいてあげる」

内心の動揺をおさえて、私はそっけなく答えた。アシュレと二人きりで、長い時間いられるなんて何ヶ月ぶりだろう。それもメラニーの頼みごとつきなんて。その時インディアがちらりとこちらを見た。アシュレの名前が出るたびに、探るような目になるのはたぶん私の気のせいだろう。

「五時過ぎたら、インディアに馬車で迎えに行ってもらうわ。スカーレットも早く来てね。最初から来てね」

だけど私は面白くない。私はインディアやピティ叔母さんがやる〝身内の役〟からはずされているんだ。パーティーの主催者として、アシュレの傍《そば》に立ってお客さまをお迎えする役。いつもはメラニーのつまんないパーティーなんてどうでもいいんだけど、今回はアシュレの誕生日祝いだ。しかも街のおもだった人々を招く大規模なものらしい。だけど私は数少ない〝身内〟からはずされてしまったんだ。

その理由はわかっている。昨日レットからも言われた。

「旧南部連合や、民主党の重鎮が顔を揃《そろ》えるっていうのに、君みたいな〝北部《ヤンキー》への寝返り者《スキャラワグ》〟が、主役の隣りに立てるわけがない。まさかそんなことを考えていたわけじゃないだろうね。メラニーが義理堅くいい人でなければ、そもそも君は招待されなかったんだからな」

でも私にはわかっている。どこのパーティーだって、私がいちばん美人で、いちばん素敵なドレスを着ているはず。いちばん目立つにきまっている。だからメラニーじゃなくて、インディアか誰かがとめたに違いない。

とにかく、私はうんとおしゃれをして材木置き場へ出かけた。

とても気持ちのいい午後だった。よく晴れていたけれど決して暑過ぎることはない。そよ風が、私のボンネットの羽根飾りを揺らしている。

ふだんよりもずっとおしゃれをしていた。緑色のタフタのコートは新品で、光があたると色が変化して薄紫色に見える。ボンネットも素敵なの。やっぱり深緑色の羽根がついている。緑は私の瞳と同じ色。だからつい緑色を選んでしまう。

もしレットさえ、前髪を切ることを許してくれたら、このボンネットがもっと映えるのに。

彼は前髪を切った女が大嫌いで、もしそんなことをしたら丸坊主《ぼうず》にしてやると宣言されていた。最近の彼の横暴さを思うとやりかねないわ。

それにしても本当にいい天気。アシュレと会う時はいつもそうだ。私の心のときめきが、空にも影響しているみたい。

働いている男たちと現場監督のヒューに給料をさっさと渡そう。そうすれば、あの小さな四角の事務所で、アシュレとずっと二人きりになれる。材木置き場は街中にあるから、そこに行くまで知り合いに何人も会った。たいていが北部から流れてきた利権屋の奥さんたち。でもとても感じがよくて私は彼女たちが嫌いじゃない。

「まあ、スカーレット、なんて素敵な帽子なの」

「今日も本当に綺麗《きれい》だわ」

どれもお世辞じゃない。

男の人たちは赤い土埃《つちぼこり》の中、次々と近づいてくる。そして帽子に手をやり私に挨拶《あいさつ》をする。まるで女王さまにするみたいにね。

私は幸せだった。私みたいに美人で、豪華な馬車に乗っている人は他にいない。そして私はこれから好きな人に会いに行く。ゆっくりと二人だけの時間を持つ。

いろいろな人に挨拶をかえしていたので、材木置き場に行くのがすっかり遅れてしまった。男たちとヒューは、低く積んだ材木の上に乗って私を待っていた。

「アシュレはいる?」

「ああ、アシュレなら事務所で、帳簿と悪戦苦闘している」

「今日はそんなことしなくていいのに……」

声を潜めた。ちょっと得意な気分。

「メラニーに頼まれたのよ。今夜のサプライズパーティーの準備が出来るまで、ここで引き止めておいてって」

ヒューはにっこりした。彼も今日のパーティーに出席するから。

私はものすごく手早く、みんなに給料を手渡した。さようならをする。それから帽子を窓に映してチェックして事務所に入った。

アシュレは戸口に立って、私を迎えてくれた。たそがれ近い午後の陽《ひ》ざしに彼の金髪が光っている。そう、あのオークス屋敷でのパーティーの時と、彼はまるで変わっていない。

「やあ、スカーレット、こんな時間にこんなところにいていいのかい。どうしてメラニーと一緒に、サプライズパーティーの仕度をしないんだい」

「まあ、アシュレ・ウィルクス」

私は怒ったふりをする。

「あなたは何も知らないはずでしょう。あなたが驚かなかったら、メラニーはきっとすごくがっかりするわ」

「大丈夫、うまくやるさ。アトランタ史上、もっとも驚いた男になってみせるよ」

アシュレは笑った。

「いったいどこの意地悪が、あなたに教えたってわけ」

「メラニーが招待した男ほぼ全員だ。真先に教えてくれたのはゴードン将軍だったね。メリウエザーのおじいさんも忠告してくれた。以前サプライズパーティーの日、リウマチの治療にかこつけて、こっそりウイスキーを一本空けていたそうだ。ベッドから起き上がることも出来ず、パーティーを計画した夫人はカンカンに怒ったたっていう話だ。つまり、サプライズパーティーを開いてもらった男たちは、みんな僕に連絡してくれたってわけさ」

「ひどい話ね」

私も笑い出した。今日のアシュレはすごく陽気で軽口を叩《たた》く。戦争が終わってからずっと、痩《や》せて元気もなく、苦手な商売に疲れ果てている、そんなアシュレとは別人だ。まるで戦争前に戻ったみたい。私は十六歳のスカーレット。これからオークス屋敷のパーティーに出かける。

なんだかとても幸せな気分になり、

「ヤッホー！」

って帽子を脱いで、天に向かってほうり投げたい気分。そんなことをしたら、アシュレはどんな顔をするだろう。それを想像したらまた笑いがとまらなくなった。

「スカーレット、どうしたんだい……。そんなことより帳簿を見てくれよ」

「アシュレ、今日は帳簿のチェックなんてやめましょうよ。とてもそんな気分にはなれないわ。私ね、新しいボンネットをかぶると、数字が頭から吹っとんでしまうの」

「そんなボンネットを前にしたら、誰だって数字が吹き飛ぶさ」

そしてアシュレは唐突に言った。

「スカーレット、君は会うたびに美しくなるよ」

彼は腰をおろしていたテーブルからするりと降りて、笑いながら私の両手を拡《ひろ》げた。そして私のドレス、いいえ、私の全身を眺めた。

「なんて美しいんだ。君は一生年をとらないんじゃないのか」

その瞬間私はわかった。ずうーっと待っていたのはこの言葉だったって。こんな幸福な気分の午後、私が求めていたのはアシュレのこの手の温もり、このやさしいまなざし。タラのあの寒い果樹園で、抱き合ってキスをして以来、こんなに長く二人きりで会うのは数えるくらいしかない。

形式的な握手以外で、二人の手が触れ合うのも初めてだった。あれからずっと二人きりになりたい、二人きりになれたらどんなにいいだろうと思って生きてきた。

それなのに、どうしてだろう。彼の手に触れても少しも心が躍らない。かつては彼が傍にいるだけで体が震《ふる》えた。なのに今は温かな友情と安堵《あんど》とがあるだけ。ただアシュレの手に包まれているだけで感じる幸福な静けさ。

どうして、どうして。不思議。あれほど彼のことを求めているのに。私自身よりも彼のことを愛しているというのに。

だけど困惑は頭の隅に追いやった。

アシュレがここにいて手を握ってくれている。ドキドキもしていないし、燃え上がるものもない。そこにあるのは静かな感情だけ。友情……、いいえ、家族愛みたいなもの。

アシュレの目は澄んでいて、唇には私の大好きなあの微笑みがある。穏やかで知的な笑み。少女の頃から、これを見たくて、やんちゃをしたり、背伸びをしていたっけ。

あれから何年がたったんだろう。

「アシュレ、誉《ほ》めてくれて嬉しいけど、私だって年をとって、もうすっかりおばさんだわ」

「いや、スカーレット、君がたとえ六十歳になっても、君は僕の中でまるで変わらないよ。僕の目に浮かぶのは、いつだってあの最後のバーベキューパーティーでの君だ。樫《かし》の木の下で、君はたくさんの男たちに囲まれていた。どんな格好をしていたか言ってみよう。緑の小花模様のドレスに、白いレースのショールをかけていた。黒い靴紐《ひも》のついた、小さな緑色の上靴をはいて、大きな麦わら帽子。その帽子からは、緑色の長いリボンを垂らしていた」

アシュレ……、信じられない。

「捕虜になった収容所で、何もかも耐えられなくなった時、僕は記憶の引き出しを開けて、写真をめくるようにその隅々まで思い出してきた」

不意に言葉が途切れた。アシュレが手を離しても私はただじっと座っていた。彼の心がこんなに近寄ってきている時に何もしたくなかった。

「僕たちは二人とも、ずいぶんと長い道のりを歩いてきたね。君は一直線に、僕はのろのろと後ろを振り返りながら」

アシュレは再び私を見つめる。だけどもうあのキラキラした微笑は消えていた。わびしい笑いは、彼をとても老けてみせた。

「本当に君は勢いよくここまで来た。スカーレット、時々思うんだ。もし君がいなかったら僕はどうなっていただろうと」

「何を言うの、アシュレ。私はあなたに何もしていないわ。私がいなくたって、あなたはやっぱりお金持ちに、偉大な人になってたわ。いずれあなたはそうなるに決まってるもの」

「いや、スカーレット、僕はそんな人間じゃない。君がいなかったら、おそらく消えていただろうよ」

「アシュレったら、そんな言い方をしないでちょうだい。悲しい声を出さないでちょうだい」

「悲しくなんかないさ。今はもう。前は悲しかった。今はただ……」

わかった。私がひたすらアシュレを求めている時にはわからなかったことが。いつも彼の内側がまるで見当がつかなかったけれども、今なら理解出来る。

そう、彼はもう悲しくはない。

すべてを諦《あきら》めているから。

「たぶん……、たぶん僕はかつてのあの日々を取り戻したいと思っている。でも取り戻せるはずはない。過去の記憶だけが、僕を幸せにしてくれているんだ」

「私はもう過去は見ない」

そう、私の記憶は、オークス屋敷のあのバーベキューパーティーだけじゃない。私は畑で、土を掘り、腐った二十日《はつか》大根を囓《かじ》った。そして絶望しながら吐いたんだ。あれも私の過去。

「私は今の方がいいわ」

思わず叫んでいた。

「今の方が毎日わくわくすることがあるもの、今日のパーティーだってそうだわ。昔は退屈で退屈でたまらなかったもの」

それは違う。

あののんびりと流れていったタラでの日々。静かな田園の夕暮れ。黒人小屋から響くかん高い笑い声。

「ああ、スカーレット、君はなんて嘘《うそ》が下手なんだ。君だって思い出を捨てることが出来ないくせに。憶えてるかい？」

アシュレが近づいてきた。私の手を取り両手でつつみ込む。

そして私たち二人は魔法にかかっていった。いっきに思い出が甦《よみがえ》っていったのだ。

ハナミズキの木の下、タールトン家のピクニック、懐かしい友人たちが笑いながら戻ってきた。

赤毛で脚が長くて、悪ふざけが大好きだったタールトン家の双児《ふたご》の男の子、スチュワートとブレント。

黒い瞳のジョー・フォンテイン。

もの憂《う》げで優雅なケード・カルヴァートとレイフォード・カルヴァート。

あちらにはウィルクスのおじさま。お父さまの姿も見える。そしてやさしいささやき声と香りはお母さまのもの。

明日もきっと今日と同じ幸せがもたらされると信じて疑わなかった。

目の前のアシュレを見る。彼はもう若くなかった。頭《こうべ》を垂れて、握りしめている私の手をじっと見つめているアシュレは、私の知らない人。白髪だらけの男の人。

いけない、と私は思う。後ろを振り向いている人と、こうしていてはいけない。今、やっとわかった。アシュレがどうして幸せになれないか。

過去の幸せを振り返ったらこうなるの。この痛みが、この悲しみがじわじわと湧いてくるだけ。

「アシュレ、何もかも私たちが思い描いたようにはならなかった」

でも生きていかなきゃいけないの。

私はお母さまのような、みんなから尊敬されるレディにはなれなかった。みんなから嫌われ、陰口を叩かれている。でも私は生きていかなきゃいけないのよ。

そう考えたとたん、涙がどっとこみ上げてきた。濡《ぬ》れた目でアシュレを見つめると彼は何も言わなかった。ただやさしく抱き寄せて、私の頭を自分の肩に押しあてた。

私も彼の背に手をまわす。

ああ、なんていい気持ち。情熱も緊張感もなく、ただ彼のやさしさに身をゆだねている。愛し愛される友人として抱き合う私たち。

アシュレはわかってくれる。私の青春を共に生きた人。そして今の私を見守ってくれる人。外で足音がした。きっと男たちが家に帰るんだろう。私は気にもとめず、アシュレの体温と心臓の鼓動を聞いていた。

その時、アシュレがびっくりするほど強く体を離した。驚いて彼を見る。その視線の先には、戸口に立つ三人がいた。

青ざめた顔のインディア、意地悪な顔をしたアーチー、そしてぼう然とつっ立っているエルシング夫人!

49

どうやって材木置き場の事務所を出たか憶《おぼ》えていない。

とにかく馬車を走らせ、ようやく家に着いた。家の中には誰もいない。窓が四月の夕焼けに染まろうとしていた。

私は自分の部屋に駆け上がり、ベッドに倒れ込む。

もうおしまいだ。

インディアやエルシング夫人は、言いふらすに決まっている。きっと夕食までには街中に噂《うわさ》が広まり、明日の夕食までには一人残らず、黒人の召使いだって知ることになるだろう。噂に尾ひれがたっぷりとつくのはわかっている。

泣いていた私を、アシュレが抱きしめたというだけなのに、そのことをちゃんと話す人はいないだろう。

あの時の私は純粋だった。懐かしい思いがこみ上げてきて、アシュレはそれを受け止めてくれただけなのに……。

こんなことならいっそ、やましい気持ちがいっぱいの時に見つかればよかったと思う。

アシュレがクリスマス休暇で戻り、もう会えないかもしれないという激情にかられてキスをした時。

タラの果樹園で二人ずっと抱き合って、一緒に逃げて、と懇願した時。ああいう時に見られていれば、こちらだって諦《あきら》めがつく。

それなのにさっきは、昔なじみの二人が、懐かしい時を思い出して、センチメンタルな気持ちになっていただけじゃないの。

でも、

「私たちは友人として抱き合っていただけなんです」

と言っても、誰が信じてくれるだろう。私には味方になってくれる友だちなんて一人もいやしない。たぶんみんな噂を信じ、いや、信じなくても「いい気味」と思うだろう。私はこの街の人たちに本当に嫌われているから。

だからあの人たちにどう思われてもいい。メラニー、メラニーだけには知られたくなかった。インディアが彼女に、あれこれ告げ口している姿を想像するだけでぞっとした。

メラニーが噂を信じて、家を出ていったりしたらどうしよう。

もしそんなことになったら、私とアシュレはどうすればいいの？

アシュレはきっと、絶望と恥ずかしさのあまり死んでしまう。そして死の直前、こんな目に遭わせた私のことを憎むだろう。

怖《おそ》ろしいことばかり考える。誰か私を助けて……。

ドレスを脱ぎ捨てベッドにもぐり込んだ。横になっていると、同じことばかりが頭の中でぐるぐるまわっている。このままドアに鍵をかけて、もう一生誰にも会わずに済んだらどんなにいいだろう。ここがいちばん安全な場所。

もしレットが帰ってきたら、頭痛がしてパーティーに行けなくなったと告げればいい。

召使いたちがぞろぞろ帰ってくるのが聞こえた。マミイが来てドアをノックしたけれど、夕飯はいらないと言って追い返した。

次第に陽《ひ》が暮れてきて、部屋は闇《やみ》に包まれた。でも私は動かない。動けない。

どうにかしなきゃ、レットにこう言うのだ。

「急に頭が痛くなったの。パーティーには行けないからあなた一人で行ってきて頂戴《ちょうだい》……」

レットが帰ってきた。声がする。ポークに何か言っている。自分の部屋に入った音がする。

パーティーのために着替えをするんだろう。早くこう伝えなくては。

「頭が痛くてパーティーには行けない」

でも誰かがレットに告げ口をしていたら。私はどうすればいいの。じっとベッドに身を横たえていると体が震《ふる》えてくる。

ああ、このままこの世が滅びてしまえばいいのに……。

しばらくしてノックの音がした。

「どうぞ」

私は平静を装う。さあ、頭痛だと告げるんだ。

「いいのかい、本当に聖域にお邪魔しても」

私がレットと寝室を別にして、もう一年ほどもたっていた。嫌味たらしい言い方。

彼はドアを閉める。暗闇で顔は見えない。

「パーティーの仕度は出来たかい」

「それがね、ごめんなさい。急に頭が痛くなったの」

暗いせいでふつうに声が出る。

「だから今夜は行けそうもないの。だからあなたが一人で行ってきて頂戴」

ゆっくりとレットは言った。

「なんという往生ぎわの悪い尻軽女なんだ」

やっぱり知っていたんだ。

私はベッドに横たわったまま、両手で肩を抱く。震えが止まらない。どうしよう、どうすればいいの……。

マッチを擦《す》る音がして、一瞬にして部屋が明るくなった。私を見下ろすレットは既に盛装をしていた。

「起きろ、パーティーに行くんだ。早くしないと間に合わない」

「レット、私は行かないわ。わかるでしょう……」

「わかる。さあ、起きろ」

やっぱりアーチーが告げ口したんだ。あの男、いつか殺してやる。

「私、行かない。行けないのよ、レット。この誤解が解けるまで」

「今夜顔を出さなければ、一生この街で顔を出すことが出来なくなる。俺はふしだらな妻には耐えられるが、臆病な妻には耐えられない。君はなんとしてでも、今夜パーティーに行くんだ」

「レット、説明させて」

「聞きたくない。そんな時間はない。さあ、ドレスを着るんだ」

「あの人たちが勝手に勘違いしたのよ。私のことをすごく嫌ってるインディアとエルシング夫人とアーチーが、何か誤解して嘘《うそ》を言いふらしてるんだわ。そんなところに、私は行けないわ」

「いや、行くんだ」

低い声。

「ひきずってでも行ってもらうぞ」

私の体をぐいと持ち上げて立たせ、それからさっき私が脱いだコルセットを拾い上げた。

「さあ、つけろ。俺が紐《ひも》を締めてやる。ああ、紐ぐらいちゃんと締められるさ。マミイに任せるふりをして、鍵をかけようとしてもそうはいかない」

「私は……」

「いいか、たとえ自分のために行けなくても、今夜はボニーのために行くんだ。これ以上、あの子の不利になるようなことをしたら許さない。さあ、コルセットをつけろ」

それから彼は、シュミーズ一枚になった私に目もくれず、クローゼットの前に立った。そしてその手が新しいベルベットのドレスを選び出した。それは胸元がすごく開いたデザインで、鮮やかなエメラルドグリーン色をしている。

「今夜はお上品なベージュだのライラック色はなしだ。旗印はきっちりと掲げてもらおう。それから頬紅《ほおべに》もたっぷり塗ってくれ」

彼はコルセットの紐を思いきり強く引っぱった。私は痛さと屈辱で悲鳴をあげた。

「痛いか」

彼は低く笑った。

「残念だな。これが君の首でなくて」

メラニーの家に近づくと、道のだいぶ手前から音楽が聞こえてきた。家のどの部屋にも明かりが灯され、家の中に入りきれない人たちがベランダにまで溢《あふ》れていた。にぎやかな楽しそうな笑い声。

やっぱり無理だ。こんなところに入ってはいけない。みんなあの笑い声の陰で、私の悪口を言っているんだろう。このままタラに帰りたい。そしてメラニーには二度と会わない……。

レットの手が私の腕をつかむ。痣《あざ》が出来るほど強く。

「レット、お願いよ、帰らせて。説明させて」

「説明する時間ならいくらでもある。今日はローマの円形劇場の真中に立ってもらおう。スカーレット、俺は君がライオンたちに食われるのをじっくりと拝見させてもらうよ。さあ、馬車から降りろ」

私はぎこちなく玄関を歩き出した。

つかんでいるレットの腕は、とてつもなく硬く揺らがなかった。それに触れているうちに、不思議なことに私は落ち着いてきた。勇気さえ出てきた。

ふん、あの人たちが何だっていうの？　みんな私のことが羨《うらや》ましくて、ぎゃあぎゃあ騒いでいるだけなんだわ。見せつけてやる。この思いきり胸元が開いた派手なドレスで。誰に何て思われようとも構わない。だけど、メラニーだけは、メラニーだけには……、そう、彼女だけは別の感情を持ってほしい。他の人と同じように私を嫌わないでほしい……。うまく言えないけど、誤解もしてほしくないし、真実も知ってほしくないと思う。

玄関ポーチまで来ると、レットは帽子を取り、やさしく丁寧に右にも左にも挨拶《あいさつ》をした。

「久しぶりレット」

「バトラー船長、お元気？」

そこにいた人々は、わざと「スカーレット」という名を口にしない。

ふん、私は顎《あご》をつんと上げ、にっこり笑って広間に入っていった。

そのとたん、言葉が止み、人々の会話が途切れた。私が歩いていくと、さっと人が引いていく。いいわよ、無視したければすればいい。私はさらに口角を上げて、まわりに笑いかける。だけど反応する人はいない。どうして音楽が始まらないんだろう。みんながダンスをやめたせいだ。

その時、人垣の向こうからメラニーが近づいてくるのが見えた。必死で人をかきわけ、こちらに進んでくる。そして私の前に立つ。

そこにいた人たちが息を呑《の》むのがわかった。

「待ってたのよ、スカーレット。素敵なドレスね」

あたりに聞こえるような大きな声だ。

「お願いがあるのよ。インディアが来られなくなったの。私の傍《そば》に立って今夜は一緒にホステ

だ。

そして一晩中、彼女はここに入ってくるまでのレットのかわりに、私の腕をぎゅっとつかんスをして頂戴」

大急ぎでうちに帰り、自分のベッドに倒れ込んだ。

私はパーティーの間、メラニーとアシュレの間に立って、招待客に挨拶したんだ。あんな怖ろしいことがよく出来たもんだわ。

あれをもう一度するぐらいなら、北部《ヤンキー》のシャーマン軍に立ち向かった方がまし。

しばらくベッドに横たわっていたけれど、ドレスの皺《しわ》が気になって、何とか立ち上がる。部屋の中を歩きながら服を脱ぎ捨てた。

鏡に向かう。ヘアピンを抜いていつものようにブラッシングしようとした。だけど手がうまく動かない。

ドアを開けて、階下に耳を澄ませたけれど何も聞こえない。一階はまるで静かな奈落のようだった。レットはまだ帰ってこないと思うと心からほっとした。

彼はパーティーが終わると、私一人だけ馬車に乗せて帰し、どこかへ行ったんだ。ベル・ワトリングのところだろう。今夜は初めて彼女の存在に感謝した。娼婦《しょうふ》だろうと何だろうと、この事態がおさまるまで彼を引き止めてくれるのは有難かった。今夜彼と顔を合わさずに済むなら、何をしたって構わない。

アシュレ……。彼は今夜何を思ったんだろうか。彼も私も、メラニーのあの怒らせた薄い肩れた。

に救われたんだ。彼女のあの愛に満ちた声と無言の信頼が、私たちを恥辱《ちじょく》からすくい上げてく

「まあ、よくいらしてくれたわね。スカーレットよ。私の義理の姉で、私たち夫婦の昔からの親友なのよ。今夜は楽しんでいらしてね」

メラニーは私の腕に手をすべり込ませ、かたときも離さなかった。そして人々の好奇と悪意に堂々と向き合ってみせたのだ。

客たちはみんな多少冷ややかだったし、どこか困惑していた様子だったけれど、決して無礼な態度はとらなかった。メラニーがそうさせたんだ。

こんな屈辱ってあるだろうか。メラニーのスカートの陰に隠れて、私を嫌う人たちから守ってもらったなんて。

また私は救ってもらったんだ。メラニーの善意というやつにね。

ああ、もう嫌。どうしてこの私が、あのメラニーに？　私よりもすべてに劣っているくせに、アシュレの妻になっているあの女に？　思い出しただけで、また小さな震えがくる。こんな日は一杯ひっかけないととても眠れそうにないわ。

ネグリジェの上にガウンをひっかけ、暗い廊下に出た。階段を降りていく途中で、ダイニングルームのドアから、明かりが漏れているのを見た。一瞬心臓が止まった。

いったいいつ帰ってきたんだろうか。

一杯のブランデーは諦めて部屋に戻ろう。早く部屋に入って鍵をかけなければ。

足音を消すためにスリッパを脱ごうとした瞬間、ドアが勢いよく開いた。蠟燭《ろうそく》の薄明かりの

中、レットのシルエットが浮かび、私は驚きのあまり小さな声をあげた。とてつもなく大きく見えて、今にも、私に襲いかかってきそう。

「ちょっとつき合ってもらおうか」

声が少ししゃがれている。

これまでどんな大酒を飲もうと、酔った姿など一度も見たことがなかったのに、体がふらついている。

「来いって言ってんだ！　わからないのか」

怖い……、本当に怖いわ。いつもなら、レットっていう人は酔えば酔うほど物腰が優雅になった。そしてせせら笑いを浮かべながら皮肉を口にする。やたら態度が丁寧になる。こちらを不快にする慇懃《いんぎん》さ。

私はとっさに思った。

彼と顔を合わせるのを、怖がってると思わせちゃいけないんだ。それは私の非を認めることになる。私はアシュレと何もしていないんだもの。

ガウンの前を首元までしっかり合わせて、私はダイニングルームに向かった。顔をつんと上げて。

彼は一歩脇にどき、仰々しくお辞儀をして私を中に入れた。よく見ると、彼はとんでもない格好をしていた。上着は着ていない。解いたネクタイが衿《えり》の両脇にだらりと垂れている。シャツの胸元は大きく開いていて、黒い毛に覆われた胸板がまる見え。髪はぼさぼさで目は血走っている。おしゃれな彼の、こんな粗野でだらしない姿は見たことがなかった。テーブルの上には、蠟燭が一本だけ。彼の姿が気味の悪い影をつくる。テーブルの上のトレイには、酒のデキャンタといくつものグラスが見えた。

「座ってもらおうか」

命令口調だ。仕方なくテーブルの向かいに腰をおろした。

「酒を酌《つ》いでやろう。飲みたかったんだろうからな」

「お酒なんか欲しくないわ。私はただ物音がしたから見に来ただけだわ」

「嘘をつけ。君は俺がここにいると気づいたら降りてこなかったはずだ。俺はさっきから、君が上でうろうろしているのを聞いていたがね。よほど酒が飲みたかったんだろう。まあ、飲め」

「だから私は――」

彼はデキャンタから、ブランデーをグラスに溢れんばかりにどぼどぼと乱暴に注いだ。

「飲め」

手にグラスを押しつけた。その時私の肩に触れた。

「体じゅう震えているじゃないか。気取っても無駄だ。俺は君が陰で飲んでいるのを知っている。飲むならこそこそしないで大っぴらにやれと、いつか言ってやろうと思ってたんだ」

私はグラスを受け取る。どうしてこの男は、私のことをそんなに知っているんだろうと思いながら。

「飲めと言ってるんだ」

仕方なく、ぐいと一気にあおった。

「さあ、今夜の素晴らしいパーティーについて、夫婦水入らずで語り合おうじゃないか」

「あなたは酔っぱらってるわ」

冷ややかに言った。

「私はベッドに入らせてもらうわ」

「確かに俺は酔っぱらっているし、夜が明けるまでにまだまだ酔っぱらうつもりだ。だからといって君をベッドに入らせやしない」

彼は私の隣りに来た。腕をつかむ。あまりの痛さに私は悲鳴をあげた。

怖い。いつものレットとまるで違っている。こんな風に暴力をふるう人じゃない。

彼は椅子に戻り、ゆっくりとブランデーを飲み始めた。無言のまま。口を開いたのはしばらくたってからだ。

「今夜は実に面白い喜劇だったな。そうは思わないか？」

彼の唇の端が少し上がる。

「役者が揃《そろ》ったいい芝居だった。姦淫《かんいん》を犯した女と、その女に石を投げんと集まる村人たち、裏切られし夫は紳士として不義の妻を支え——俺のことだが、裏切られし妻は、キリスト教精神から渦中に飛び込んでいった。そしてもう一人、情夫は——」

「やめてよ」

そんな汚ならしい言い方。

「いや、やめない。今夜ばかりはあまりに面白すぎるだろう。情夫は間抜け面《づら》して突っ立っているだけ。どんな気分だ、スカーレット。嫌いな女に庇《かば》ってもらい、罪を覆い隠してもらう気分は？　えっ？」

「馬鹿馬鹿しい。だから私はね――」

「君のことだ。助けてもらったといっても、彼女を好きにはなるまい。ただこう思ってる。この女は、自分とアシュレのことを聞いていないんだろうか。もし聞いているなら、どうしてこんなことをするんだろう。妻としての体面を守るためだろうかと。君はメラニーを馬鹿だと思っている。おかげで命拾いしたにもかかわらずに、だ」

「だから私は――」

「黙って聞け。メラニーは確かに馬鹿だが、君が思っているような馬鹿じゃない。話を聞いても信じなかった。自分の目で見ても信じなかったろう。それはなぜか。君を愛してるからだ。君みたいな女をどうして愛してるのか、俺にはさっぱりわからないが。とにかく愛する者の中に、卑しいものを見つけるには彼女はあまりにも高潔に出来ているんだ」

「君みたいな女をどうして愛しているのか、俺にはさっぱりわからない」

なんなの、これ。どうして私がそんな言われ方をされなきゃいけないの。

ですって。だったらどうしてあなたは私の夫でいるの？　なんて失礼なの。

つんと肩をそびやかした。

「あなたが酔っぱらって、そんな無礼な口をきかなければ、すべてを説明するつもりだったけど、今となっては遅いわね」

「君の説明に興味はない。俺は君よりもはるかに真実が見えている」

レットは立ち上がった。

「今日の喜劇よりもさらに滑稽なのは、君が貞淑な妻よろしく、不道徳を理由に俺をベッドから遠ざけ、一方では情欲を抱いて、アシュレ・ウィルクスを見ていたっていうことさ」

そんなけがらわしい言葉を使わないで。私はアシュレをそんな対象として見たことはない。ベッドの上のことを想像したことだってない。

「そして俺は君の寝室から追い出された。俺の下品な情熱がお嫌いだったんだ。もう赤ん坊は欲しくないとね。俺がどんな気持ちでそれを聞いたかわかるか。だから俺は外で慰《なぐさ》みを求め、君はずうっとお上品でいた。その時間を、君はアシュレを追いかけることに費やしていたんだ。アシュレ・ウィルクス、哀れな男だ。彼は心も体も妻を裏切ることが出来ない。全くどうしてさっさと腹をくくらないんだろうなあ。君のことだ。やつの子どもをつくったって、俺の子っていうことでうまくやったろうに」

私は叫び声をあげた。もう我慢出来ない。こんな侮辱《ぶじょく》を受けるなんて。が、部屋に逃げ帰ろうとする私を、レットが椅子に押し戻した。そして覆いかぶさるように手を拡《ひろ》げた。

「愛する女よ、この手を見ろ」

大きな大きな手。

「この手で君を八つ裂きにすることぐらいわけはない。それで君の心からアシュレが消えるなら、いくらでもそうしてやる。しかし消えないのはわかっている。だからこうしてやろう……。こんな具合に君の頭を両側からはさみ、クルミを砕くように頭蓋骨《ずがいこつ》を砕く。そうすればあの男の影も消えるだろう」

彼の手が私の髪の下に伸び、指を差し入れた。その指に力がこもり、私の頭をぐいと持ち上げる。なんなのよ、この酔っぱらい。だらしなく語尾を伸ばす見知らぬ男。

「放しなさい」

私は命じた。

「お酒に酔ってない時にまた会いましょう」

ちょっと驚いたことに、彼はおとなしく私から離れ、テーブルに腰かけた。そしてグラスにまたじゃぶじゃぶブランデーを注ぐ。

「君の威勢のよさは昔から認めていたが、全く見事なもんだ。これだけ追い詰められてもな」

私はガウンの前をかき合わせた。窮地は脱したみたい。さあ、早く自分の部屋に戻ろう。でもひと言何か言わなくては。

「レット・バトラー、あなたは一生、私を追い詰めることも、怖がらせることも出来ない。あなたなんてただの酔っぱらいの野獣よ。あなたみたいに道徳を無視する人は、アシュレを理解することも、私を理解することも出来ないのよ。あなたは自分の理解出来ない世界に嫉妬《しっと》しているだけ。じゃあ、おやすみなさい。私はもう寝るわ」

彼に背を向け歩き出した。大きな笑い声が起こる。レットがふらつきながら近づいてくる。いったい何がおかしいの。その気味悪い笑い、やめて頂戴。私は彼にぐいと肩をつかまれ壁に押しつけられた。

「笑わないで」

「君があんまり哀れだから笑ってるのさ」

「哀れ――私が？　どうして。それを言うなら自分でしょう」

「いや、君が哀れでたまらなくなるよ。スカーレット、俺の可愛《かわい》いお馬鹿さん。どうだ、こう言われたら傷つくだろう。君は人に笑われたり、同情されたりするのが何より嫌いだからな。違うかい」

レットは笑うのをやめた。表情が変わったかと思うと、不意に顔を近づけてきた。

「君は男ってものを、よほど馬鹿だと思っているだろう。だけどスカーレット、敵の力と頭脳は侮《あなど》るもんじゃない。俺はそんなに馬鹿じゃない。君が俺の腕の中でアシュレ・ウィルクスに抱かれる夢を見ていたことぐらい知っている。気づかなかったか」

いつ私が？　私はそんなこと考えていない。アシュレに抱かれたいと思っても、それは違う。ベッドの上のことじゃない。

「あれはもはや超常現象だ。二人しかいないはずのベッドに三人いるんだからね」

何を言っているの。どうしてこんな破廉恥なこと言われなきゃいけないの。

「確かに君は貞節だった。なぜってアシュレが君を抱こうとしなかったからさ。いいか、俺は君の体なんかくれてやってもよかった。そんなものは意味がないと知っているからだが、君の心と、その愛すべき強情で不道徳で片意地な魂をくれてやるのはごめんだ。あの男は君の心など求めてはいない。そして俺は君の体など求めてはいない。俺が欲しいのはその心だ。魂なんだ。だがそれは一生、俺の手には入らない。アシュレの心が、永遠に君の手に入らないのと同じように。だから君は哀れだと言ってるんだ」

レットのあざけり笑い。やめて、もう本当にやめて。

「哀れ？　この私が哀れだっていうの。冗談じゃないわ」

「ああ、哀れさ。君はあまりにも子どもだからだ、スカーレット。アシュレが手に入ったら君はどうするつもりだ。君は今、自分が手にしている幸せをなげうって、決して自分を幸せにしてくれないものに必死で手を伸ばし続けている。君は似た者同士でなければ幸せになれないことを知らない。君は一生、あの男を理解出来ない。彼の頭の中の、音楽や詩や本がわからない。スカーレット、俺たちは似た者同士だから、幸せになれるはずだったのに」

彼は唐突に手を放し、またテーブルに戻った。デキャンタに手を伸ばす。

私はしばらくそこに立ちつくしていた。レットが投げかけたいろんな言葉が、ほとんど理解出来ないまま、ただ私を痛めつけている。

私が一生アシュレを理解出来ないって。

私は哀れな子どもだって……。

わからない。どれが真実で、どれが酔っぱらいのたわごとかまるでわからない。

とにかくここを出ていかなくては。私はドアを開けて暗い廊下に飛び出した。早く部屋に戻って鍵をかけよう。酔っぱらって正体を失くしているレットから逃れなくては。

歩きかけたら足首をひねり、スリッパが脱げかかった。必死でもがいていたら、レットがさっと暗闇の中から現れた。彼の手が乱暴に私の腰を摑み引き寄せた。熱い息が首すじにかかる。彼の手は私のガウンの下、素肌をまさぐる。

「いいか、今夜だけは俺のベッドに三人めはいれない」

私の体をさっと抱き上げた。ものすごい速さで階段をのぼる。

私の顔は彼の胸に押しつけられている。胸毛の生えたぶ厚い胸。息が出来ない。彼の心臓が激しく鼓動している。

しめつけられて体が痛い。誰か助けて。私は恐怖の声をあげようとするけれど、彼の胸にぴたっと押しつけられているからうまく出来ない。

怖い。本当に怖い。

真暗な闇の中を、彼はのぼっていく。この男は見知らぬ凶暴な男。この闇は見知らぬ闇。死よりも暗い闇。まるで死神がその力で私を連れ去ろうとしているみたい。

無駄な抵抗とわかっていても、私はまたくぐもった悲鳴をあげた。すると彼は踊り場で足を止め、私にキスをした。激しいキス。

あまりにも獰猛《どうもう》なキスは、私の頭の中からすべてを消し去った。その隙《すき》に彼の唇は、私の唇から、ガウンのはだけた部分へと移った。

彼は何かをつぶやいた。よく聞きとれないのになぜか私の心を揺さぶる。

私が何か言おうとすると、彼の唇がふさぐ。

何か未知のぞくぞくするものが駆け抜けた。こんな強いものに出会ったのは初めてだと思った……。


あの夜のことを思い出すだけで、私の顔は赤くなる。どうしてあんなことをしたんだろう。どうしてあんなことになったんだろう。

私はもう何年もレットと暮らしてきた。ベッドを共にし、食事も一緒にとり、彼の子を産んだ。それなのに私は彼という人をまるで知らなかったんだ。

レットはひと晩中、私を獣のように抱き続けた。私は卑しめられ、傷つけられ、辱められた。それなのに全く彼を嫌いになれなかった。

本当の淑女ならば、怒らなければいけなかったのかもしれない。だけど私の胸の中に残ったのは、息も出来ないほど強く熱いものだった。

アトランタから脱出した時の恐怖ぐらい圧倒的で、北軍兵《ヤンキー》を撃ち殺した時ほどの興奮。そう、それは恍惚《こうこつ》という言葉で表現されるものかもしれない。

南部の淑女は、どんな時も慎み深くあらねばならないのならば、私はまるっきり違う。あれほど生きている、という手ごたえを感じた時はなかった。

そしてレットは何度も言ったのだ。私を愛しているって。私のことを愛しているって。本当にあんな夜を過ごしたら、これからどうやって彼と暮らしていけばいい？　気恥ずかしさがこみあげてくる。それを上まわるはずむような気持ちも。

本当にどんな風に彼に「おはよう」って言えばいいんだろう。私は新婚の妻のような気持ちになった。とりあえずは「おはよう」だろうか。それとも「どうして」だろうか。

だけどレットは朝食の席にも現れず、昼食にも夕食の時間にも戻ってこなかった。

50

レットはその夜も、そして次の夜も帰ってこなかった。

いったいどういうことなの。

とんでもないほど情熱的だった、あの夜のことを思い出して、照れていたのはほんのいっとき。私は不安のあまり、どうにかなりそうだった。

銀行の前まで行き、レットがいないかと窓をのぞいたけれども彼の姿はなかった。店や材木置き場に行き、誰かれとなくあたり散らした。

召使いやマミイも、知らないふりをしているのが本当に憎らしい。

二晩めの夜が更けると、居ても立ってもいられなくなった。ひょっとしたら事故に遭ったのかもしれない。馬が暴れて放り出され、どこかに倒れているかもしれない。怖《おそ》ろしい考えが次々と浮かんできて息苦しくなる。まさか、まさか、死んだりしていないわよね。溝の中で冷たくなってころがっている彼の姿を思い浮かべて、私は悲鳴をあげそうになった。

そうよ、あれだけ人に恨まれている男なんですもの、なにかあっても不思議じゃない。

とうとう次の朝、警察に行くことに決めた。朝食もほとんど口にせず、ボンネットをかぶっていると、階段を足早に上がってくる音がした。レットだ。安心のあまり力が抜け、へなへなとベッドに座り込むのと同時に、彼が部屋に入ってきた。

彼は散髪したてで、髭《ひげ》もちゃんと剃っていた。だけど様子がおかしい。全くの素面だったけれど、目は血走り、顔は酒でむくんでいた。ひらりと手を振る。

「やあ」

ふざけないでよ、っていう感じ。何の説明もなく二晩も家を空けておいて、このお気楽さはどういうこと。

「いったいどこに行ってたの？」

「まさか知らないなんて言わないでくれよ。今朝は街中が知っていると思っていたが」

「どういうこと？」

「おとといの夜、警察がベルのところに踏み込んだんだ」

ベルですって。あの娼婦《しょうふ》のところに彼はいたってこと。

「あなたは二晩も彼女のところに……」

「もちろん。他にどこがある」

「じゃあ、私との後に、ああ……」

膝《ひざ》からくずおれそうになった。ベッドにつっぷして泣きたいところを必死にこらえる。私って何ていう馬鹿だったんだろう。激しく抱かれて、うっとりとして、彼が私を愛していると思ったなんて。所詮《しょせん》はただの悪趣味の気まぐれだったんだ。ただ酔いにまかせて私を抱いただけだったんだ。私とああいうことをした後、愛人の娼婦のところへ行ったなんて。そしてさんざん楽しんで、今頃帰ってきたんだ。

許さない。死ぬほど心配した私が本当に馬鹿だった。不安に苦しんだ二晩のことを、彼に悟られてたまるもんですか。

私はふんとしかめ面《つら》をした。

「あの女とのことは、私も薄々は気づいていたわ」

「だったらどうして僕に尋ねなかったんだ。いくらでも教えてやったのに。僕はベルのところに通っているんだ。君とアシュレ・ウィルクス君とが、僕たち夫婦の寝室を別にすべきと決めた日からね」

「よくもぬけぬけと、そんな出鱈目《でたらめ》を言えたわね」

「何もそんなに手本どおりに怒ってみせることはないさ。君は僕が何をしようといっさい構わなかったじゃないか。金さえ払ってくれればいいと思ってたはずだ。君は妻としては失格だ。ベルと一緒にいた方がずっといい」

「私とあんな女とを一緒にする気？」

娼館の主《あるじ》で、髪をおかしな色に染めている女と。

「どちらも現実主義者で仕事が大好きで、どちらも成功をおさめている。もちろん人間としては、ベルの方がずっと格が上だがね」

「出ていって頂戴《ちょうだい》」

私は叫んだ。レットは私を傷つけ、侮辱《ぶじょく》するのが楽しくてたまらないんだ。こんな男の帰りを必死で待っていた自分が本当に口惜《くや》しい。

「出ていって。もう二度とこの部屋に入ってこないで。もうこれからはドアに鍵をかけるわ」

「その必要はないさ」

「いいえ、かけるわ。このあいだの夜みたいに、酔っぱらって汚らわしいことをされてたまるもんですか」

「おっと、スカーレット。汚らわしいはないだろう」

「すぐに出ていってよ」

「大丈夫、出ていくさ。もう二度と君に触れないと約束するよ。ちょうど言おうと思っていたところなんだが、俺はいつでも離婚に応じるよ。ボニーさえ渡してくれれば文句はない」

離婚ですって！　その言葉のおぞましさにぞっとした。私の一族にも、まわりを見わたしても、そんなことをした人は一人もいない。

「私は離婚なんかで、家族の名を汚すつもりはないわ」

「どうせ近いうちに、君は別のことで汚すだろうさ。俺はとにかくここを出ていく。今日はそれを伝えるために帰ってきたんだ。チャールストンとニューオリンズにまず向かう。とにかく長い旅になるだろう。さっそく今から出かけるよ」

「今からですって！」

信じられない。すぐに長い旅に出るなんて。

「ボニーも一緒だ。プリシーも連れていくから、すぐに自分のものをまとめるように言ってくれ」

「私の子を、勝手にこの家から連れ出すことは許さないわ」

私の叫び声に、レットはいつもの皮肉な微笑で応えた。

「ボニーは俺の子どもでもあるんだよ、バトラー夫人。あの子が、チャールストンにいる祖母に会いに行くことに文句はあるまい」

「何が祖母よ。どうせ毎晩ベルみたいな女のところに通うつもりでしょう。そして酔っぱらって帰ってくるんだわ」

そのとたん、彼は乱暴に葉巻を投げ捨てた。絨毯《じゆうたん》からは小さな煙が上がり、羊毛の焼ける嫌なにおいがした。

「君が男だったら、首をへし折ってやるところだ。ボニーがいるのに、俺がそんなことをすると思うか。そもそも君は、いい母親か？　子どもたちにどんなことをしてやった？　ウェイドとエラは、君を死ぬほど怖がっている。メラニーがいなければ、あの二人は愛情も温もりも知らずに育つところだったんだ。俺が大切なボニーにそんなことをさせると思うか。冗談じゃない。今から一時間で仕度をさせろ。さもないと君をどんな目にあわせるかわからないぞ」

足早に出ていくレットが、心底怖かった。ボニーのことになるといつもそう。本気になる。だから私は歯向かうことが出来ないんだ。

仕方なく荷物をまとめようと、子ども部屋に向かうと、レットのとろけるような甘い声が聞こえてきた。

「パパ、どこに行ってたの？」

ボニーの質問に彼は答える。

「パパはウサギ狩りに行ってたんだよ。可愛《かわい》いボニーに毛皮を着せるためにね。さあ、パパにキスをしておくれ」

レットがボニーを連れて家を出ていった一時間後、私はメラニーのところへ走った。どうしてそんなことをしようとしたのかわからない。

たぶんあの出来事があった直後、夫が子どもと家を出た、ということが街中に伝われば、スキャンダルは確固たるものになるのではないかという不安。それより何より、私はメラニーに自分の気持ちをぶちまけたかった。もうこんなことに耐えられそうになかった。

少女の頃から、ずっとアシュレだけを見つめ、アシュレだけを愛していたこと、でもその気持ちは微妙に揺らぐこともある。彼への思いは、幸福だったタラの時代と結びついているのかもしれないと気づくこともあり、それがあの抱擁だった。そんなことも含めて、私はすべてをぶちまけたかったのだ。

「メラニー、このあいだのことを説明させて」

しかし私の思いを、彼女はきっぱりと拒否したのだ。

「スカーレット、私はあなたに説明してほしいなんて思ってないし、聞きたくもない」

私の唇をそっと小さな手でふさいだ。

「私たちの間で説明が必要だと思うこと自体、あなたとアシュレと私に対する侮辱よ。私たち三人は……、そう戦友じゃないの。ずっと一緒に闘ってきたのよ。戦争中、あなたは私と息子を救ってくれた。そして私たちを食べさせるために、あなたは裸足《はだし》同然で畑を耕していた。そんなあなたを見ていた私が、つまらない噂《うわさ》を信じると思うの？　それこそ心外だわ」

メラニーの強い静かな表情を見ているうちに、私にもわかってきた。さすがにこの私にもね。

自分が苦しいからといって、ここで心の重荷を相手に渡すのは、究極のわがままだって。世の中には、絶対にしてはいけない告白っていうものがあることを。

今ここで私が、良心の呵責《かしゃく》にかられ、すべてを打ち明けても得るものは何もない。メラニーは私とアシュレに裏切られたと思い、心がめちゃくちゃになるだろう。

彼女はめんどうくさい女だけど、いろんな借りがある。どんな時でも私を信じ、私を助けてくれた。そのメラニーを苦しめてはいけない。

レットは何度か私に言った。

「とても信じられないことだけど、メラニーは君を愛してるんだ」

どうか、私にそんなにやさしくしないで。

私のために世間と闘わないで。

私にはそんな価値がないんだから。

メラニーは続ける。

「私はね、みんなが寄ってたかってあなたの悪口を言うことにうんざりしていたの。でも、今度という今度は、我慢の限界よ。私にはわかる。何もかもあなたへの嫉妬《しっと》なのよ。あなたがあまりにも賢くて成功しているから、男性でさえ成しとげられないことをしてるから」

それから次々と、いろんな人の名を挙げた。

「あんな怖ろしい告げ口をしたアーチーは、このうちから追い出してやった。街を出ていったわ。私もいけなかったの。あんなろくでなしをうちに置いていたから」

「まあ、あのインディアの性悪なことといったら。彼女はずっと昔から、あなたを嫉《ねた》んで嫌っていたのよ。あなたが彼女よりずっと綺麗《きれい》で、たくさんの男性に囲まれていたから。特にスチュワート・タールトンのことではあなたに恨みを持っているわ。今でも彼のこと忘れられないから、ちょっとおかしくなってるのよ、ずっと独身のままだし。だけどあんなことを言いふらすなんて……。私は彼女に、もう二度とうちの敷居をまたがないで、って言ってやったの」

驚いた。インディアはアシュレの妹で、メラニーには義妹にあたる。家族にそんな仕打ちをするなんて信じられない。

どうして、どうして、メラニー。どうして家族よりも私を大切に思うの？

「彼女はね、私のことでも嫉妬しているのよ。私が誰よりもあなたを愛しているから。でも安心して。彼女はもう二度とうちには入れない。アシュレも賛成してくれたわ。彼は自分の妹だから、相当傷ついていると思うけど」

アシュレの名前が出たとたん、もう耐えられなかった。どっと涙が溢《あふ》れ出す。

それはアシュレが恋しいからじゃない。

アシュレが何もしなかった、ってことに気づいたから。

これからアシュレと私は、ずっとメラニーのスカートの陰に隠れていることになる。彼は何もしなかった……。そして私も真実を告白出来なかった……。

「まあ、泣かないで」

メラニーは急いで近寄り、私の頭を自分の肩に抱き寄せた。

「私ったらこんな話をして、あなたを苦しめてしまったわ。あなたがどんなにつらい思いをしているか、わかっていたのに。もう二度とこの話はしないわ。何もなかったことにしましょう。

噂を広めたインディアとエルシング夫人には思い知らせてやるけど」

その時わかった。

私もアシュレも、メラニーの〝やさしさと善意〟という網にかかり、もう逃れることは出来ないと。

それからメラニーの怒りが、何世代にもわたって、この街の人々と家族を分断させていくことも。


メラニーの強さについて、私は何もわかっていなかったことをつくづく思い知らされた。

あのサプライズパーティーから数週間がたった。街中にいろいろな噂が流れ、みんなは興奮していた。戦争が終わってから、みんながこんなに夢中になったことはないいんじゃないだろうか。誰がどっちについたかで大騒ぎになっている。

不思議なことに、誰も私が潔白かどうか、なんてことは問題にしていない。

「スカーレットなんてどうでもいい」

というのが、みんなの共通の意見だった。それだけ私はスキャンダラスで嫌われ者だったわけ。

ただメラニーが傷つきやしないか、絶縁されたインディアがどうふるまうか、関心はそちらの方だったんだ。

メラニーは徹底的に私を守ろうとした。私を中傷しようとするものには何も語らず、絶交を言いわたした。私の横にぴったりくっついて離れない。店や材木置き場にまで同行した。そして午後からはいろんなところに連れだすのだ。

友だちのお茶の時間に、私を同行させる。悪名高い私の登場にみんなびっくり。メラニーは私の傍《そば》にぴったり寄り添い、

「私を好きなら、スカーレットも好きになって」

と無言で訴えるのだ。

そんな中、信じられないことが起こった。妊娠していることに気づいたのだ！

思いあたるのはあの夜だけ。酔っぱらって正体を失くしたレットが、半ば暴力的に私をベッドに押し倒したのだ。思い出すだけでも恥ずかしい、破廉恥な夜だった。だけどあの一夜だけで身籠《みごも》ってしまうなんて、私以上に驚いたのは街の人たちだった。なぜなら、私とレットが寝室を別にしているのは誰でも知っているからだった。

それはボニーのせい。暗闇《くらやみ》を極端に嫌うことを、私はずっとわがままだと言い張った。子どものうちに、一、二回怖い思いをさせれば克服出来るのだ。それなのにレットは私をなじり、ボニーを自分の部屋に連れていってしまった。召使いたちがそのことを言いふらし、父親と娘が同じ寝室だというのは、おかげで皆の知ることとなったんだ。

そこへきて私の妊娠。インディアを支持する人たちは、絶対に夫の子どもではないと言い始めたらしい。アシュレと不倫して出来た子どもに決まっていると。

「ほら、やっぱり。あの女は大きな罪を犯してるんだ」

街の人たちは寄ると触ると、このことを話すようになった。決して大げさではなく、街は二分されていった。メラニーを支持する人と、インディアを信じる人たちとに。

アトランタの主だった人たちの半分は、メラニーとインディアの親類か、あるいは親類と名乗る人たち。名門ハミルトン家か、ウィルクス家に連なっていると言い張る人たち。いとこやまたいとこ、遠縁のいとこ、そのまたいとこ、とか何とか。

みんななんてヒマなんだろうかと私は呆れてしまう。ようやく戦争の傷も癒え始め、飢《う》えることがなくなったとたん、みんなスキャンダルにむさぼりついた、っていうわけ。

この騒ぎの中、いちばんの被害者は、やはりピティ叔母さんだったろう。叔母さんは、身内の者たちに囲まれて、幸福な老後を送ることが夢だったんだ。叔母さんは誰よりもメラニーを愛していて、彼女の側につきたかったんだけど、うちにはインディアがいる。一人では生活できない叔母さんのために、アシュレの家から移ってきたのだ。同居してくれる独身の義理の姪を、叔母さんはないがしろにするわけにはいかなかった。だから彼女はインディアにおもねるようになったわけ。

私はこれについて毅然《きぜん》とした態度をとった。死んだ夫の家賃収入から入る以上の生活費を、私は叔母さんに送っていたんだけど、これをやめた。アシュレも毎週、ちょっぴり援助していたというが、インディアはこれを無言で返したそうだ。

老いた叔母さんと、働きもしないオールドミス。いったいどうやって暮らすつもりなんだろう。が、そのうち見るに見かねたヘンリー叔父さんが、お金を出すようになったみたいだ。

可哀想なピティ叔母さん。前だったら私だけじゃなく、レットもいろいろ手助けをしていた。叔母さんを訪問した後、テーブルの上に札束が入った新品のお財布が置かれていたことも知っている。レースのハンカチにくるんだ金貨もレットのしわざ。

恐縮する叔母さんに、レットはいつも自分ではないと言い張った。それどころかわざとイヤらしい口調で、

「密かに思いを寄せる男性がしたことでしょう。あなたも隅に置けませんな」

と言って、叔母さんをどぎまぎさせた。そのレットだけれど、まるで連絡がない。手紙一本寄こさなかった。こうして三ヶ月があっという間に過ぎたんだ。

今度のつわりはひどくて、体も気持ちも重かった。

メラニーがついてくるので、仕方なく毎日製材所に行き、店に顔を出した。いらいらしていたから従業員たちにつらくあたる。こういうことをする私は最低だと思うけれど、何もかも気に入らない。すぐに怒鳴り声が出てしまう。

責任者のジョニー・ギャラガーの働きぶりはすごく、売れ行きが昨年の三倍になった。だけど私は感謝するどころか、いろいろ悪態をついたので、アイルランド人の彼は感情を爆発させてしまった。

「こんなとこやめてやる。あんたみたいな人間を一生呪《のろ》ってやる」

私は必死で謝った。今ジョニーにやめられたら製材所はやっていけない。ああ、どうしていつもこういう時に妊娠するんだろう。

アシュレの方の製材所には行っていない。彼と二人きりで会うことはもうなかった。私がメラニーに誘われて、うちの中に入ってくることもつらいみたいだ。どうか話しかけないでくれとその目は語っていた。

そうするうち、私の心の中にある単語が浮かんでくる。

「イ・ク・ジ・ナ・シ」

だってそうでしょう。彼の妻は街の人たちを半分敵にまわしても、私を守ってくれている。だけど彼は何もしようとしない。沈黙を保っているだけ。何かの機会に釈明するとか、インディアを叱《しか》るとか、必ずすることはあるのだ。だけど何もしようとしない。

そこへいくとレットは、必ず行動を起こした。それが間違ったものだとしても、いつだってすばやく何かしら始めた……。

私は気づいている。レットがいないことが寂しくて仕方ないことを。

彼によって与えられた喜びと怒り、傷ついた自尊心とがごちゃまぜになり、それを脱した後、待っていたのは彼への恋しさだった。

いつもレットは、軽薄で軽快なジョークを口にし、私は噴き出さずにはいられない。私の悩みをたちまち小さなものにしてくれるあの皮肉な微笑《ほほえ》み。むきになって言い返さずにはいられない、あの私を馬鹿にした嘲りも、たまらなく恋しい。

とりとめもない話を聞いてもらうあのひととき。他の人には言えない秘密も、彼にならば打ち明けられて、その後二人で笑い合った。

彼とボニーのいない家は、本当に寂しい。ボニーがいないことが、ここまでこたえるとは意外だった。レットに最後に言われた言葉が気にかかって、ウェイドとエラの二人とさんざん遊んでやったけれど、ボニーのいない穴を埋めることは出来なかった。

考えてみると、この二人が赤ん坊だった時、私はあまりにも忙しく、毎日お金の心配ばかりしていた。ささくれ立った心で、子どもに怒ってばかりいた。今となっては、閉ざされた心をうち破るのには手遅れだったかもしれない。そしてそれを辛棒強く解決しようという心が、私にはもともとない。自分でもわかる。

自分の子が本当に可愛くないとは言わないけれど、いらつくことばかり。エラはぼんやりとしていて、絵本を読んであげてもちゃんと理解出来ないみたい。途中でつまらない質問ばかりする。

ウェイドは……レットの言うとおりかもしれない。そんなのはおかしいしひどいと思う。どうしてお腹を痛めて産んだひとり息子に、怖れられなければいけないんだろうと。でもウェイドは、チャールズゆずりのやさしい茶色の瞳でただじっと見つめ、あまり私と話そうとはしない。

相手がメラニーならば、夢中になって喋《しゃべ》り続け、ポケットの中身を見せたりするのに。でも少なくとも、ボニーは私のことが大好きなはずだった。他の二人と違い、私と遊ぶ時は本当に楽しそう。そのボニーも、いざとなったら私ではなく、レットの方を選ぶような気がする……。

不安でたまらない。二人はどこにいるんだろう。ペルシャにいるのか、それともエジプトだろうか。永久に帰ってこなかったらどうしようか。

レットに手紙を書き、妊娠のことを告げようかと考えた。子どもを授かり生まれて初めて、素直に嬉しいと思った。男の子がいい。ウェイドみたいに、ぐじぐじした子じゃない強い男の子。今度こそ大切に育てよう。今ならいくらでも時間をかけられるし、教育のためのお金だってたっぷりある。

すぐさまレットに手紙を書き、チャールストンにいる彼の母親のところに送ろうと思った。早く帰ってきて。この子の生まれる前までには必ず。

でも手紙を出せば、彼はきっといい気になるだろう。私が彼を必要とし、求めていることを知られるのは嫌だった。

この後すぐに、手紙を書かなくてよかったと思った。すんでのところで、気弱いロマンティックな手紙を書くはめになった。

レットの消息がわかったからだ。彼はチャールストンの母親の元に行った後、同じ市に住む私の伯母に会いに行ったらしい。お母さまのお姉さんで名門の誇り高い老婦人だ。その伯母さんが、レットにいちころとなった。手紙には賛美の言葉が綴《つづ》られていた。

「ボニーはなんて可愛いんでしょう。大きくなったら、きっと街一番の美人になるでしょうね。私はあれほど愛情深い父親を見たことはありません。スカーレット、一つ告白すると、私はあなたが彼と結婚し、身分を落とすことを心配していました。このチャールストンで、彼のいい噂を聞いたことがありませんからね。だけど彼に会ってわかりました。くだらない噂話を信じていた私たちはなんと愚かだったか。あんなにハンサムで魅力的な男性に会ったことがありません。真面目で礼儀正しく、何よりもあなたと子どものことをいちばん愛しているのですよ。

さらに忠告すると、彼はあなたのことをとても心配していました。あなたが製材所を二つ持ち、一人で馬車を乗りまわしたり、前科者の男をつき添いにしていることです。スカーレット、そんなことは今すぐやめて、女らしく家庭に専念しなさい。そうしないと——」

私はふんと鼻を鳴らし、手紙を読むのを途中でやめた。そしてびりびりと破った。女らしくしなさいですって。私が必死で働いているから、気位が高いだけでお金がまるっきりない伯母さんを援助してあげられるのに。レットもレットだわ。どうして製材所のことを話すんだろう。年寄りを手玉にとって、自分に同情させる、あの男のいつもの手だ。

ひとしきり悪態をついた後、心はしんと静まりかえった。ああ、レット、早く帰ってきて……。

レットと娘は、何の前触れもなく帰ってきた。最初に私が聞いたのは、玄関にどさりと荷物が置かれた音と、ボニーの、

「お母さまー、ただいま」

という声だった。

大急ぎで部屋から出ると、階段をのぼろうとしているボニーが目に入った。ちょっと見ない間にすっかり背丈が伸び、シマ柄の仔猫《こねこ》を抱いていた。

「見て、見て、お祖母《ばあ》ちゃまがくれたのよ」

私は娘を抱き上げてキスをした。いきなりレットと会うことにならずよかった。そのレットは、玄関ホールを入ってくるところだった。大仰に帽子をとってお辞儀をしてみせた。喜びと安堵《あんど》で、心臓がどくどくと音をたて始めた。やっと帰ってきてくれたんだ。

彼は階段を上がってきた。私は踊り場の手すりにもたれ、彼を待っていた。

後になって私は何度も思った。どうして私は階段を降りて、彼の元に行かなかったんだろう。

大仰に手を拡《ひろ》げて迎えなくたっていい。ただ階段を降り、ホールに行き「おかえり」と言えばよかったんだ。でも私はそれをしなかった。意地を張っていたせいだ。素直に喜びを見せたくなかった。だから天罰が下ったのかもしれない。

でも仕方ない。階段を上がってくる彼の顔は冷たくて、何の感情も読みとれなかった。儀礼的なキスもない。空気を読んだマミイはそそくさとボニーを子ども部屋に連れていってしまった。

レットは踊り場で、私の傍に立った。抱き締めたりしない。値踏みするようにこちらの顔を見つめた。

「顔色が悪いな、バトラー夫人。頬紅《ほおべに》が足りないのかな」

目が笑っていない。冷たい目。

「顔色が悪いのはひょっとして俺がいなくて寂しかったということかな？」

彼はどこまでも憎たらしい態度をとろうとしている。このあいだまで喜びをもたらしてくれたつわりが、いきなり耐えがたいものになった。私は彼を睨《にら》んだ。それに彼は気づき、むっとした顔になった。

「もし、私の顔色が悪いとしたら、それはあなたの責任よ。あなたがいなくて寂しかったからじゃない」

そしてひと息に叫んだ。

「お腹に赤ん坊がいるからだ」

レットははっと息を呑《の》み、私を見つめた。しかし次に見せたのは、私が想像していた歓喜の表情ではない。ただこわばっただけ。

「ほう……。で、その幸福なる父親は誰だ？　アシュレ君かね」

すさまじい怒りが私を襲った。彼という人間をわかっているつもりだったが、ここまで下劣だったとは……。

「よくもそんなことを……」

ぎりぎりと、階段の手すりを強く握った。

「自分の子どもだってわかっているはずよ！　私だってあなたみたいなろくでなしの子どもは欲しくなかったわよ！　いっそ、別の人の子どもならよかったのに」

その言葉はものすごく、彼に突き刺さったようだ。彼の形相が変わり、頬がひきつっている。

――やったわ――

少し気がすんだ。が、彼はすぐに無表情に変わり、ひと言投げつけた。

「まあ、元気を出せよ。まだ流産って手もあるさ」

私は彼にすばやく飛びかかった。しかしレットはうまくかわした。バランスを失った私は、手すりに手を伸ばしたが届かなかった。

そして後ろ向きに階段をころがり落ちていったんだ。

51

体が一瞬空《くう》に浮いたことは憶《おぼ》えている。

そして最初にあたった階段の感触も。

だけどその後のことは、すべてぼんやりとしていてとても現実のことと思えない。

私を抱き上げたレット。

マミイを呼ぶ声。

ピティ叔母さんの泣き声。

メラニーのてきぱきと指示する声。

そして私は暗闇《くらやみ》の中に落ちていった。ただわかっていたのは、私のすぐ傍《そば》に死神がいて手招きをしていたこと。

こっちにおいでとつぶやいている。

誰が行くものですか。私にはまだやることがいっぱいある。私は死なない……。

そしてその後、まるで閃光《せんこう》のように激しい痛みがやってきた。それは生きている証《あかし》だった。息をしているから、肋骨がつきささるように痛いんだわ。ぎこぎこと、鋭い刃で切られているみたいだ。

苦しい、つらい。誰か助けて。私は叫ぼうとしたけれど、まるで声が出なかった。どこからか優しい声がする。

「スカーレット、私はここにいるわ。ずっとここにいるから大丈夫」

それはメラニーの声。彼女は私の手をとって自分の頬《ほお》にあてる。

メラニー、メラニーなのね、大変、もうじき北軍《ヤンキー》が迫ってくる。彼女にもうじき赤ん坊が生まれるのに、街が燃えているんだ。急がなきゃ。私が強くならなくては。

メラニーが苦しんでいるわ。そう、もうじき赤ん坊が生まれるんだもの。

いいえ、赤ん坊を産むのは私。だからこんなに体が痛くてもだえ苦しんでいるんだわ。

混濁した意識の中で、夜が来て、また光が訪れ、私は問うた。

「メラニー、そこにいるのはメラニーなのね」

そうよ、と声がして私は安堵《あんど》のため息を漏らす。

「レット、レットを呼んでお願い！」

そう言いかけて、まるで夢を見るように思い出した。レットは私を求めてはいない。もし私が彼を欲しがっても、皮肉に嘲り笑うだろう。

その時、レットが何をしていたかということを、私はメラニーの死の床で聞くことになる。あとはマミイの証言。

レットは私が意識を失っている間、食べものを口にせず、寝ることもせず、ずっとお酒を飲み葉巻を吸い続けていたらしい。

そしてメラニーが部屋に入っていくと、彼女の膝《ひざ》に頭をあずけておいおいと泣き出した。あの誇り高いレットが。

彼は語り始めた。自分がどんな罪深い人生を送ってきたか。どれほど私を愛しているか。しかし愛し方がわからないのだ。そして彼は叫んだ。

「俺がスカーレットを殺したんだ。スカーレットが俺の子どもなど欲しくないと言ったから。全部俺の責任なんだ」

私は想像する。レットの告白は複雑で露骨過ぎて、メラニーを怯《おび》えさせてしまったことだろう。

男と女のつきつめた愛情は、邪悪で傷つけ合うものだ、などということは、清らかで善良なメラニーの想像外だったんだ。

彼女はきっとこう言い続けるだけだったろう。

「バトラー船長、泣かないで。スカーレットはきっとよくなりますから」


メラニーの言うとおりだった。

私の若い体は、いったんきっかけをつかんだら、めきめきと力を取り戻した。いったんは、死んでもおかしくない状態だったというのに回復は早かった。

といっても、心が元どおりになったわけではない。私はずっと不機嫌な心と体を抱え、どうしていいのかわからずもがいていた。

お腹にいた子どもは、もちろんいなくなってしまったけれど、その喪失感だけではない。この先どう生きていっていいかわからないなんて、こんなことは初めてだ。

とりあえず私はタラに帰ることにした。あの故郷の緑や赤土、取り入れ前の綿花畑を見たくて見たくてたまらなくなったのだ。

ウェイドとエラを連れて列車に乗った。ボニーを置いていったのは、レットが手放さないからだった。そのレットとは、ふた言、み言交わしただけだ。彼は駅まで見送りにきてくれた。だけど私は目を合わせないようにした。本当にどう接していいのかわからないんだもの。

そして親子で滞在したタラは、すっかり私を癒やしてくれた。

郡が再生するには、あと五十年かかると言われているけれども、作物は育ち、人々もたくましく変わろうとしていた。

ウィルは妻のスエレンにもう一人子どもが生まれることをこっそり打ち明けてくれた。スエレンのいちばん上の女の子は、スージーというんだけれど、意地が悪くて母親そっくり。いつもはぼんやりのエラが、怒って嚙《か》みついたぐらいだ。これについてスエレンが文句を言うので、久しぶりに姉妹喧嘩《げんか》をした。私の仕送りなしで、このタラがやっていけないことは、よく知っているくせに。

タールトン家のランダ・タールトンと末っ子のカミラ・タールトンが学校の先生になっていた。彼らの戦死した双児《ふたご》の兄さんたちは、「CAT（猫）」もまともに綴れなかったのに。双児のすぐ下の妹、ベッツィ・タールトンは、戦争で負傷した男と結婚し、今では両親と共に立派な綿花を育てている。これでタールトンのおじさまやおばさまもひと安心だろう。おばさまはやっと、大好きな雌馬《めうま》と仔馬《こうま》を手に入れてとても幸せそうだ。

キャスリンと夫のヒルトンが出ていってしまったというカルヴァート家には、黒人がいっぱい住んでいる。強制競売で屋敷を手に入れたようだ。

フォンテイン家のアレックスはサリーと結婚する。戦死した兄さんのお嫁さんと結婚するんだ。

もちろんいいことばかりではない。タラの広大な綿花畑は、人手がないために、次々と野生の森に戻っていた。百エーカー（四十・四六ヘクタール）の農地のうち、一エーカーしか使われてなかったんだ。

タラの主人であるウィルは言った。

「今やタラが、この郡でいちばんの農園です。ですが、所詮《しょせん》は二頭のラバでまかなえる広さです。タラの次がフォンテイン家の農園、三番めがタールトン家です。彼らは気骨があるので何とかやっていますす。しかし他のほとんどの農園は……」

それ以上は言わなかった。そう、ジョージアは、もう私の知っているジョージアではない。

一ヶ月ほどいてアトランタに帰ってくると、この街のにぎやかさをあらためて感じた。道路は馬車と人がいきかい、新しい建物がどんどん建てられていく。まさに繁栄の都会なんだ。

駅にはレットとボニーが迎えに来ていた。レットは二本の七面鳥の羽根をつけていて、ボニーは頬に斜めの線を入れ、自分の背ほどもある孔雀の羽根を髪にさしていた。どうやら列車が到着するぎりぎりまで、二人でインディアンごっこをしていたらしい。

「まあ、どこのいたずらっ子かしら」

私は娘にキスをして、レットに頬をさし出した。駅にたくさんの人がいたからだ。見知らぬ人たちでさえ、私たち夫婦に興味津々《しんしん》なのがわかる。だから彼にキスをさせたのだ。誰もいなかったら、そうはさせなかったかもしれない。

彼から「すまなかった」という言葉をまだ聞いていない。浅黒い顔の表情からは何もわからなかった。

自分の罪を認めているのだろうか。それとも何とも思っていないいんだろうか。

彼が何も言わないので、私も知らん顔をすることにした。そのくらいのお芝居は出来る。

家に帰る途中、レットは重大なことを口にした。とてもさりげなく。

「そう、そう。昨日の晩、アシュレ君が訪ねてきたよ。君の製材所を売ってほしいそうだ。それから君が持っている彼の製材所の共同所有権も一緒に」

驚いた。いったいどこにそんなお金があるっていうんだろう。アシュレとメラニーは、いつも南軍の困っている元兵士を助け、住むところがない人たちを養っている。一セントだって余裕はないはずだ。

「何でもロックアイランドの捕虜収容所で、天然痘にかかった男を助けたとかで、その男から感謝のしるしに金が送られてきたみたいだ」

こんなこと、誰が信じるっていうの？　たぶんレットが陰で動いているに違いない。彼はもう私に働いてもらいたくないのだ。少し体と心を休めて、家にいて欲しいと考えている。

だけど私は製材所を売りたくはなかった。戦後の貧しさの中、私がどのようにしてあれを手に入れたか。どんな風にして軌道にのせたか。たぶん人が考えているよりも百倍苦労した。

何よりも私は働くのが好きなんだ。街の建築業者に、材木を売り込んだり、値段の交渉をしたり、それからいかにたくさんの製材を効率よくつくれるか……。そういうことを考えるのはわくわくする。そして、製材所があるからこそ、私は堂々とアシュレに会えた。しかしあの彼の誕生日、抱き合っている姿を見られて以来、彼はずっとよそよそしい。

アシュレに会えない製材所というのが、かなり魅力を失っているのは事実。そしてそれをレットに知られたくはなかった。

迷って私は尋ねた。

「あなたも一枚嚙んでるの」

「まさか。知っているだろう、俺はどこかの誰かさんと違って、世のため人のために働くような男じゃない」

それで決心がつき、私は二つの製材所をアシュレに譲《ゆず》ることにした。そのことを伝えると彼はかなりの高値をつけた。そして、もう囚人を使わないと言うではないか。

製材所がすごい利益をあげているのは、囚人を安く使えるからなのに。

「その理由は何なの？　私が世間で陰口を叩《たた》かれているように、自分も同じことを言われるのが嫌ってわけね」

アシュレが顔を上げた。

「僕は人に何を言われようと怖くない。自分が正しいことをしている限りは。囚人を使うことが正しいとは一度も思ったことはない。だからやめるだけだ」

「だからどうして」

「僕は人を無理やり働かせ、みじめな思いをさせてまで金をつくることは出来ない」

「でも、あなたの家にもたくさんの奴隷はいたわ」

「少なくとも彼らはみじめではなかった。それにどのみち父が死んだら、全員解放するつもりだった」

何なの、これ。アシュレも傍にいるメラニーも、それからにやにや笑っているレットも、みんなで私を非難しているようだ。

「私は最低の人間っていうことよね。酒場を持っているし、囚人も使ってる。彼らをみじめにこき使ってる、って言いたいわけよね」

「スカーレット、僕が君を非難しているなんて思わないでくれ。そうじゃないんだ。ただ僕たちはものの見方が違っていて、君にはよいことも、僕には必ずしもよくない、ということなんだ」

これってやっぱり、私があざとい人間だって言ってるようなものじゃないだろうか。泣きたい気持ちをぐっと抑えた。レットとメラニーがどこかに行ってくれて、アシュレと二人きりになりたい。そして思いのたけをぶつけてみたい。

私だってあなたと同じように感じたい。でも出来ない。あなたの言葉の意味を教えて。私にもわかるように。あなたみたいになれるように。

だけど震《ふる》えているメラニーと、意味のわからぬ笑いをうかべているレットの前では何も言えない。だから冷たく、こう告げるだけ。

「どうしようとあなたの勝手だわ。アシュレ、製材所はもうあなたのものなんだから、私が勝手に口をはさむ余地なんてないもの」

「怒らせてしまったんだね、スカーレット。でもそんなつもりはなかったんだ。僕が言ったことに深い意味なんてない。ただ、僕はある種の方法で稼いだ金では幸せになれないと信じている。それだけのことだ」

「そんなの間違っている」

たまらずに私は叫んだ。

「私がいい証拠じゃない！　私がお金を手に入れるまでを知っているでしょう。タラでのあの冬を。寒くてひもじくて、どうしようもなかった。ボーとウェイドに教育を受けさせることもおぼつかなかった」

「ああ、憶えてるとも」

アシュレがかすれた声で言った。

「しかしみんな忘れたいと思っている」

「あの時の私たちが幸せだったと言える？　見てよ、今の私たちを。あなたは自分の家を手に入れ、明るい未来を手に入れた。私は素敵なドレスやいい馬を持っている。私の子どもたちは何でも望むものを手にしてるわ。どうやって私がそれを実現させたと思うの？　お金がなる木があるっていうの。違うわ、囚人や酒場の地代や、それから――」

「おっと、君が撃ち殺した北軍兵《ヤンキー》を忘れてはいけないな」

レットが口をはさんだ。怖《おそ》ろしい事実をさらりと。

「何といっても、あれが君の出発点だからな」

何てことを言うの。私は彼に食ってかかろうとした。あの時はああするしかなかったんじゃないの。

「金は君を幸せにしてくれた。それはそれは幸せにね、スカーレット」

ものすごく底意地の悪い、笑いを含んだ声。何て嫌な男なの。私は声の限りに叫ぼうとした。

「もちろんよ。もちろんお金は私を大切にしてくれたわ！」

だけどなぜか声が出なかった。

体が本調子になるにつれ、私はレットの変化に気づくようになった。

前ほどお酒を飲まなくなり、もの静かにどこかぼんやりしている。夕食に帰ることも多くなった。

私に対する態度は礼儀正しくそっけない。

すべてに他人行儀だった。

前みたいに何かにつけ衝突し、やり合っていた頃が懐かしかった。冷ややかに平穏に毎日が過ぎていった。

アトランタの男たちが密かに加わっていたＫＫＫ《クー・クラックス・クラン》はいつの間にか解散してジョージア州から姿を消した。これにはレットやアシュレが尽力していたらしい。

ジョージアも変わっていった。長いこと北軍の軍事力を傘に、共和党が実権を握っていたのだが、民主党が勝利することになったのだ。汚職にまみれていたブロック知事は退任し、それどころか姿を消した。同時に北部から来たカーペットバッガーや成金たち、共和党員もどこかへ行ってしまった。

一八七一年のクリスマスは、この十年でジョージアが味わった最高のクリスマスだった。民主党の知事を迎えることになったからだ。驚くことに、レットはずっと早くからこの状況を予想し、上手に民主党に鞍《くら》替えしていた。かつて共和党を支持していた自分の非を謙虚に認め、時間と労力と頭脳を駆使し、人々の心をつかんだ。もちろんお金の力も大きい。莫大な資産を南部連合の復権のために差し出したのだから。

今や彼はアトランタでいちばん人気のある市民の一人になっていた。それというのも、すべてボニーのためなんだ。私にはわかっている。

帽子を斜めにかぶり、青いドレスを着たボニーを、自分の鞍の前にちょこんと乗せたレットは、アトランタ名物。そして通りをいく人たちに微笑《ほほえ》みかけ話しかける。みなは言った。

「バトラー船長ってなんていい人なの。それにひきかえスカーレットは……」

私はもうそう言われることに慣れている。心配なのはボニーのこと。こんなに気が強くてわがままな女の子を見たことはなかった。マミイでさえ言う。

「スカーレットさまも、こんなじゃなかった。エレンさまの前ではおとなしかったものです」

厳しく叱《しか》ってやる存在が必要なのはわかっていたけれど、みんながあまりにもボニーを愛していた。嫌われたくはなかったのだ、この私も。

ボニーがこんなにも言うことを聞かなくなったのは、レットとの半年にわたる旅行のせいだった。あの別居の時だ。

ニューオリンズやチャールストンをめぐる旅。ボニーは好きなだけ夜更かしを許され、どこにでも連れていってもらった。眠くなれば劇場でも、レストランでも、ポーカーの場でも、ところ構わずレットの腕の中で眠った。好きなドレスを自分で選んだから、子どもらしい綿のワンピースやエプロンをマミイが着せようとすると、たちまち癇癪《かんしゃく》を起こした。途中から私は、なんとかしつけようとしたけれどうまくいかなかった。レットが娘に大甘だったからだ。いや、甘い、なんてものじゃない。ボニーがどんなに馬鹿げたおねだりをしても、どんな常識はずれな我儘《わがまま》を言ってもすべて受け入れた。幼い子どものたわ言を大真面目な顔で聞いては、大げさに感心してみせる。だからボニーは、目上の人の言葉を平気で遮《さえぎ》り、レットに反論し自分の言うことを聞かせた。が、レットは上機嫌でただ笑うばかり。私がいけませんと、手をぴしゃりと叩くことさえ許さなかった。

あれほど可愛《かわい》くなかったら、将来はみんなから嫌われるオールドミスになるだろう。ボニーは本当に美しい顔立ちをしていて、巻き毛、えくぼ、愛敬あるおしゃまなしぐさと、人に愛されるものが全て揃《そろ》っていた。父親がそれにまいっていることもよく知っている。

ボニーは影のようにべったりと、レットの傍から離れなかった。朝、まだ寝ているところを叩き起こし、食卓では隣りに座り、父の皿と自分の皿のものを交互に食べた。レットが馬に乗る時は必ず鞍の前に乗り、夜は服を脱がせてもらってパパに寝かしつけてもらう。

ボニーが四歳になると、

「南部のレディの必修だ」

ということで乗馬を習わせた。そして小さな白と茶のシェットランドポニーを与えた。

ボニーはすぐに乗馬に夢中になった。またたく間に乗り方を習得したので、レットは自慢でならない。ボニーの乗馬姿勢と手綱《たづな》さばきが充分板についた頃、今度は障害をやらせた。裏庭に障害のバーをつくり、二インチ（五センチ）の高さから始め、徐々に一フィート（三十・五センチ）まで上げていったんだ。

ボニーは初めての飛越を見事成功させてから、障害に夢中になった。毎日裏庭には、ボニーの興奮した叫び声が響くようになった。

「キャー、やったわ！　ママ、見て」

はじめの一週間が過ぎると、ボニーはもっと高い障害物が欲しいとねだり始めた。一・五フィート（四十五・七センチ）まで高さを上げてほしいと。

「六歳になったらね」

さすがにレットはうんとは言わない。

「その頃にはボニーも大きくなるから、もっと大きな馬を買ってあげよう」

「そんなことないもん。このあいだは、メラニー叔母ちゃまのバラの木を飛び越えたもの。一・五フィートより高かったもの」

「ダメだと言ったらダメだ」

それなのにレットは、娘のしつこいおねだりとふくれっ面《つら》に負けてしまった。

「わかった、わかった」

ある日笑いながらバーを高くしてやった。

「もし落馬してわんわん泣いても知らないぞ」

「ママ！」

ボニーが私の寝室に向かって叫んだ。

「ママ、見ていてね」

「ええ、見てるわ」

レットがボニーを抱き上げて鞍の上に乗せた。背筋をぴんと伸ばして堂々と顔を上げている。

私は誇らしさで胸がいっぱいになって叫んだ。

「とても素敵よ、ボニー」

「ママ、見てて。あれを飛ぶから」

ボニーは鞭《むち》をあて、走り出した。その時だ。お父さまの声が甦《よみがえ》った。

「見ていろ、あれを飛ぶからな」

不吉な連想に心臓が止まった。

「お父さまの目だ!」

アイルランドの青い目。あの子は何もかもお父さまにそっくり。落馬して死んだお父さまとそっくり同じ。

「ダメよ!」

私は叫んだ。

「ああ、ボニー、止まるのよ!」

その時、バーの裂ける恐ろしい音と、レットのかすれた叫び声がした。ボニーの青いベルベットがばさりと地面に投げ出されるのを私は見た。

52

その後、三日間、レットは完全に気が触れてしまった。ボニーの遺体と共に部屋に閉じ籠《こ》もり、誰にも触れさせなかったのだ。そしてボニーは暗闇《くらやみ》が大嫌いだったから、絶対に埋葬はしないと言い張った。

マミイは途方に暮れる。

「レットさまのお顔が尋常ではないんです。私に、灯《あか》りだ、灯りをもってこい、と。一晩中灯し続けろ。ありったけのもの全部だ。日よけも鎧戸《よろいど》も絶対に閉めるな。暗くなったらボニーが怖がるだろうって。ああ、スカーレットさま、ご葬儀をどうしたらいいんでしょう。ああ、まるで悪夢のようです」

私はドアをノックし、レットに懇願した。

「お願いだからお葬式を出させて。そうしないとボニーが天国に行けないわ」

すると中から声がした。

「やれるものならやってみろ。その場でお前を殺してやる」

殺されてもいいわ。何とか鍵を壊して部屋に入る。どんなことがあってもボニーの葬式を出さなきゃ。ボニーが死んだのは悲しいけれど、泣くのは葬式が終わってからでも出来る。まずしなくてはいけないのは、ボニーの葬儀をすることなんだ。

私がいきりたっているのをマミイは見た。私がいざとなったら、どんなことをしてもやり遂げるのを知っている。そんなことになったらどうなるか。レットは本当に私を殺すかもしれない。

そしてマミイは、メラニーに頼んだんだ。

メラニーはやってきた。まるで戦場に向かう兵士のようだった。青ざめた顔をして静かに進む。階下で待つ私たちを、何もしてはいけませんと無言で制した。

そして部屋をノックした。やさしい声で言った。

「入れてください、バトラー船長。メラニー・ウィルクスです。ボニーのお顔を見せてくださ い」

ドアがぱっと開いた。

それからどのくらい時間がたったんだろう。中からはぼそぼそと喋《しゃべ》る声が聞こえてくるだけ。

やがてドアがわずかに開き、よろよろとメラニーが出てきた。

「コーヒーを持ってきて。それからサンドウィッチも」

レットのためのものらしい。それからまた時間がたった。やがてメラニーが出てきた。目には涙がたまっていた。

「バトラー船長は、明日の朝、葬儀を出すとおっしゃいました」

それからメラニーは、一晩中レットに寄り添ってくれた。

私もマミイも、まわりの人たちも知らなかった。この時彼女が妊娠していたことを。ミード先生はかねてより彼女に言い聞かせていた。もう一人子どもを持とうとしたら命を失うことになると。しかしメラニーは聞かなかった。どうしても子どもが欲しかったんだ。

ボニーが死んだ後、私たちはもはや夫婦の体をなしていなかった。レットは毎晩ベルのところへ行き、酔いつぶれて帰ってきた。そしてそれが世間の同情を集めている。あれほど子煩悩だったのだから無理はない。それなのにスカーレットはなんて冷酷な女なのかと。あんなに簡単に立ち直っていると。誰も私の本当の苦しみなんかわかろうとしない。

いつの間にか私は街中の憎悪を集めている。味方はメラニーだけ。本当にメラニー一人。

メラニーの危篤《きとく》を聞いた時、私はマリエッタにいた。アトランタにいると不愉快になるので、ウェイドとエラとプリシーを連れての気晴らしの旅行だった。そこに一通の電報が届いたのだ。

「ウィルクス　フジン　ビョウキ　スグカエレ」

みんなをホテルに残し、私一人だけ列車に飛び乗った。夕暮れの駅には、レットが馬車で迎えに来ていた。私はそれでことの重大さを悟った。こんな無表情な彼の顔を見たことがなかったからだ。

「まさかメラニーが」

「いや、まだ息はある」

ウィルクス邸に急いで行け、と御者《ぎょしゃ》に命じた。

「いったいどうして？　病気だなんて聞いてないわ」

「危篤だ」

「そんなの嘘《うそ》よ。いったい何があったっていうの」

「流産だ」

「そんな……。妊娠は命取りだって言われていたのに。でも、それで死ぬなんて。だって、だって私だって……」

階段から落ちて流産したけれど、今はぴんぴんしている。

「彼女は君のように強くない。強さというものを持ち合わせてはいないんだ。彼女にはただ心があるだけだ」

メラニーの家に着くと、レットは私の手をとって馬車からおろした。私は不安のあまり彼の腕をつかんだ。

「あなたも来るんでしょう、レット」

「いや、行かない」

家の中に入ると、ピティ叔母さんとインディアの姿が見えた。アシュレはぼんやりと椅子に座っている。まるで夢遊病者のように。

「メラニーが君を呼んでる……」

嘘でしょう。私は信じないわ。メラニーが死ぬなんて。どうしてみんなそんな目で私を見るの。私がメラニーに何かよくないことをするみたいに。

ドアの前でミード先生が声を潜めて私に言った。

「いいか、ヒステリーも要らぬ告白もなしだ。さもないと神に誓ってわしはおまえの首をひねる。とぼけた目をしても無駄だ。今のメラニーには小さな衝撃も命取りだ。自分の良心が痛むからと、アシュレのことを口にするのは許さんぞ。わかるな」

私が答える間もなく、ミード先生はドアを開け、私を中に押しやった。

安物の家具が置かれた小さな部屋は薄暗く、低いベッドが置かれていた。そこにメラニーは横たわっていた。かけ布団におおわれた体は、まるで少女みたい。髪を三つ編みにしていた。閉じた瞼《まぶた》は紫色だ。

メラニーが死んでしまう。いえ、それはだめ。死なない。死ぬなんてあり得ない。この私がこんなに彼女を必要としているんだから。そう、私はずっとメラニーを頼りにしてきた。彼女を失おうとしている時に、やっとそのことに気づいた。

メラニーこそ、私の剣であり、鎧《よろい》であり、慰《なぐさ》めであり、強さの源だったのだ。

ひき留めなければ。彼女を逝《い》かせるわけにはいかない。私はメラニーの手を握り、その冷たさにぞっとした。

「私よ、メラニー……」

彼女の目がわずかに開いた。

「約束してくれる？」

「もちろん、何だって約束するわ」

「ボーをお願い」

熱いものがこみ上げてきて、頷《うなず》くことしか出来なかった。あのアトランタ侵攻の日、メラニーは言った。生まれてくる子どもをお願い。その時、母子ごと死んでしまえばいいのに、と思った私に今、罰が下ったんだ。

「ええ、何でもしてあげるわ」

「大学もね」

「もちろん。ジョージア大学だって、ハーバードだって、ヨーロッパだって行かせてあげる」

「アシュレもお願い」

私の心臓はぴたりと動きを止めた。メラニーは何もかも知っていたのだ。たまらずベッドにつっぷした。

ああ、私がいけなかったんだ。こんなやさしい善良な人をずっと苦しめていたんだ。

ああ神さま、彼女を死なさないで。どうか私に埋め合わせをさせて。彼女にやさしくします。もう二度とアシュレとは口をきかないから……。

「アシュレを……」

メラニーは弱々しく言い、うつむく私の頭に手を伸ばし、親指と人さし指のかぼそい力で髪をひっぱった。顔を上げてと言ってるのだ。でも出来ない。メラニーの目を見ることが怖くて出来なかった。

でも勇気を奮い立たせ、顔を上げた。そこにあったのは、いつもと変わらない愛情に溢《あふ》れた目だった。とろんと力はないけれどやさしさに満ちている。

神さま、ありがとう。私を助けてくれて。メラニーの最期の目は、私を非難していない。だから言えた。

「アシュレが何なの……」

「あの人の……めんどうをみてくれる……」

「ええ、もちろん」

「すぐ風邪をひくから……。それから仕事のことも……」

「ええ、わかってるわ」

「あなたはとても賢い……。とても勇気があって……、いつだって私に尽くしてくれた……」

この言葉に嗚咽《おえつ》が喉までこみ上げてきた。私は片方の手で口を押さえた。大声ですべてを叫んでしまいそうだった。

「それから……バトラー船長にやさしくしてあげて……。あの方は……あなたを愛しているわ……」

「レットが?」

「そう……あなたが階段から落ちた時、まるで眠らず……ずっと自分を責めていた……。どうか彼を……大切にして……」

「わかったわ、そうするわ」

メラニーの限界を感じて、彼女の手をベッドに戻した。廊下に出るとミード先生が待っていた。

「女性たちに急いで来るように伝えなさい」

インディアとピティ叔母さんがスカートを押さえながら部屋に入るのを、ぼやけた視界の中に見た。

私はぐずぐずと廊下に立ち、そしてアシュレを探した。そして彼の部屋をノックした。中に入ると、アシュレは化粧だんすの前に立ち、メラニーの手袋を手に取りじっと眺めていた。

「アシュレ！」

彼はゆっくりと振り返って私を見た。灰色の目からはいつものもの憂《う》げな表情は消えていた。そこには私と同じだけの無力感があった。

「アシュレ、私を抱きしめて。私は怖くてたまらないの」

「僕も君を求めていた……」

乾いたまるで抑揚のない声。

「僕は今、どうしようもないほど怯《おび》えているんだ」

「嘘、嘘。あなたが怯えるはずはないわ。いつだって強くて」

「もし僕が強かったとすれば、それは彼女がうしろにいたからだ」

「彼女のことをそんなに愛してたの？」

「彼女は僕が生きることが出来た唯一の夢だ。現実を前にしても消えることのなかった夢だ」

年がら年中、夢って、いったいいつになったら現実を見るの。

「あなたは馬鹿よ。どうして彼女が私の百万倍も価値があることに気づかなかったの？」

「スカーレット、お願いだ、聞いてくれ。ミード先生に宣告を受けてから、僕がどんな気持ちでいたか――」

「あなたの気持ちが何よ。ああ、アシュレ、あなたは何年も前に気づくべきだったのよ。自分が愛しているのは彼女で私ではないって。どうして気づかなかったの？　そうしたら何もかも違ってたわ。誇りだの、犠牲だの、綺麗事《きれいごと》を並べて、私を宙ぶらりんにして」

アシュレの目は、もう何も言わないでほしい、慰めてほしいと語っていた。こんな無防備なうちのめされた男を痛めつけていいはずはないわ。私は背伸びして、私の頬《ほお》を彼の頬にあてて彼の頭をなでた。

「泣かないで。彼女はあなたに勇敢でいてほしいと思っている。もうすぐベッドにあなたは呼ばれるわ。その時には勇敢でいなければダメ。泣き顔を見せてはいけないわ」

私は遠い日の自分を見つめた。緑色の花模様のドレスを着て、タラの陽《ひ》ざしの中に立っている。そして馬上の金髪の青年にうっとりと心奪われている。

今ならはっきりとわかる。彼は子どもじみた憧れの産物だ。私はもう二度と彼の顔を見なくてもいい。

「アシュレ、早く来てくれ」

ミード先生の鋭い声が聞こえた。

私はポーチに出てうしろ手にドアを閉めた。湿った夜の空気がひんやりと顔にあたった。うちまではすぐそこ。コートもボンネットも置いたまま、私は足早に霧の中を歩き出した。この風景はよく見ている。うなされて見る夢と同じ。悪夢の中で私はいつも求めていた。光を、安らぎを。私を守ってくれるものを。霧の中をふらふらと歩く。

光が見えてきた。レットが待つところ。ああ、私の家。私が求めていたもの、たどりつこうとしたものは私の家だったんだ。

レット、私を愛し、私を理解し、いつでも手を差し伸べられるように見守ってくれた。

私は息を切らして玄関ホールに駆け込んだ。一刻も早くレットに告げたいことがある。ダイニングルームに向かう。レットはテーブルの向こうにどかりと腰を落ち着けていた。使われた形跡のないグラス……、ああよかった。

レットはこちらを見る。どんよりと疲れている目だ。彼は尋ねた。

「彼女は逝ったのか」

私は頷いた。

「そうか、逝ったか。俺が出会った完璧にやさしい人だった」

遠くを見ていた彼が私の方に目をやる。冷ややかな目。

「で、彼女は死んだ。君にとってはさぞ好都合だろう」

「どうしてそんなことが言えるの。私がどんなに彼女を愛していたか、あなただって知っているでしょう」

「いや、残念ながら。でも見直したよ。そうだったのか」

「彼女はいろんなことを言ったのよ。でも、やめておくわ。今は言いたくない」

「彼女はなんと?」

「また今度にしましょう」

「話してくれ」

彼は強く私の手首をつかんだ。

「彼女は……、彼女はこう言ったの。バトラー船長にやさしくしてあげて。あの方はあなたを愛しているわ、って」

彼はまじまじと私を見つめ、そして手を離した。そして窓辺に向かい外を見つめた。

「他には？」

「ボーのことを頼まれた。それからアシュレのこともめんどうをみてほしいって」

レットはしばらく沈黙し、そしてふっと笑った。

「ますます好都合だな。先妻からお許しをもらうとは」

「どういう意味？」

「君はこれまでの言動からして、俺との離婚を望んでいる。今さら世間の評判も気にしないだろう。となれば、メラニーの祝福つきでアシュレとの夢が現実になるわけだ」

「いや、いやよ」

私は駆け寄ってレットの手をつかんだ。

「違うわ、そんなの全然違う。私は離婚なんて望んでない」

彼の前に立ち、必死で言葉を探す。

「レット、今夜、私、気づいたの。それで走って帰ってきたの。あなたに伝えるために」

「聞きたくない。話すだけ無駄だ」

「レット、聞いて。私は間違ってたの。私ってとんでもない大馬鹿者で――」

「スカーレット、やめてくれ。俺の前で自分を低くするな。耐えられない。せめて最後にいくらかの威厳を保とうじゃないか。俺たちの結婚の思い出に」

最後？　最後って、それ、どういうこと。私は始めるつもりで走ってきたのよ。

「ああ、レット、私、あなたを愛してるの。もうずっと前から愛していたはずなのに、私は馬鹿で気づかなかったの。レット、お願い、信じて」

レットはしげしげと私を見た。その様子は驚いているのでも疑っているのでもなく、ただ関心のない、何か置物でも見ているような目だった。ようやく口を開いた。

「よし、信じよう。だが、アシュレ・ウィルクスはどうしたんだ」

「アシュレ？」

もどかしさのあまり手を動かした。

「彼のことなんか、もう何年も前から好きじゃなかったの。あれは少女時代についたクセみたいなもの。彼の本当の姿を知ったら、もうそんな気になれない」

「どうせ本当の姿を見なくてはならないならまっすぐに見ろ。あの男は本当の紳士だ。ただ自分とは違う世界に放り出されているだけだ」

「今さら彼の話なんかして何になるの。ねえ、嬉しくないの？　私は、今、本当に自分の気持ちに気づいたのよ」

「嬉しくないのかって？　以前の俺なら、それこそ神に感謝しただろうさ。が、今はそんなことはどうだっていい」

「どうだっていいですって。そんなわけないじゃないの。レット、あなたは私を愛している。メラニーはそう言ったわ。だから間違いないわ」

「確かに彼女は正しかった、その時点では。だけどスカーレット、どんな愛だっていつか尽きる時がある」

目を見開いて彼を見つめた。意味がわからない。

「アシュレ・ウィルクスへの君の異常なまでの頑固さ。一度欲しいと思い込んだら、ブルドッグのように離そうとしない、その頑固さにさすがの俺ももう力が尽きた」

「でも、愛は尽きたりしないわ！」

「しかし、君のアシュレへの愛も尽きたじゃないか」

「だって、私は本気でアシュレを愛していなかったんですもの」

「それにしては随分真に迫っていたね。スカーレット、もう君を責めるでも咎《とが》めるでもない。もうそんな時は終わったんだ。俺は男が女を愛する、最大級の愛情をもって君を愛した。戦争が終わってからも、逮捕される危険を冒してまで戻ったのは、ただ君を見つけ出すためだ。あの時フランク・ケネディが死んでくれなければ、やつを殺していただろう」

これってやっぱり私を愛しているっていうこと。過去形にしているけれど。

「結婚した時、君が俺を愛していないことはわかっていた。しかし俺は君の欲しがるものすべてを与えてやりたいと思った。君を甘やかし、君を幸せにしたかった。スカーレット、君がどれほど苦労したか、どれだけのことを乗り越えてきたか、俺は誰よりもよく知っている。だからもう君に闘って欲しくなかった。俺に代わりに闘わせて欲しかった。なぜなら君は子どもだからだ。勇敢で怯えた、強情な子どもだ。そうでなかったら、今のように頑固で鈍感ではいられまい」

レットは静かに語り始める。

「俺たちにはボニーがいた。俺はまだすべてが終わったわけではないと思った。ボニーの中に君を見るのが好きだった。あの子は君にそっくりだ。戦争が始まる前の無邪気な君にね。あの子なら思う存分可愛がり、甘やかすことが出来た。君が欲しがらない愛を、あの子に捧《ささ》げるほど幸福なことはなかった。あの子が逝った時、一緒にすべてが終わったんだ」

「ああ、レット……」

私は前に進んだ。そして彼が両手を拡《ひろ》げて抱き締めてくれることを待った。

「レット、本当にごめんなさい。でもきっとやり直してみせる。私たちきっと幸福になれるわ。こうして真実がわかったんだもの。また私は子どもを産んでみせる……」

「いや、結構」

まるで食卓でパンを断るような口調だ。

「三たび、この心を危険にさらすつもりはないね」

「レット、そんなこと言わないで。だからごめんなさいって……」

「スカーレット、二十八歳にもなって君は本当に子どもだ。今、俺の中にあるのは、憐《あわ》れみと情だけだ。俺はここを出ていく。君がマリエッタから帰ったら伝えるつもりだった」

「どこへ行くの」

「英国か……パリかな」

「やめて、やめて。あなたにこの家を出て行かれたら、私はどうすればいいの」

彼は肩をすくめる。

「それは俺の知ったことじゃないよ」

彼の足音が二階に消えていく。ポークに荷物を運ぶようにと伝えて。

どうしたらいいの、どうしたらいいの、彼が本当にこの家を出ていく。私の元から去っていく。今、彼を失うことを思ったら、頭がどうにかなりそう。だから今は考えるのはよそう。明日ゆっくり考えよう。

でもこの苦しみはどうしたらいいの。ああ、頭が割れそう……。そうだ、タラに帰ろう。タラで力を蓄え、勝利への道を考えよう。

もう一度必ずレットを手に入れる。そして彼の子どもを産んで育ててみせる。

明日はきっと運命が変わる。いつだってそうだった。望んで手に入らないものは何もない。

だって私はスカーレット・オハラ。


(了)

読者のみなさまへ

本文には、現代の観点から見ると差別的とされる表現が含まれていますが、当時のアメリカ南部における奴隷制度や白人たちの人種差別・偏見を描いた原作『風と共に去りぬ』の執筆当時の時代状況と文学的価値に鑑み、敢えて原文を尊重した表現としました。

あとがき

『風と共に去りぬ』を初めて読んだのは、中学二年生の時であった。図書館で借りた、河出書房の世界文学全集の厚さも、こすれた背表紙の感触もはっきりと思い出すことが出来る。

どうしてこれほど、記憶が定かかというと、この本を読んだ直後、甲府の映画館で『風と共に去りぬ』のリバイバルを見たからである。

よくいろんなところで言ったり書いたりしているのだが、この時の衝撃はあまりにも大きく、田舎の少女をうちのめした。本で得た感動に、映像の具体性が重なり、『風と共に去りぬ』は、フィクションをはるかに越えてしまったのだ。

夜、私は眠る前に自分に呪文をかける。

「私はスカーレットよ、あの緑色のドレスを着たスカーレット・オハラなのよ」

そして想像力のありったけを駆使して、自分だけの美しい物語をつくり出す。が、朝、目が覚めてまず見るものは、わが家の節だらけの天井である。そこで私は、自分が山梨の、何の取り柄もない少女だということを思い知らされるのだ。

朝、私はさめざめと泣いた。

ウソだ、と言われそうであるが、死も本気で考えた。死ねば雲の上に別の世界があるに違いない。そこで神さまが私に尋ねる。

「次はどこに生まれたいか」

私は答える。

「南北戦争前のアメリカ南部に、そしてすごい美人に生まれ変わらせてください」

スカーレットのように。

ドラマティックな人生を生きてみたい、という激しい願望は、その後私を作家への道に導いた。それほど私にとって『風と共に去りぬ』は大切な小説なのである。

私以外にも、『風と共に去りぬ』に魅了された女性作家は何人かいる。

亡くなった森瑤子さんもこの小説への愛を語り、アメリカで出版された続編の訳を手がけられた。

また純文学作家の重鎮で、クールな印象が強い川上弘美さんが、この小説を愛読されていてちょっと驚いたことがある。年に一回は読み直しているそうだ。

さて、『風と共に去りぬ』は、作者死後六十年経過により版権が切れ（当時）、数年前にいくつかの新訳が出された。私が『風と共に去りぬ』の熱狂的な読者だということをご存知の小学館の編集者から、

「新訳をやってみませんか」

というお誘いがあった。

が、既《すで》に鴻巣友季子さんらの素晴らしい訳が出ている。そもそも私の英語力では、いったん誰かに訳してもらわなくてはならない。

そこで私が出した提案が、再構成。『風と共に去りぬ』を、もう一度構築し直してみたい、ということであった。そのために『風と共に去りぬ』を、一人称、スカーレットの視線で語ら

せることにし、連載を始めた。

これが難問を生み出すこととなる。

「私」で語り出すと、他者を描《えが》けない。しょっちゅう聞き耳を立てるか、伝聞を聞くことになる。

そしていちばんの問題は、スカーレットが自己分析をすることになり、あまりにも理智《りち》的になり過ぎる、ということだ。〝地〟の部分、つまり北部、南部についての歴史的記述をどうするか、ということについては、出来るだけ短くする方向にした。

その他にも、連載を進めるにつれ、はて、という部分が山のように出てきた。

世界的名作に、私のような極東の物書きがケチをつけるわけではないが、マーガレット・ミッチェルにとって、これは最初の小説だ（最後の小説でもある）。キャラクターの造形にブレがあるのだ。

たとえばアシュレについても、あるときはどれほど貧しくても南部ジェントルマンの誇りを失わない高潔な男性だが、次の章では、全く時代についていけない頼りない男性になったりする。

レット・バトラーに対する感情も実に不思議だ。すごいハンサムで、セクシーこのうえない。頭もすばらしくよく、金も力も持っている。文学史上におけるヒーローナンバーワンといってもいいだろう。しかしスカーレットは、彼との間に子をなしながら、性的なものに全く興味を持たないのだ。それどころか、女子高生のように、キスをしただけのアシュレにずっととらわれている。恋愛小説家の目で読み直すと、矛盾だらけの部分がいっぱいある。描写も揺れ動く。

これをいったどうしたらいいか。

もはや私が整理するしかないと決めた。

そして差別という大きな問題も横たわっている。憶《おぼ》えておいでだろうか、アトランタオリンピックの時、『風と共に去りぬ』の音楽やイメージは、黒人差別とされて全く排除されていたことを。

しかし当時の思想や意識を、現代のそれと入れ替えることは、絶対にしてはいけないことである。スカーレットは、

「愚かで何も知らない黒人たちは赤ん坊と同じ。それを庇護《ひご》し、導いてやるのが私たち白人の雇い主の使命」

という考えを持ち、それは頑として譲《ゆず》らない。ひどい言葉で、使用人を脅かしたりする。乳母のマミイのように、深い信頼と愛情を寄せる黒人もいるが、やはり主従の関係は崩れることはない。

ここは作者のマーガレット・ミッチェルも悩んだはずであるが、彼女は南北戦争当時の白人の心情に寄ることに決めたようだ。

私もスカーレットの言動に、怒ったり苛立《いらだ》ったりしたが、創ることはしなかった。

つくづく思うのであるが、スカーレットはかなり乱暴でヒステリックな女性である。人の心を読み取ることも出来ない。が、それでもなお、私たちが彼女に激しく魅了されるのは、「とにかく生きぬいてみせる」という強い意志と行動力。そして実は夫も子どもさえも必要としていない自分本位の生き方であろう。今もこれほど強く自分勝手なヒロインを見たことがない。

これが読者に伝わればと思い、『私はスカーレット』を書ききった。たくさんの方々が、私の愛した『風と共に去りぬ』に触れることを祈ってやまない。

二〇二三年二月

林　真理子

読者の皆さまへ

本作は、一九三六年にアメリカ南部出身の白人女性の作家マーガレット・ミッチェルが発表した長編小説『風と共に去りぬ』を、主人公スカーレット・オハラの視点で描く一人称小説として、著者の林真理子さんが再構成したものです。

物語の舞台は南北戦争期の一八六〇〜一八七〇年代、奴隷制度の残るアメリカ南部です。原作『風と共に去りぬ』は発表当時から、「奴隷制度を正当化し、南部の白人社会を美化している」「有色人種に対するステレオタイプ化を助長した」といった批判を受けてきました。二〇二〇年、アメリカで黒人男性が白人警官の暴行により死亡した事件への抗議運動が世界中に広がったことをきっかけに、映画『風と共に去りぬ』の配信が停止され、配信会社が注釈をつけて再配信した、というニュースは記憶に新しいところです。

どんな描写が問題だと言われているのでしょうか。例えば、スカーレットの生家である大農園タラの主人ジェラルドとエレンが黒人奴隷たちに慈悲溢《あふ》れる態度で接し、黒人奴隷たちもまた彼らに忠誠を誓い、双方が固い信頼関係で結ばれているという描写です。奴隷制度の中で実際に行われてきた白人の黒人に対する非人道的な差別を隠し、当時の白人社会を美化している、という批判を長年にわたり受けています。また、黒人奴隷たちを滑稽なコミックリリーフとして描いていることに対しては、「有色人種のステレオタイプ化を助長している」という批判を受けています。

これは、物語の舞台となる十九世紀後半の南部白人たちの意識もさることながら、『風と共に去りぬ』が執筆された一九三〇年代のアメリカの白人社会の意識を反映しているものと考えられます。長年にわたって指摘されているように、二十一世紀現在の視点から考えると、捉え方が一面的であり、配慮が足りない描き方とも言えるでしょう。ですが、今回の一人称小説化に際して編集部と著者は、こうした描写を省いたり変更することは、むしろ、この二つの時代に実際に存在した差別を覆い隠しかねないと考えました。実際に存在した差別として、あえてそのような描写を残しています。本作が決して人種差別を肯定したり助長するものではないことをご理解頂いた上でお読みいただければ幸いです。

一方、原作『風と共に去りぬ』には、女性に対し「か弱い存在」や「貞淑な妻」であることを求めた当時の南部において、そうしたジェンダーバイアスをことごとく覆したスカーレットの半生が描かれています。未亡人のしきたりであった黒いドレスを着たままパーティーでダンスをしたり、女性が仕事をすることなど許されなかった時代に製材所を切り盛りしたスカーレットの存在は、世界中で固定化されてきた「女性像」を変え、太平洋戦争後に初めて映画が公開された日本でも、女性たちの意識を変え社会進出や自立に影響を与えてきたことは想像に難くありません。

さらに『風と共に去りぬ』には南北戦争の歴史が、敗者である南軍側の視点で描かれています。戦争前夜の昂揚した空気の裏にある無知や傲慢《ごうまん》、やがて戦争が次々と身近な人たちの命や大切な財産を奪い、敗戦後の貧困や飢餓がどんなものであるかをリアルに伝える戦争文学とも言えます。ロシアのウクライナ侵攻を始め、世界中で戦争や内戦が続いている今こそ触れたい歴史小説でもあるのです。

本作『私はスカーレット』においても、戦争の混乱の中でどんなことをしてでも生き抜こうとするスカーレットの姿が、そして女性に対する既存の概念と闘い、自分の生きたいように生きようとするスカーレットの姿が鮮やかに生き生きと描かれます。

二十一世紀に生きる読者の皆さまにとってこの物語が、人種差別と女性差別、戦争の歴史に思いを馳せ、世界を見つめ思考を深める一助となることを願っております。

小学館文芸編集室

〈初出〉『ＷＥＢきらら』二〇二一年一月号～二〇二二年八月号掲載。

林 真理子

１９５４年山梨県生まれ。日本大学藝術学部卒。82年『ルンルンを買っておうちに帰ろう』がベストセラーに。86年『最終便に間に合えば』『京都まで』で第94回直木賞、95年『白蓮れんれん』で第８回柴田錬三郎賞、98年『みんなの秘密』で第32回吉川英治文学賞を受賞。他に『葡萄が目にしみる』『ミカドの淑女《おんな》』『美女入門』『ａｎｅｇｏ』『下流の宴』『西郷《せご》どん！』『愉楽にて』『小説８０５０』『李王家の縁談』『奇跡』『成熟スイッチ』など著書多数。２０２２年７月、日本大学理事長に就任。

翻訳協力 関口真理 土井拓子
編集 皆川裕子
編集協力 中島宏枝（風日舎）

私《わたし》はスカーレット 下《げ》

２０２３年６月19日 初版第一刷発行

著者 林 真理子
発行者 石川和男
発行所 株式会社小学館
〒１０１-８００１
東京都千代田区一ッ橋２-３-１
編集 ０３-３２３０-５７２０
販売 ０３-５２８１-３５５５

ＤＴＰ 株式会社昭和ブライト
印刷所 萩原印刷株式会社
製本所 牧製本印刷株式会社

 ISBN 978-4-09-386678-1

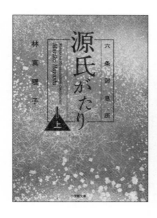

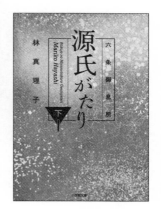

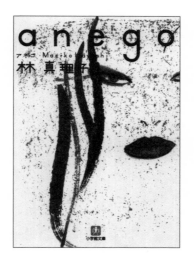